ロートケプシェン、こっちにおいで

相沢沙呼

西乃初と心が通じ合ったはずのクリスマスのあの日。しかし痛恨なことに，彼女の連絡先を聞き忘れたまま，冬休みに突入してしまった。あの日の出来事は夢だったのではないかと，悶々と過ごす僕に，クラスメイトの織田さんからカラオケの誘いが。しかし，カラオケの後の食事の際に，急に泣きながら飛び出していってしまった織田さんにいったい何が？ 僕は西乃に力を借りるべく『サンドリヨン』へと向かうことを決意した……。バレンタインでの不思議な出来事をはじめ，友人関係に悩むとある生徒の事件など学園内外で巻き起こる謎をたおやかに解く，マジシャン・西乃初の事件簿，第二集。

ロートケプシェン、こっちにおいで

相沢沙呼

創元推理文庫

KOMM HER, ROTKÄPPCHEN !

by

Sako Aizawa

2011

目次

ロートケプシェン、こっちにおいで

一、奇術を演じる前に、現象を説明してはならない。
二、同じ奇術を二度繰り返してはならない。
三、トリックを説明してはならない。

サーストンの三原則

プロローグ

雨が強く、寒さで肌が粟立《あわだ》つ体育の日だった。

血の行き通らない手足は重たくて、震える身体を抱きかかえるのも億劫《おっくう》なくらい。

たくさんのシューズがワックスの効いた床を蹴って、耳障りな音を立てている。それは催眠術みたいに、血の足りないあたしの意識を朧《おぼろ》にさせた。

身体を動かさないで見ているだけっていうのも、なんだか苦痛だ。大人しく保健室に行けば良かったかもしれない。今朝はひどい生理痛に襲われて、登校途中の電車で貧血を起こしてしまった。今もまた、疼《うず》く痛みを堪《こら》えるのに精一杯で、正直に言うと見学どころじゃない。

雨が降っているから、今日の女子はバドミントン。

体育の授業ほど、クラスの交友関係が表に出てしまうことってない。ペアを組む相手や、順番待ちの間におしゃべりをするグループから、人間関係が露骨に現れる。それが、昔からなんだか苦手だった。だって、友達の多さ少なさを公表する発表会みたいに思えるんだもの。グループから溢《あふ》れる子はいつも決まっていて、売れ残りの女の子達を目にすると、胸が重くなる。

あそこに交ざらなくて良かったっていう気持ちと、たまにはあの子達も交ぜてあげればいいのにっていう気持ちと、そんなふうに可哀想だなんて思ってしまう自分の感情が、醜くて偽善で気持ち悪い。

体育は他のクラスとの合同だから、普段の授業では目につかない子の姿も見える。好意的に捉えれば、普段、関わり合うことのない子と出会える場所と言えるのかもしれない。バドミントンのラケットを振るう姿の中に、少し気になる子がいた。彼女のジャージに書かれている名前は、てっきり、最初はニシノさんって呼ぶのかと思った。酉乃。とりの、って読むらしい。彼女はたいてい、いつも変わっている。なんだかかっこいい。酉乃。とりの、って読むらしい。彼女はたいてい、いつもペアを組む相手を見つけられず、同じように溢れてしまったはみ出し者の子と一緒になる。たとえペアを組んでも、会話らしい会話はほとんどないみたいだった。休憩したり、順番待ちしたりしているときも、一人でぽつんと座っている。

創作ダンスのとき、何度か彼女と組んだことがあって、会話を振ってみた。いつも不機嫌そうにしていて、近寄るなオーラをびんびんに放っている彼女は、話を振っても素っ気ない。頷《うなず》くか、首を振るかするだけ。友達を作る気なんてないのかな。たまにいるんだ。一人でいても、平気な顔をしている子って。

体育館のコートには限りがあるから、次の番まではそれなりに暇になる。友達が何人かこっちに来て、トモ、大丈夫ー？　と声をかけてくれた。壁際で体育座りを始めた酉乃さんの観察はそこで諦めた。

みんなに囲まれて、顔色悪いよ、大丈夫？　なんて言われてしまうと、大丈夫だと思い込んでいた自己暗示が呆気《あっけ》なく解けてしまった。大丈夫、大丈夫だよと繰り返し応えていたけど、ユカもカッキーも心配そうに顔を覗《のぞ》き込んでくる。うん、ごめん、ヤバイかもしれない。込み上げてくる吐き気を堪《こら》えようと、唇を開けることができなかった。さっさと保健室へ行った方が良さそう。

「井上《いのうえ》さん、どうしたの？」

体育館いっぱいに響くその声に顔を上げると、泉《いずみ》先生が仁王立ちしていた。おしゃべりをする余力があるならちゃんと授業に出ろとでも言いたげな顔だった。ユカは怯えたように振り返って、固まってしまう。カッキーが機敏な動作で立ち上がって、具合悪いみたいなんで保健室へ連れていきまーすと声を弾ませた。たぶん、ついでに授業をサボる魂胆だ。けれど泉先生は容赦ない。保健委員に行かせなさい、と切り捨てる。保健委員って誰だろう。ユカと顔を見合わせる。ユカも心当たりがないらしく首を傾《かし》げていた。

保健委員いるー？　先生が呼ぶと、壁際で体育座りしていた西乃さんが立ち上がって、きびきびとした動作でこっちに来た。うっそ、保健委員なの？　なんか図書委員っぽいイメージだよ。

西乃さんは、大丈夫？　と大人しい声で聞いてきた。ぜんぜんだめ、と答えると、じゃ、一緒に行こう、と言って立ち上がるのを手伝ってくれる。意外と優しい。カッキーはサボる目論《もくろ》見《み》が外れて、もう他の子とのおしゃべりに興じていた。

肩を貸してくれる西乃さんの髪からは、甘くて心地よい匂いがする。シャンプーか、ボディクリーム？　長い髪がアップに纏《まと》められている。横顔を盗み見ると、鼻筋のくっきりとした美人顔。眉はほっそりしていて、ちゃんとカットしているみたいだった。すごく地味な子だと思っていたけれど、意外と外見に気を遣う性格なのかもしれない。これでおしゃべりがうまければモテそうなのに。長くてさらさらの黒髪なんかは羨《うらや》ましい。なんか、意外。こういう子がひとりぼっちになるなんて。

保健室に着くまで、会話はなかった。本当にまったく、ぜんぜん。二人して、うんともすんとも言わなかった。不思議な子だ。澄ました顔で、重いあたしを支えてゆっくり進んでくれる。どんな話をしたらいいのか思い付かなかった。どう振る舞っても、微妙な空気が漂ってしまうような気がして。

保健室の森岡《もりおか》先生は、体温計を渡すとあたしをさっさとベッドに封じ込めた。「それじゃ、失礼します」という西乃さんに、「西乃さんもサボってけばー」と声をかけたら森岡先生に怒られた。冗談を言うくらいには、気分は落ち着いていた。

西乃さんがなんて応えたのかはわからないけれど、あたしはすぐに眠ってしまったらしい。目が覚めたらお昼休みに入っていた。森岡先生は起こさないでいてくれた。

少しは生き返った気がする。ケータイを開くと、カッキーや麻衣《まい》ちゃん達から何件もの着信があった。バイブにしたままだったから、気付かないで爆睡していたみたい。『大丈夫ー？』って感じのメールもたくさん。今日はお昼、食堂で食べてるよーって、わざわざ報《しら》せてくれたみたいだった。『ごめーん、今まで寝てた』親指を素早く動かして、顔文字をチョイス。時計を見ると、合流してご飯を食べる時間はなさそうだった。

のろのろと起き上がり、カーテンを開ける。森岡先生は、みんながお見舞いに来てくれていたことを教えてくれた。ぜんぜん気付かなかったし。どんだけ寝てたんだよあたし。保健室を出ると、ジャージだけなので、上半身がやたら寒い。上だけ制服に着替えておこうかな……。お昼ご飯どうしよう。絶対お腹空くよね。トイレで用を済ませて、人気《ひとけ》のない廊下を歩く。

なにか奇妙な音が聞こえて、そちらに視線を向けた。柔らかなゴム質のものが、どこかにぶつかるような微《かす》かな音だった。

すぐ隣は空き教室。机が並んでいるけれど、使われている様子はほとんどない。室内の壁はまっさらで、標語のプリント用紙もなんにも貼られていなかった。この学校には、こういう教室がいくつかある。以前よりも、生徒の数が減ったためらしい。

酉乃さんはそこにいた。

暗い紺色の制服姿。机にお尻を乗せて、黒板の方に顔を向けている。童話に出てくるお姫様みたいに長い髪。『蛙の王様』の、泉の傍《かたわ》らで遊んでいるお姫様の姿に似ていると思った。目が合う。彼女は小さなボールを手にしている。卓球のピンポンボールみたいな黄色い球。それが彼女の手から離れて、落ちる。ぽーん、と思いのほか強く跳ね返って、それは再び彼女の手に収まった。黄金色の鞠《まり》。知ってる。確か、スーパーボールってやつ。子供の頃、お祭りで買ってもらったことがある。でも、なんでここでスーパーボール？

「西乃さん、どうしたのそれ」

　ていうかなんでここにいるの。ここ、教室からだいぶ遠いじゃん。お昼ご飯は食べたの？聞きたいことはたくさんあった。けれど西乃さんはゆっくり、言葉を慎重に選ぶみたいに、視線を教室中に巡らせて、焦《じ》れったくなるくらい時間をかけて言う。

「これはね。願い事を叶えてくれるボール」

　照れたように笑った顔が、可愛らしい。だから、なにアホなこと言ってるの、なんてことは思わなかった。

「え、なにそれ、どういうこと」

「もう具合はいいの？」

「うん、なんとかね」痛みの波は落ち着いていて、あとは身体に気だるさが残るだけだった。

「それ、なんなの、ドラゴンボール？」

　彼女はゆっくり頭を左右に揺らす。

「違う。こうしてね、願い事をしながら、ボールを落として、無事にキャッチできたら、その願いが叶うの」

　ふぅん。そういうの、信じちゃう子なんだ。なんだか可愛い。占いとかは、あたしも好き。意外と趣味、合うのかも。

「でも、そんなの楽勝じゃん」反射神経には、そこそこ自信がある。「あたしにもやらせて」

「どんな願い事をするの？」

「そりゃ、夢はでっかく……」

なにがいいだろう。彼女からボールを受け取って、考える。

願い事。

あたしの、叶えて欲しい願い。

なんだろう？

「決めた」胸の高さに手を掲げて、ボールを床に叩きつける。「一千万円欲しい！」

勢いよく弾んだボールを、素早くキャッチ――することは、できなかった。

あたしの手は、空振りするどころか、まともに動かすことすらできなかった。

ボールは、弾まなかった。そのままとんと床について、軽く転がるだけ。

「あれ……。どうなってるの、これ」

「願い事が、大きすぎたみたい。もっと、ささやかな願い事か、本当に叶って欲しいと思っていることじゃないと、だめ」

でも、だって。

さっき酉乃さんがそれを弄《もてあそ》んでいるとき、ボールは普通に跳ねていたのに。どうして？

「もう一度、試してみて。今度は、本当に叶って欲しい願い事が、叶うように。口にしなくてもいいから。もう一度」

酉乃さんは、腰掛けていた机から降りて、ボールを拾い上げる。あたしは、ちょっと唖然《あぜん》としながら、そのボールをもう一度摑《つか》んだ。黄金色の鞠。さっきまで勢いよく弾んでいたのに、どうしてなの？　小さなラメが入った黄色いボールは、本当に不思議な力を秘めているみたいで。

本当に叶って欲しい願いごと。

あたしの、叶えて欲しい願い。

神様なんて信じない。信じないけれど、願ってやまないこと。

たくさん、ある。

どれにしようか、少し迷った。

真剣な眼差しで、あたしを見つめている黒い瞳。

あたしのこの願い事は、ささやかなものだろうか？

もしそうなら、叶って欲しい。

叶ったら、嬉しいな。

「それじゃ……」

あたしは、ボールをそっと地面に落とした。

アウトオブサイトじゃ伝わらない

十二月の朝の匂いは少し埃《ほこり》っぽい。雑踏の中を潜《くぐ》り抜けたマフラーに鼻を埋めると、いつもこんな匂いがする。

「おはよー」

冷たい空気に触れた言葉は、乾燥していて掠《かす》れ気味だった。生理の痛みは完全に消えていなかったけれど、三日目なので、昨日に比べればだいぶマシ。思い出したように吹く風が、剝《む》き出しの脚に凍《し》みていく。

朝の挨拶は、一日の始まりに欠かせない呪文のようなもの。おっはよう、おはよー。あ、井上、おはよー。さっち、はよー。トモちゃんおはよー。見知った子にひたすら声をかけると、明るい返事が山びこみたいに返ってくる。どこのグループと合流するか少し迷って、カッキー達のところへ駆け寄った。

駅から学校までは少し歩く。それは寝不足の身体にはしんどい道のりだったけれど、いつだって喋《しゃべ》り足りないあたし達は、この十分間をコミュニケーションに充《あ》てる。断続的に起きる肉の悲鳴に負けないよう、大きな声で笑ってはしゃぐと、徐々に体温は上昇し、エンジンがかかるのを感じる。

おしゃべりをすると、死んでた身体が動き出すんだ。

今日、いつもより饒舌《じょうぜつ》だったのは麻衣ちゃんで、もうすぐ最終回を迎えるドラマの話題をミナコに振られたからだった。二人はここのところそのドラマに夢中みたい。若手俳優の名前を挙げて、どのシーンがいちばんカッコ良かったのか、台詞《せりふ》付きで一生懸命に説明してくれる。あたしはその話を聞きながらケータイを開いて、メールの送受信を繰り返していた。

使いすぎて反応の鈍くなったキーを親指で何度も押し込んでいく。『今日、数学うっざー』『トモ子、電車何分乗った?』『もう着いちゃったし』『イケメン発見。櫻井《さくらい》くんに似てる』『写メ写メ』『最悪、宿題忘れた』この場にはいない彼女達の感情が忙《せわ》しなく行き交う。朝の会話は、友達の数だけ、豊かになる。くだらないメールを受信する度に、あたしのエンジンは唸《うな》りを上げて、気だるい空気を吹き飛ばす。

先頭を歩いているカッキーは、今日も脚が寒そう。彼女は肩にかかる髪を摘《つま》んで、軽く引っ張る仕草をしていた。カッキーは、ときどき身体に刺さっている棘《とげ》を抜くことがある。それは彼女の苛立《いらだ》ちが形になった鋭い針であり、みんなにとってもあまり好ましい兆候と言えるものではなかった。

あたしは声を張り上げて麻衣ちゃん達にアイコンタクトを送る。二人ともカッキーの発している冷気に気付いていないようだった。

「そういえばさ、あっちの方にスタバできたじゃん、今度寄っていこうよ」

彼女達は話題を中断されて眼を瞬《またた》かせた。え、そうなんだー、じゃ、今日寄ってくー？ 彼女達の声を聞きながら、あたしはカッキーの様子を気にしていた。彼女はこっちを見なかった。その代わりに、違うことを言う。

「ねぇ」不機嫌さが滲み出る低くて荒い口調だった。「最近、あいつ調子乗ってない？」

誰のことなのかわからなかった。胸が波立つ。てっきり、ドラマの話が退屈なのだと思っていたから。

「え、あいつって？」

麻衣ちゃんの問いかけに、カッキーはユカのことだと言った。暑くもないのに脇の下にいやな汗が湧き出るのを感じた。カッキーの視線の先を見ればすぐに気付くことなのに。少し離れた先で、ユカは舘川《たちかわ》君の鞄《かばん》を摑んだりしてじゃれ合っている。

麻衣ちゃんもミナコも、えっ、ていう顔をした。けれど、順応の速いミナコはカッキーの視線を追いかけて、撥条《ぜんまい》で動く人形みたいに首を縦に振る。

「あ、そうかもね、なんか、わかるかも」

「なに、どういうこと、カッキー、なんかあったん？」

近くを歩いていた朱美《あけみ》さんが近付いてきた。

カッキーは朱美さんを軽く振り返って言う。

「あいつ、ウチらの前と男子の前じゃ態度違いすぎるんだけど。猫被っててちょーキモイんだよね」

カッキーは、少し腹を立てているだけだ。たぶん、教室にユカがやってきたら、ぱっと笑顔に戻って彼女を迎え入れて、そして、すぐにさっきの話題なんて忘れてしまうと思う。

今日、たまたま、ユカが舘川君と仲良くしていただけで。みんな、カッキーが好きな相手のことくらい、わかっているから。

「まぁ、もともと男子に対して積極的だよね。男だったら誰でも良いんじゃない？　彼氏できなくって焦ってんのかもよ」朱美さんは嗤《わら》う。

「あの子ってさ、最近、宿題忘れたり、小テストのとき答え見せてとかうざいんだけど」ミナコも続いた。

あ、いやだな、この空気。

耳にする度、胸の奥がぐらついた。硬く尖った空気を吸う肺が、場の雰囲気に耐えきれなくなって潰されそうになる。ローファーを履いた足が他人のもののように重く、振り子みたいに動かす度に、お腹が軋《きし》んでいく。あたしはなにも言わなかった。

「そうそう。もういいかげん自分でやれよって、伝わらないんだよね。最近コトヨロ気味」

ホント、いやだな、こういう会話。けれど、今はみんなと一緒にユカを攻撃する時間だった。あたし達の日常にある会話の六割は、こんなふうに誰かの陰口。気にくわないことを、ちょっとした不満を、胸に抱えたまま爆発させないよう発散させて、同調してくれる子と友情を確かめ合うのだ。

トロくてへらへらしててイライラさせられる子。誰にでも当てはまるような言葉。とりあえず挙げることのできるその子の弱点。ああ、久しぶりだなって思った。本当に、久しぶり。こんなふうに、仲のいい子の悪口を言うのって。ユカは、本当は勘違いなんてしてないし、トロくもないし、べつに男子に媚《こび》売ってるわけでもない。コトヨロ。今年も、よろしく。転じてKY、空気、読めない。空気って、なに？ どこに書いてあるの？ それが読めない子って、こんなふうに攻撃されちゃうの？

だったら、それはあたしも同じかもしれない。あたしは、空気って、見たことない。それはどんな形をしているの。どんな文字で書かれているの。どうすれば、それを読むことができるの？ ていうか、あたしお腹痛いんですけど。

唐突に苛立ちが加速する。さっきまで、あんなにはしゃいで会話をしていたのが嘘みたいに、みんながみんな、いっぺんに違う人間に変わってしまった。童話の中に出てくる継母《ままはは》や義理の姉妹みたいに、思い付く限りの悪口を言って、ここにいない子を攻撃している。

「今度は、あいつハブいちゃう？」

カッキーは、とてもいいアイデアを思い付いたみたいに、嬉しそうに言う。今度、みんなでカラオケ行かない？ そういう、簡単なノリで。

みんなは一瞬、黙った。それからすぐに、もうカッキーったらこわーい、みたいなことを言って場を笑わせる。それから、ユカの陰口を続けた。

言葉で撃ち抜くのは心地いい。撃ち抜かれた痛みを想像することもしないで、闇雲に引き金を引く。

ねぇ、あたし、思うんだけど、こういうの、やっぱりやめない？

苛立ちが、自分を黙らせる。風が止まる度に臭いを感じるような気がして、鉛になった足を引きずる。ああ、やめなきゃ。やめなきゃ。

でも、止めることはできない。いったん加速が始まったら、もう誰にも止められない。始めた本人でさえ、止めることができなくなる。戦争と同じだ。本当に、戦争。これは戦争なんだ。だから、始まる前に、止めないと。

気付いたときには、言っていた。

「ね、ハブきなんて子供っぽいこと、もうよそうよ」

ユカだってさ、別に悪気はないと思うんだ。だから、ね？

昂揚《こうよう》した空気が、一気に凍結した。その肌寒さを感じながら、みんなの視線を一斉に浴びる。歩みを止めた麻衣ちゃんの背中にぶつかりそうになって、自分の浅はかさを知った。あたしが口にしたのは、教室の秩序と繁栄を乱す危険思想だった。

血が流れた。それを感じる。どろりと固まってぬるく流れ出るそれ。うねる激しさはいつの間にか衰えていて、獣のように言葉を吐いた自分に、理性が戻ってくる。ああ、言っちゃった。言うつもりなんてなかった。こういうとき、友達を庇《かば》って馬鹿を見るのは誰なのか、あたしはよく知っているつもりだったのに。あのときと同じだ。みんなして、は？　なに言ってんのコイツ、という目であたしを見ている。

いつも学校に入ると、下駄箱に押し込められたローファーの臭いを鼻に感じる。砂利と足の臭さが入り交じった、吐き気を誘う臭い。血に似ている。

まるでなにかの胃の中みたいだ。

お昼休みの廊下は騒がしく、忙しない。行き交う男子達は本当にいつまでも中学生みたくはしゃぎ回り、女の子達はなにそれキモーイなんて言いながら、どこか遠いところにいる他人を嗤っている。

完全に、カッキー達の機嫌を損ねた。朝から彼女達の輪に交ざることができず、あたしは廊下で時間をもてあましていた。教室に戻る気にもなれなくて、壁にもたれて瞼《まぶた》を閉じる。埃の臭いに息が詰まりそうになりながら、痛みを堪《こら》えてじっとしていた。寒さに歯が鳴る。

「トモ、どうしたの？」

瞼を開けると、プリントを抱えたユカが立っていて、不思議そうにあたしの眼を覗き込んでいた。

「びっくりした」出てきた声は思ったよりも静かだった。「なに、ユカ、職員室？」

小テストかなにかを運んでいるところだったのだろう。お人好しのユカは案の定頷いた。ほいほい頼まれごとを引き受けてしまうのはあたしも同じで、人のことは言えないけれど。

「まだ続いているの？」

ユカが訊く。

「昨日よりはだいぶ楽」

そう答えると、ユカはプリントを脇に挟んで懐からなにかを取り出した。

「そんなトモちゃんにいいものをあげましょう。じゃーん」

出てきたのは茶色い使い捨てカイロだった。甘く柔らかに歌うユカの笑顔。無邪気に差し出されたそれを、受け取る。温かい。

「腹巻きしてる?」

「もち」

カイロは切れていたのでちょうどいい。ここでブラウスを捲《まく》るわけにもいかないので、とりあえずカーディガンのポケットに突っ込む。ユカはドラえもんみたいだ。こんなふうに、あたしが欲しいものを、じゃーんって言いながら取り出して、そっと差し出してくれる白い手。冷えたときにはホッカイロ、喉が痛いときにはのど飴。お腹が空いたときは——。そう、ビスケットが出てきたことがある。あのときは笑った。思い出すと、頬が緩《ゆる》んでしまう。

「あれ、読んだよ」

そう囁《ささや》く彼女の言葉は、あたしの脇腹をくすぐる。丁度、微《かす》かな温かみを感じるカーディガンのポケットの位置で。

「もう、やだなぁ。いちいち報告しなくていいよ」

「すっごく良かった。ねぇ、ロートケプシェンって、どういう意味なの?」

輝くユカの表情を見返す。決して健康そうではない、どこか白くて頼りない顔付きは、男の子が見れば胸をときめかすのかもしれない。ユカの本心はわからなかった。それは嘘なのかもしれないし、ただのお世辞なのかもしれない。どこまで興味を持っているのかは、窺《うかが》い知れない。

「そのうちわかるよ」

「次はいつ？」

次は、いつ書いてくれるの？

蕩《とろ》けそうな声、胸を躍らせる綺麗《きれい》な文字。真夜中に励ましてくれる、優しい電子のメッセージ。

ユカの言葉は心地いい。まるで魔法みたいに、あたしの心にこびり付くメランコリィをかき消してくれる。

そういえば、こんなふうに二人きりで会話することっていつの間にかなくなっていた。最後に彼女と遊んだのはいつだったろう。離れ離れになった中学で、疎遠になってしまったのは、いつからだったろう。陽が落ちて、大人達にもう帰りなさいと言いつけられる夜の空気、まだ思い出せる。携帯メールで打ち合わせて、彼女が来るのを待っていた歩道橋。二人の街の間には、大きな道路が走っていて。住んでいる家や、過ごしている空間、違う人間関係、それぞれを隔てる二人を繋《つな》ぐ橋の上で、いつも待ち合わせた。

中学二年生だった。お金はなかったから、遊びに行くこともできなかった。ただ、歩道橋の上で走る車のテールランプを眺めながら、二人で話した。

「魔法なんて、あるのかなぁ」

あのとき、中学二年生のユカは、歩道橋の柵に身を乗り出して、白い息を吐きながらそう言った。中学二年生が真顔で言うような言葉ではなかった。でも、中学二年生の本心でもあったと思う。そのとき、あたし達は想像の世界の話をした。剣と魔法があって。お姫様がいて。王子様がいて。空を飛んで。恋をする話のことを。

「ばか。あるわけないでしょ」

わざわざ否定しなくても、わかりきっていることなのに。彼女が夜空を見上げ、うっとりするような夢見がちな声でそう呟《つぶや》くものだから、勢い込んで否定してしまった。

「でも、あったらいいね」

そしてユカはこう続ける。あたし、トモの書いてくれる魔法が好きだなぁ。彼女はひとしきり楽しげに笑って、歩道橋から見える夜の向こうへ視線を向けた。ユカの指先は冷たくて、あたしはその冷えた指の、第二関節の辺りまでを握りしめた。痛くないように、そっと。けれど温まるくらいには、強く。

彼女の顔を見ることができず、あたしも同じように暗くて星のない彼方へ視線を向けた。眼下でたくさんの車が駆け抜けていき、その度に風と音と、光をまき散らしていく。煌《きら》めきのプリズム。魔法が放つ光みたい。

彼女の手を握ると、不思議な気持ちになる。それは決して背徳的な心地ではない。あたしだって、いつかは好きな男の子の手を握り、一緒に夜空を見上げたいという女の子の回路を持っている。けれど、彼女と手を繋ぐときの気持ちは、自分の語彙《ごい》では言い表せないくらいに特別なものだった。こういうとき、女子の間にある友情は、男子の間にあるそれとは違っていると思う。だって、男同士で手を繋ぐなんてこと、できないでしょう?

彼女の手を握ると、ほっとする。目指す先に薄暗い大きな森が広がっていても、彼女の手を握ってそれに立ち向かえば、拒む霧を魔法のように退けてくれるような気がした。そうして手を引かれると、どんなにふさぎ込んでいるときだって、彼女と一緒に進んでいける気がする。そこにどんな恐ろしい魔物や魔女が棲《す》んでいても、二人なら立ち入ることができる。童話の中のヘンゼルとグレーテルのように。どんなに深く暗い森の中でも、きっと迷わずに突き進むことができるだろう。

もしこれが男の人の手だったら、と考えることがある。そうなったら、あたしはその手にひたすら甘えて、縋《すが》り付いてしまう。きっと依存してしまう。いつか失恋するのがわかっていながら、離れられなくなってしまう。

彼女と手を繋ぐときには、そんな気持ちは抱かなくてもいい。だって、あたし達の間には恋愛感情なんて生まれないし、だからつまり、これから先、失恋をきっかけにあたし達が離れ離れになるなんてことはないから。

そう。離れ離れになることなんてない。

そう思っていた。

Blue Back

1

年明けは最悪だった。たぶん、僕のこれまでの人生において最も暗鬱《あんうつ》な年末年始だったに違いない。不安と焦りと後悔を胸に抱きながら、最初の除夜の鐘をトイレの中で聴いたのだから、これはもう残念すぎる。おまけに、あたため機能がオフになっていたトイレの便座に腰掛けてしまい、もしかして便座を下ろし忘れたのかと、間の抜けた声を上げた瞬間にごーんと鳴ったのだから、これはもう完璧だ。ほんと、残念すぎるよ。

大晦日まで、自宅にいる時間のほとんどを毛布にくるまって過ごしていた。別に風邪を引いたからでも怪我をしたからでもなくて、寒くて布団から出られないといった情けない理由でもない。あのときのことを思い返すと、自然と頰が緩んで気恥ずかしくなる。それと同時に、たまらない不安に胸が押しつぶされそうになって、緊張に指先が冷たく震えた。身じろぎの数だけ零《こぼ》れた溜息《ためいき》は、きっと煩悩《ぼんのう》の数を遙かに多く上回る回数だったと思う。

クリスマスの夜。大好きな女の子に、その場の勢いと雰囲気の力を借りて、好きだよと告白した。

自分で言うのもなんだけど、わりといい雰囲気だった。彼女、滅多に見せない笑顔を浮かべていたのだから、それは間違いないはず。それで少し会話をして、そのまま電車に乗って、途中で別れた。

幸福感に包まれたまま玄関の扉を開けて、はたと気付いたことがあった。彼女、僕の言葉になんて答えたのか、まったく記憶にない。

そもそも僕はどんなことを話しただろう？　好きだよって言えたはずだった。けれど、そこからどういう会話を続けたのかが曖昧《あいまい》で、つまるところ、その、付き合ってくださいとか、そういうことを言い忘れていた気がする。もしかして話の流れ的に、こう、女の子として好きだよって意味じゃなくて、人として好きです尊敬してます、みたいなふうに誤解されてしまったかもしれない。わからない。本人に聞いてみなければ、確かめようがない。けれど、なんたることか、僕は彼女の電話番号もメールアドレスも知らなかったのだ。

悶々《もんもん》としていたら、部屋の扉を無造作に開けて姉が部屋に入ってきて、「お前はミノムシか」と布団の上から蹴られた。痛いです。それだけに留まらず、「お前、缶切りなにに使ったの？」と詰め寄られた。どういうわけだか、僕の部屋に缶切りを探しにきたらしい。いまどき缶切りとかなにに使うんだ。いや缶切りは確かにこの前、僕が母上から拝借して、そのまま部屋の机の隅に放りっぱなしにしているんだけれど。「え、いや、まぁ」と姉の質問を曖昧にごまかそうとしても、どういうわけか姉上は目ざとくその残骸を見つけたようで、ほうほうと頷いた。「そこに、貯金箱の残骸があるな」ぎく。姉の視線を追うと確かに五百円玉を入れ続けることによって五十万円貯められることをウリにしている貯金箱の缶がこじ開けられたまま無残な姿を曝《さら》していた。中身はほぼ空っぽだった。「なんで空っぽなんだ？」こういうときの姉は杉下右京《すぎしたうきょう》なみに直感が働く。姉の言葉に、まぁ無駄使いを繰り返していたからとごまかした。無駄だった。「ほう。お前、夏にバイトしてたじゃん。いくらなんでも、少しは残ってるんじゃない？ クリスマス前に、貯金箱をこじ開けるその理由とくれば――」姉はおもむろに僕の鞄を漁《あさ》り始めた。ああ、やめて、やめてください。慌てて布団から飛び出したけど遅かった。姉は僕の鞄から財布を取り出すと、中身を確認し、入っていたレシートを抜き出す。姉上の表情はめちゃくちゃにやにやしていて楽しそうだったけれど、僕は羞恥心《しゅうちしん》を通り越して恐怖すら覚えていた。姉はロフトのレシートを見遣り、「ほほぅ」と大儀そうに頷く。「アクセサリーって……ぷ」

最後にそう呟いて、ひとしきり笑われた。

取り調べは三十分くらい続いただろうか――。終わる頃にはもう、僕は耳まで赤くなって肩を落とし俯《うつむ》いていた。正直に話す必要なんてないんだろうけれど、かといってうまい嘘なんてつけず、結局はわりと素直に本当のことを言ってしまっていた。ええ、ごめんなさい。夏のバイト代を使い果たして、クリスマスプレゼントを買いました。

「それって、あの子でしょ。『サンドリヨン』の」

「えっ」名前は伏せたのになんでわかるんですか。「どど、どうして」

「わかりやすいな、お前」姉は先ほどから勝手にパソコンデスクの椅子に腰掛け、僕を見下ろしている。「だっていつも通ってるじゃん。マスターのおじさんに聞いたよ」

「え、いや、だって、だからといって」

「いや、好きじゃなかったらフツー通わないっしょ。オレンジジュース飲むだけだって高いじゃんあそこ。てゆーかなにそれ、うわ、ストーカーじゃん。一ヶ月も追い回してたわけ？　キモーイ！」

「え、ええっ？」

キモーイって言われた。笑われた。ストーカーと一緒にされた。

「うっわ、マジ引かれるよ、ヤバイってあんた。え、だって付き合ってもいないのにクリスマスプレゼントとか、マジありえないって！」

そ、そういうものなんですか？

「いくらなんでも押し付けがましいっしょ。ま、そりゃーあれだね、返事保留したいとゆーか、曖昧なまま終わらせたくなるあの子の気持ちもわかるわ。プレゼント受け取っちゃったら、断りづらいじゃん？　ご愁傷様」すごく気の毒そうな表情で、姉上は立ち上がった。「ま、女なんて星の数ほどいるし、頑張れって」

姉は僕の肩をぽんぽんと叩くと、「そろそろ夕飯だぜ。今日はカツ丼かな」とか言い残して取調室を去っていく。

僕は暫《しばら》く、心臓が爆発しそうに動いているのを耳で感じ取りながら、呆然としていた。

酉乃初《はつ》。はにかむように咲いた、彼女の笑顔を想う。

もしかして、迷惑だった？　押し付けがましかった？

どうしよう。確かめたくても、それを確かめる術《すべ》はどこにもない。心は不安でとても身体が冷えているのに、顔がひどく熱かった。その熱気を冷ますべく、よたよたと窓を開ける。

冬の夜の冷気が部屋に流れ込んできて、身体を震わせる。

女なんて星の数ほどいるし、頑張れって。

白い息を吐きながら、思わず夜空を見上げた。

星一つない曇り空だった。

2

待ち合わせ時刻に真っ先に到着していたのは織田《おりた》さんだった。

善良な一般市民である僕からすると、日が暮れればよからぬ連中が湧いて出るこの道も、お昼ともなればさっぱり人通りがない。それだけにこの寒空の下、カラオケ店の前で白い太腿《ふともも》を曝している織田さんの姿はよく目立った。うわ、ニーソとはいえ超寒そう。女の子って、よくこんな寒い日にミニスカートとか穿《は》けるよね。そういえば織田さんの私服姿は中学時代から何度か見ているけれども、ミニスカートっていうのは珍しい。彼女の白い太腿がしもやけにならないかどうか心配してしまう。この、短いコートに下肢を申し訳程度に隠しながらも、そこから急に覗いてまっすぐ伸びる脚が、なんだかとても色っぽい。あ、あれ、ちょっとどきどきしてきた。今日の織田さんは、なんかすごく女の子っぽい気がします。

「はろー。ポッチーってば、なに見てるの」

「え、その、えっと、あ！　織田さん靴紐《くつひも》ほどけてるよ」

織田さんは普段からよくスニーカーを履いている。珍しいカラフルな靴紐が、くたんと垂れていた。

「おおう、またか！　なんかさ、最近これすぐほどけちゃうんだよね。なんでだろ。どこの秘密結社の陰謀？」

彼女はハンドバッグを脚で挟んで身を屈めた。靴ひもをひょいひょいと大雑把に結び直す。道の真ん中に突っ立っているのも邪魔なので、僕は彼女の傍《かたわ》らに並んだ。

「こっち見んなよ」

「え、あ、うん」

まぁ、僕の目線じゃ後ろに立ったって絶対見えないですけどね。いや、ホントですよ？

「それにしても、寒いね、なんか」

「ホント、マジ信じられないよね。家出るときは、もーちょっとお日様が眩《まぶ》しいと思ったのになぁ。風冷たいんだもん。レギンス穿いてくれば良かった」

「レギンスって、あれだよね。足首まであるやつでしょ」

「そう。でもそれはロング。太腿までのもあるよ」

太腿まで？　普段はスカートに隠されていて、僕などには見ることもできない神の領域の話。レギンスにもバリエーションが存在するとは驚きだ。スパッツとなにが違うんだろう？

そういえば、織田さんや香坂《こうさか》先輩の私服は見慣れているけれど、酉乃の私服姿ってば、一度も見たことがない。彼女、いったいどんなファッションを好むんだろう。普段、彼女のことを考えると、僕の頬は自然と緩んで、胸は温かな気持ちに包まれる。夜よりも暗く美しい黒髪に、どんな色が似合うだろう。感情を表に出すことのない白く陶器のような顔を、どんな服装なら、存分にその魅力を引き立ててくれるだろう。いつもなら、いくらでも想像の世界を自由に羽ばたくことができるのに、昨日のことを思い返せば、飛び立とうとする空の色は暗く、暗雲が立ちこめていた。妄想はたちまち失墜して、地面に激突する。

昨日、いてもたってもいられなくて、彼女のバイト先を訪ねてみた。ありったけの勇気を振り絞って、店先のステップを下って、それでもその結果は――。

――七日まで休業させて頂きます。

たった一枚の張り紙に打ちのめされてしまった。

考えれば考えるほどに溜息が漏れてしまう。伝えたい気持ち、確かめたい気持ちが胸の中でいっぱい渦巻いていて、それが印刷紙の詰まったプリンタみたいにぎこちない音を立てている。

カラオケ行こう！　と織田さんから電話で誘われたのは、昨日の深夜だった。いい気分転換になるかもしれない。ひたすらに叫んで歌って、このもやもやを消し飛ばしてしまいたい。

織田さんが気付いて片手を上げた。道の向こうから白山《しらやま》先輩がやってくる。

「あ、センパーイ！」

先輩は、パーカーの上にジャケットを羽織っている。コートなしとは寒そうだ。友人の三好《みよし》がいつだったか、「ファッションのためには寒いのも暑いのも我慢しなくてはならない」と言っていたのを思い出した。白山先輩も、どうやら防寒性能にはそれほど重きを置いていないらしい。それに比べると、僕は中学三年のときから愛用している大きめのピーコートで、なんだか着ぶくれしたような気分になる。時計を見ると十一時少し前だった。あと一人の面子《メンツ》である香坂先輩は例の如く遅刻だろう。僕の知る限り、あの人が待ち合わせの時刻通りにやってきたためしはない。

「お、二人ともごきげんよう」

相変わらずの日焼けした肌に、ちょっと痛々しいニキビ痕が残る。白山先輩は僕の家のご近所さんで、小学校からの長い付き合いだった。中学、高校と一緒なので、よく面倒を見てくれている。陸上部に所属しているが演劇部の人と親しいらしく、たまに荷物運びを手伝ってくれる。今日みたいに一緒に遊ぶのは久しぶりだった。織田さんとカラオケの面子を集める際、僕は友達の三好を候補に挙げたのだけれど、歌が下手だからと却下されてしまった。それで白羽の矢が立ったのが、織田さん曰《いわ》く「いい声してる」という白山先輩だった。

「あけましておめでとうございます」

ぺこんとお辞儀をする織田さんに続いて、僕もついでにお辞儀する。白山先輩には、元日早々に挨拶を済ませていた。

「あれ、あかりちゃん、髪型変えた？　色も明るいね」

眼をしょぼしょぼと瞬《また》かせて、白山先輩が織田さんに顔を近付ける。

「うっわ、やりー。気付きました？　昨日、美容院行ってきたんですよーう！　なのにポッチーったら、ぜんぜん気付かなくて、お前の眼は障子の穴か！」

え、どこが変わったんですか？　慌てて織田さんを振り向いてまじまじ見遣っても、違いがよくわからない。髪型、変わってる？　ど、どの辺りが？　ていうか障子の穴じゃなくて節穴の間違いだよね？

「香坂は遅れるって。先に入ってよう」

白山先輩は僕と織田さんを見遣って笑った。織田さんは頷くと、明るい声で言う。

「ポッチーったら、あたしってば傷付いたよ。ホントどこ見てるの、まったく」

ほんと。ほんとね。まったく、どこ見てるんでしょうね。斜め下ばっかり見てたから、返す言葉もなかった。

3

織田さんも香坂先輩も、わりと騒がしいタイプに分類できると思う。

織田さんは名前も知らないロックバンドを歌いまくり、遅れてやってきた香坂先輩は、流行りの若手女性シンガーを熱唱していた。

五時間も歌ったところでさすがにダレてきて、僕の戦術的撤退を香坂先輩が受け入れてくれた。正直二時間以上も歌うとは思わなかったとです……。思えばこの面子でのカラオケは初めてだ。香坂先輩や織田さんは、八時間耐久カラオケを平気でやるらしいと噂に聞いている。まったく暇人だなぁと乾いた笑みを浮かべるしかない。僕は一時間も経《た》てば声が嗄《か》れてしまうし、レパートリーも全滅だ。まったくもって恐れ入ります。

さすがにみんなお腹を空かせて、どこでご飯を食べようかとうろうろ三十分彷徨《さまよ》ったあげく、結局は織田さんの「あ、やっべあたしお金ない！」の一言にマクドナルドで落ち着いた。既にマックは四軒くらい通り過ぎていた。いいかげん寒さに鼻水も凍り付きそうだったので、みんなで近くのマックに入ることになった。駅の方まで戻れば、もっとフロアが広くて綺麗な店舗もあるのだけれど、僕ら平成生まれは、残念ながら風の子と呼ぶには寒さに対して脆弱《ぜいじゃく》すぎた。

レジは二列に分かれていて、香坂先輩と白山先輩の二年生ペアは先に二階へ上がっていく。僕はジューシーチキンのセットを頼んで、ポテトが出来上がるのを織田さんと共に少しの間待っていた。というのも織田さんが、「従兄弟《いとこ》に聞いたんだけど、マックってポテト塩抜きにしてくださいって頼むと塩抜きにしてくれるらしいよ」という噂を検証するべく、「ポッチーやってみてよ」「いやだよ恥ずかしい、なんで僕が」「えーじゃあたしもやるから一緒に」とかなんとかでなし崩し的にそう頼んだ結果、きちんと店員さんが揚げたてのポテトの準備に取りかかってくれたためだった。中学生のときの罰ゲームで「スマイルください」って頼むとき並みにめちゃくちゃ恥ずかしかった。内心はどうだか知らないけれど、いやな顔一つせずに見事なスマイルでポテトを載せたセットのトレイを渡してもらい、さすがマックだなんともないぜ、と思いながら織田さんのあとに続いて階段を上がる。織田さんはぴょんぴょんとリズミカルに階段を二段飛ばしに駆け上がっていった。視線を逸《そ》らすべきか、と思った瞬間に本人も気付いたようで、ふとお尻に片手を当てて、トレイを落とさないよう慎重な足取りに変化した。誓って言うけど、僕、なにも見てません。あ、織田さんまた靴紐ほどけてるよ。

狭いフロアの途中、ダストボックスがある辺りに香坂先輩が立っていた。トレイだけテーブルに置いてきて、紙ナプキンを取りにきたらしい。先輩を先頭に、三人でぞろぞろとボックス席に向かう。「まぁ座れ座れ。ちょっと汚れてたけど、四人ならここがいちばんいいでしょ」香坂先輩は塩分によって浸食されたテーブルの上を紙ナプキンで拭きながらニッコリ笑う。

最初の話題はなぜかお正月の特番に出ずっぱりだった新人イケメン俳優に関してのガールズトークで、白山先輩と僕は食事に集中していた。隣はたぶん中学生だろう。二組の四人グループが顔を寄せ合って携帯ゲーム機で遊んでいる。そのはしゃぐ声がちょっとうるさかったけれど、織田さんも香坂先輩も、負けじとかしましい。

「ホント、めちゃくちゃ運動神経いいよね。天は二物を与えすぎっていうかさ、優しそうな顔してたくましいとか、うわお前はフィクションの人物かって感じじゃん。まぁそこがいいんだけどー、あそこまでできすぎると、なんか性格悪そー」

「あーでもあたし、好きかもです。やっぱ男子たるもの、せめて頼もしさとか、スポーツができたりとか、そういうカッコよさ必要ですよね。やっぱ付き合うなら肉体派っていうかー。ポッチーは、なにかスポーツとかできる？」

オレンジジュースを噴くところだった。ただしイケメンに限る的な話の鋭利な矛先《ほこさき》が、いつの間にやら僕を狩るべく喉元に突きつけられている。

「え、なに、スポーツ？　なんで」

なぜ僕なのか、冷静さを装って、にこにこしている織田さんの視線を見返す。

「え、だって白山先輩は成績いいし、運動できるじゃん。だから聞かなくてもわかるっていうか」

「それはそれで寂しいよ」白山先輩はのほほんと笑いながらポテトを食べている。って、あれ、それ僕のポテトですけど。「おれにもスポーツ以外に取り柄あるんだよ」

「え、マジですか。なんですか？」

ポテト一本と引き替えに矛先が逸れる。グッジョブ先輩。

「最近だと、クレーンゲーム。リラックマとか和むじゃん」

「おぇぇっー、マジ意外！　あれですか、名人ってやつですかなんでも取れちゃうんですか？　あ、あたし欲しいのあるんですけど！　トロのでかいやつで。あ、でもあれまだあるかな、見たの先月くらいだったんだけど」

「なんでもってわけにはいかんけど、たいていのやつなら取れると思う。お店にもよるけれどね。あとでゲーセン寄ってく？」

ふぅと胸を撫で下ろしたそのときだった。「で、ポチってなんかスポーツできるの？」織田さん同様に、優しさの欠片《かけら》もない香坂先輩の無遠慮な言葉がぐさりと突き刺さる。

「そういえばポッチーって、体育とか得意？　できなさそー」

「中学も帰宅部だったんでしょ？」

視線で先輩に助けを求める。あ、目逸らされた。

「こ……」

「こ？」

覗き込んでくる織田さんの視線をまっすぐに見返すことができずに、僕は明後日《あさって》の方向を眺めながら答えた。

「こ、こう見えても、僕だって空手やってたんだよ！」

一瞬、静寂が訪れる。

「幼稚園のときまでだけどな」

白山先輩がさらりと補足したしょうもない真実に、織田さんと香坂先輩は揃《そろ》って爆笑した。

そ、そこまで笑うことないと思うんだけど……。

4

悪いことなんてなにもしていないはずなのに、責められているような空気に耐えきれず、とても居たたまれなくなることが、たまにある。周囲のみんなは、僕の心中なんてまるきり気にしていないように別の話を続けていくけれど、僕は金縛りにあったみたいにその場に佇《たたず》んで、俯いたまま立ち尽くしていることしかできない。そんな懐かしい気分を、久しぶりに味わった。正直、笑われてショックだった。

赤面した顔の火照りは、未《いま》だ冷める様子がない。香坂先輩はトイレに席を外しているので、喋っているのはもっぱら織田さん。最近公開された超話題作の映画が、蓋を開けてみたらB級ホラーな内容でガッカリだったと、そんな話で白山先輩と盛り上がっている。僕はその映画をまだ観ていなかったので、あまり話に入れなかった。

確かに僕は運動音痴で、幼稚園のときに空手教室を挫折しちゃうくらいの根性なしだけれど、別に、笑うことないじゃん。さすがポッチー！　きゃははは！　とかひどすぎる。どう足掻《あが》いても僕が体育会系の人間には見えないことくらい、みんなわかってるはずなのにさ。じゃ、文系だからって、なにが得意なんだって言われると……。

「やっべー。トイレの床、びしょびしょだったよ」香坂先輩が席に戻ってきた。「なんだろ。水漏れ？　おしっこじゃないよね？」まったくもって乙女の恥じらいというものを知らない人だ。

「ポッチーってば、どうしたの」織田さんがきょとんとした表情を浮かべて僕の顔を覗き込んでいた。「なに、シリアスモード？」なんだよシリアスモードって。僕はいつだってシリアスだと思うけど。

「いやぁ、べつに」

「なに？　言ってくんなきゃわかんないよー？」

「ちょっと喉が疲れちゃって。どっちかというと省電力モード」

織田さんに心配されちゃうなんて意外だった。確かに、ずっと話を聞くばかりで、僕はほとんど喋ってなかった。

「あ、そーだポチ。あれ返すよ。なんとかメモリ」香坂先輩はテーブルの上に大きな鞄を載っけて中を開く。どうやら、先月貸したUSBメモリを返してくれるらしい。暫《しば》し、香坂先輩は鞄の中を漁った。出てくる出てくる色々なもの。ペンケース。手鏡。化粧ポーチらしきもの。ホッカイロ。プリッツの空き箱。クリアファイル。変な冊子。しかし、目当てのUSBメモリは見つからない。

香坂先輩は鞄をひっくり返している。

「べつに、ないならないでいいですよ。あれ、今は使ってないですし」

「なにこれ」と白山先輩がバッグから出てきた冊子を手に取った。ひっくり返し、両面を眺める。安っぽい作りのコピー誌で、表紙に『十字路』と書かれている。写実的な猫のイラストが表を飾っていた。

「あ、それなー。なんか、最近流行ってるじゃん。知らない？　文芸部の冊子だよ」

そういえば、いつだったか、三好が似たような冊子を読んでいたのを思い出す。

「文系女子の間で流行ってる——というよりは、付き合いで読まされてるっていうか。ま、そこそこ面白いよ」

　香坂先輩は冊子を見せてくれた。ぱらぱらと開くと三段組みのレイアウトに細かい文字がびっしり。うわ、素人高校生の文章なんて読む気がしない！　三好が気にするくらいなら、出来はいいんだろうけれど。

「書いているのはいい子達なんだよー。ただ、その文芸部の部長がさ、むかつくんだよなー。なんていうか、ちょっと日本語読めるからって偉そうにしやがってさ！」先輩はUSBメモリ探索を諦めたらしい。鞄に物を戻しながら言う。「谷口《たにぐち》っていうんだけど知ってる？」

　僕と織田さんは顔を見合わせた。文芸部とは交流がないので互いに首を傾げる。

「あいつパソコンできるから、名簿作りとか頼んじゃうんだよね。でさ、あたしが名前の読みを間違えたからってお前アホだろとか馬鹿にすんの。だってさ、セリカとか名前、読めなくない？　八反丸《はったんまる》って、フツー読めないだろ！」

「確かに確かに！　あたしも、セリカの苗字、最初はヤタマルって思ってましたもん」織田さんは咥《くわ》えていたストローを唇から離して、おかしそうに笑った。

「三好とかオリヒメの名前も、あたし間違えちゃってさー。アホかって突っ込まれてマジかちんときたし。アホとか関係なくない？　お前らの苗字がややこしすぎるんだって！」

　よっぽどその部長が気にくわないのか、香坂先輩は、他にもあれやこれやと不満を口にしはじめる。僕は冊子を捲《めく》るページの手を止めた。そこに垣間見えたカタカナの並びに見覚えがあったからだった。『霧の向こうのロートケプシェン』というタイトルの小説。その文字を以前、どこかで目にしたような気がするけれど、思い出せない。

「あ、それねー」身を乗り出して、香坂先輩がページを覗き込んでくる。「その中じゃいちばんマシだよ。ユカリが言うには、一年生が書いてるらしいけれど……。確か、井上って子」

知ってる？ と先輩の視線が聞いてくる。けれど、井上という名前に心当たりはなかった。タイトルに既視感のようなものを覚えたのは、気のせいだったのかもしれない。

「あたしお手洗い行ってくるね」織田さんはブーフのストラップがはみ出て覗いているバッグを椅子に残して立ち上がった。僕は彼女に道を譲るために立ち上がる。記憶の探索を諦めて、冊子を香坂先輩に返した。

「そういえば、オリヒメに聞いたんだけど」冊子を受け取り、世間話でも続けるような口調で、香坂先輩が言う。「ポチがとある子に片想い中ってホント？」

鼻水を噴いてしまった。慌ててポケットティッシュを取り出し、ちーんと思い切り洟《はな》をかむ。

「え、なに、ホント？ だれだれ？ 演劇部の子？」

「いや、デマですデマ。悪意あるデマです」

「こいつは興味深い事実だ。火のないところに煙は云々《うんぬん》と言うじゃないか」白山先輩もテーブルに身を乗り出してくる。鬼の首を取ったかのような表情だった。

「誤解です。織田さんの勝手な妄想です」

「あ、もしかしてセリカ？ 無理だよやめなよ。勝率ゼロパーだって。次元が違う。アウトオブ眼中だよ」

「違いますって!」ていうかなんだよ次元って。

「あの子綺麗だよね。わりと大人っぽいし、須川《すがわ》好きそうなタイプじゃん」

暫くすると織田さんは戻ってきた。近くに気配を感じて、彼女を見上げる。織田さんまで敵に回ったら、僕の戦況は圧倒的不利になる。

「あ、オリヒメー! いいところに。今ね、ポチの取り調べ中」

立ち上がって、織田さんを席に通す。織田さんは黙ったまま椅子に座って、そのままテーブルに視線を落とした。彼女は僕の敵になるわけでも味方になるわけでもなく、そのまま唇の辺りを引き締めて、テーブルに頬杖を突く。

「オリヒメ、ポチのターゲットってセリカっしょ、やっぱ」

香坂先輩が笑いながら問いかけると、織田さんは暫くまばたきを繰り返して、やや不機嫌そうな視線を返した。「なに言ってんの」と小さく唇が動く。

香坂先輩はぽかんとしていた。「え、なに?」と半笑いの表情で織田さんを見る。僕も気付いていた。席に戻ってきた織田さんはあまりにも静かで、様子がおかしかった。

「織田さん? どうしたの?」

彼女は口元をきゅっと引き締めたまま、視線をテーブルに落としていた。マスカラで厚くなった彼女の睫毛《まつげ》が何度か震えるように上下し、その瞳がどんどん潤《うる》んでいく。

「あたし、帰る」

織田さんは引き絞るような声でそう言って、バッグを腕に提げた。椅子にかけてあったコートを抱えると、僕とテーブルの間を無理矢理縫うみたいに通って、早足で階段を降りていく。

正直、わけがわからなかった。頼るように香坂先輩を見ると、先輩もきょとんとした表情で、階段の方を見ていた。

「なに、オリヒメったらセーリ？」

相変わらずデリカシーのない発言に辟易《へきえき》しながら、どうしたものかと白山先輩を見遣る。先輩は僕を見て言う。

「須川、行ってやれよ」

「え」

「あかりちゃん。泣いてたぞ。よくわかんねーけど、とりあえず行ってやれって」

「あ、はい」

階段を駆け下りて、マックを出る。コートを置いてきたので、外はひどく寒かった。駅の方へ向かって歩く織田さんの背中を見つける。

「織田さん！」

声を上げて、彼女に駆け寄る。織田さんは肩越しに僕を見て足を止めた。

「どうしたの？　なんかあったの？」

「べつに」織田さんはもう泣いていなかったけれど、ちらりと見えたその目元に、やっぱり涙の痕跡を残していた。「ポッチーに言ったってわかんねーし」

それでも、なにか言ってくれなきゃ、わからない。わかんないよ。

織田さんはそれ以上なにも言わずに、駅へ向かって歩き出す。僕は彼女の背中をただ見送ることしかできずに、寒空の下にいた。

僕は運動音痴で、スポーツができない。根性もなくて、これといった特技もない。そして女の子の気持ちも理解してあげられなくて、優しい言葉もなに一つ思い付かない。

こういうとき、自分をとても、とても情けなく思う。

5

メールを送っても、織田さんからの返事は素っ気ないものだった。「べつになんでもない」という文字列に絵文字が交じっていない時点で普段の織田さんならありえないことだ。いったいどうしたんだろうと不安にかられるものの、心当たりはなにもない。だって、トイレへ行って戻ってくるまでの間に、いきなり機嫌が悪くなるなんて。

それから三日も経ったころ、僕はベッドの上に寝転がり、携帯電話で某SNSサイトにある織田さんの日記を覗いていた。去年の終わりくらいから、ちょうど僕らの周囲で流行り出したSNSサイトで、織田さんもそこで日記を書いている。写真や絵文字をたくみに使って、日々のできごとを面白おかしく彩ったもので、なかなかどうして文才がある。そんな日記を毎日書いている彼女だけれど、この三日間は更新がなかった。やっぱり、どうにも様子がおかしい。

深夜、寝る前にもう一度ログインして友人達の日記を見て回ると、織田さんの日記が三日ぶりに更新されていた。タイトルは『ショック!』だった。内容も『ショック!』だけで、なにがなんだかさっぱりわからない。コメントを残している子がいて、『どうしたの?』と問いかけていた。そのコメントに対して織田さんはこう返している。

なんか、伝えたい気持ちとか、考えてることとか。想ってるだけで外に出ないなら、それはないのと一緒なのかなって。

なんとも曖昧でよくわからない文章だと最初は思った。眠ろうとして携帯電話を閉じ、布団に転がって暫く悶々としていた。もやもやとした気持ちを抱えたまま、僕は片想い中の女の子のことを考えていた。酉乃初。魔法使いになりたいっていう、幼くて純粋な夢を抱いていて、現実の厳しさに打ちのめされながらも、それを成し遂げてしまう女の子。誰か困っている人がいたら、助けてあげたいっていう、そんな優しい魔法使い。

彼女に出会うまで——。なにかつらい気持ちを抱いている子を見かけたりしても、僕はなにもできずにただ心配するだけだった。つらいことがあったのなら、なにかしてあげたいと思う。けれど、なにかしてあげたいと思っても、なにをしたらいいのかがまるでわからない。

そう。思ったり、感じたりするだけなら、誰にでもできること。結局は声をかけたり、話を聞いてあげたり、行動を取らないと意味なんてない。

酉乃に対して抱いているこの気持ちも同じなのかもしれない。彼女が僕のことをどう思っているんだろうかって、不安でたまらなくて、でも確かめられないこの気持ち。このまま時間が経って、なんとなく伝えられないまま、勇気を出せずに消えてしまいそうで。

誰かを好きになるっていう気持ちも、伝わらなければ、意味なんてないのかもしれない。想っているだけで、外に出ないんじゃ、それはないのと一緒なのかなって。

織田さんの書いた言葉を反芻《はんすう》しながら、いつしか僕は眠りに落ちた。

6

「もし、人の心を読めたら。そう思ったことはありませんか？　伝えたいと思うのに、言い表すことのできない気持ちを、そっと汲《く》み取ってあげることができたら。大切な誰かが傷付いていること、悩んでいることにいち早く気付いて、取り返しのつかない事態を防ぐことができるかもしれません」

白い指先が優美に躍り、手にしたトランプのカードを鮮やかに切り交ぜている。まだ早い時間だったので、薄暗い店内にお客さんは一人だけ。常連さんが多いサンドリヨンには珍しい、見たことのない女性だった。テーブル席で珈琲《コーヒー》を飲んでいたそのお客さんは、熱心な眼差しで彼女を見上げている。自在にカードを操り、バーテンの制服を着こなしている彼女は、けれどただの店員じゃない。

西乃初。レストラン・バー『サンドリヨン』の魔法使い。

「もちろん、そんなことって実際には不可能に思えますけれど、でも、人間って自分の気持ちを知らずに外に出してしまっているものなんです。表情はもちろん、なにげない言葉の端々や、手先の動作、色々なところに気持ちは現れているんですよ。ちょっと試してみましょう。先ほど、こうして広げたトランプの中から、一枚、心の中で好きなカードを決めてもらいましたけれど……。まだ、憶《おぼ》えています？」

屈託のない笑顔を向けられて、お客さんの方も親しげに笑って応えた。

「もちろん。忘れたりしてませんよ」

「それでは、そのカードのマークと数字を、よくイメージしていてくださいね。これから、一枚ずつカードを見せていきます。もし選んだカードが出てきても、決して言わないで。表情にも出さないように……。ポーカーフェイス、得意ですか？」

「え、どうだろう。それはちょっと自信ないかも」

笑い合う二人の様子を、僕は少し離れたところから見ていた。意を決してサンドリヨンのドアを開けて、カウンター席に腰掛けたところだった。どうやらマジックは始まったばかりらしく、邪魔するわけにもいかない。マスターの十九波《とくなみ》さんは、「ちょっと待っててくださいね」と奥へ引っ込んだまま、まだ戻ってこなかった。

マジックを続けている酉乃の横顔を見る。楽しげに笑うその表情、長く胸元に落ちる黒髪。その間から覗く丸みを帯びた耳。白いブラウスと、シックなベスト。大人びた雰囲気の彼女は、学校にいるときとはまるで違う存在感を伴って佇んでいた。

左手に持った一組のトランプ。そこから一枚ずつカードを取り上げて、女性に見せていく。西乃は自分では手元のカードを見たりせず、じっとお客さんの表情を観察していた。お客さんは、どこかいたずらっぽい性格なのだろうか。西乃の視線をまっすぐ受け止めながら、ときに笑ったり、ときに唇を結んだりと、表情を豊かに変化させていく。

お客さんの表情はまったく読めそうになかった。そんな状況で、本当に、心に浮かべたカードを当てるなんてことができるんだろうか——。

西乃はカードを持ち上げる手を止めて、ゆっくりと言った。

「わかりました。先ほど選んで頂いたカード——」

彼女が手にするカードを見上げ、女性客の眼が大きく開かれる。

「このカード。クラブの4です」

指先で、手にしたカードを軽く弾いて、音を鳴らす。西乃はそのカードをテーブルに置いた。クラブの4だった。

「すっごーい！」大人しかったお客さんが、思い切り大きな歓声を上げて、ぱちぱちと手を叩く。「え、うっそ。どうして？　だって、心の中で選んだだけなんだよ？」

僕は唖然と、会話を交わす二人を眺めていた。最初から最後までしっかりとマジックを観ていたわけじゃないけれども、西乃がカードを当てるのはどう考えても不可能に思えた。心に思っただけのカードを当てるなんて。それこそ本当に、心の中を読むことができない限りは——。

暫く、西乃とお客さんの会話が終わるのを複雑な気持ちで見守っていた。西乃の顔を見るのは久しぶりだった。あのクリスマスの日から、もう二週間も会っていない。早く彼女に話しかけたい気もするし、ここのところ悶々としていたせいで、なんだか顔を合わせづらいのも本音だった。不安な気持ちが膨れあがって、掌《てのひら》にいやな汗が浮かんでくる。彼女が僕のことをどんなふうに思っているのか――心を覗くことができれば、こんな不安にかられることもないのに。

マスターにオレンジジュースを頼んで、新年の挨拶や雑談を交わしていたら、いつの間にか西乃はカウンターの内側に戻ってきていた。横顔を向けて食器を片付けていた彼女と視線が合う。西乃はなにも言わずに視線を逸らし、顔を背けた。え、あれ。無視？　もしかして、やっぱり僕って、避けられてますか？

「ハツ。須川君が来てますよ」

十九波さんは直球で西乃に声をかける。彼女はたった今その瞬間に僕の存在に気付いたようにちらりと視線を向けて、無言で頷いた。

ゆっくりと、カウンター越しに彼女が近付いてくる。心なしか、目を合わせまいとしているように見えた。それがなんだかひどく気まずくて、僕の方も彼女の顔を見ていられなくなる。

「あけましておめでとう」

西乃がぼそっと言った。マジックをしていないときの彼女は、まるで別人みたいに、素っ気なくて無愛想だ。

「ええと、うん。あけましておめでとう」

ちらりと見上げると、酉乃は口元をきゅっと結んだまま、無言で頷いて応えた。

どうしよう。やっぱり、あのクリスマスのあれは、ちょっとくさかったというか、もしかして、すごくドン引きされていて、いま僕って、ものすごく避けられているんじゃないだろうか。考えれば考えるほどに顔が熱くなって仕方なくなる。それを確かめたくて彼女に会いにきたっていうのに。

暫く、無言だった。僕はじっとオレンジジュースを見ていた。酉乃は動かない。マスターがその場から少し離れていくのが気配でわかる。沈黙の時間はほんの数秒なのかもしれなかった。あるいは、何分も黙っていたのかもしれない。それが耐えきれず、慌てて回転の落ちた頭を働かせて、なんとか話題を引っ張り出そうと考える。

けれどやっぱり、僕ってば気の利かないだめなやつで。だから面白い話なんかなにもできなくて。

「えっと、そういえば、不思議なことがあって。お正月に」

振り絞った声は、ちょっと掠れていた。決心して、酉乃を見上げる。

続きを促すように、彼女は無言で首を傾げた。

「あ、でも、今までと違って、なんだろう。これは人の気持ちだから、その、明確な答えなんてないんだろうし、でも、なんかほっとけなくて。あ、女の子の問題だから、もしかしたら酉乃さんの方が詳しいかもしれないし」

「女の子の問題」

彼女の唇が、その言葉を小さく繰り返す。

「え、あ、織田さんのことなんだけど」どうしよう。こういうことってぺらぺら喋っちゃうのも気が引けてしまう。「この前、みんなで遊びに行ったときにね……」

気後れしながら、僕は先日のできごとを酉乃に話した。記憶を引っ張り出して話している間は、不安な気持ちを胸中に押し込んで黙らせることができた。酉乃はときおり質問をはさみながら、丁寧に話を聞いてくれた。

彼女の興味を惹《ひ》くためにこんな話をするなんて、我ながら自分が情けなかったし、織田さんを利用しているみたいで申し訳なかった。それでもこうしてこの前のできごとを話しているうちに、あのとき感じたもどかしさを思い返して、気持ちが溢《あふ》れ出てくる。

「ヘンに探ったりしちゃ悪いんだろうけれど、でも、なんだか放っておけなくて……。けど、なにがなんだかわからないし、どうすればいいのかも、わかんなくて」

心にあるもどかしさは、言葉になって流れていく。織田さんのことを心配に思うその気持ちは、けれど、それとは裏腹に心で燻《くすぶ》っているだけだ。行動に移さなきゃ意味なんてないのに。それだけじゃ、それはないのと一緒なのに。結局、僕はいつものように酉乃に助けを求めていた。自分の無力さを、強く実感する。

ざっと話を聞き終えた酉乃は、僕から目を背けるように視線を斜めに落としたまま沈黙していた。不安を抱くのに充分の間を置いて、彼女がふと声を上げる。

「織田さんがお手洗いに席を立って、戻ってくるまでの間に、いったいなにがあったのか。要点は、そこね」

「うん……。その、泣いちゃうようなできごとって想像できないんだよね」

「トイレへ行っている間に、なにかしらショックを受ける情報を手にしたのかもしれないわ。例えば、電話やメールで」

それは当然、僕も一度は考えていたことだった。

「それがね、西乃さん」ところが、話はそう簡単なことじゃない。「織田さん、手ぶらだったんだよ。ケータイもバッグの中に入ったままだったんだ」

「どうしてわかるの？」

「ストラップがバッグから覗いてたから」

織田さんのケータイに付いているブーフのストラップはやたら大きくて、携帯電話とストラップといったいどちらが本体なのか小一時間問い詰めたくなるくらいのものだった。それだけに、そのバッグが椅子に残されたままだったのはよく印象に残っている。

「お手洗いがある方のテーブルに、お客さんはいた？」

「いたよ。中学生のグループ」

「その中に、女の子は？」

「いなかったと思うけど、なんで？」

西乃は胸元に零れる一房の髪を指先で摘んで、くるくると指に巻き付ける。

「以前付き合っていた彼が彼女を連れていた、とか。まだ好きだったのなら、ショックかも」

「ええーっと、それは」なるほど女の子らしい意見だった。想像もしていなかったけれど。

「でも、女の子はいなかったはずだよ」

「他のテーブルのことなのに、よく観察してるのね」

「まぁ、なんていうの、観察力が必要なのは、マジシャンだけじゃないんだよ」

ただ中学生のしていたモンハンの話が気になってただけです、はい。

「それに、元彼っていうには、中学生はちょっと……。なんていうの、年下って、織田さんの好みじゃなさそうだし」

「それじゃ」酉乃は思い付く可能性を次々に列挙しているようだった。「その中学生のグループに、なにか声をかけられたとか」

「それなら、僕らの方にも聞こえるよ。あのマック、フロアが狭いんだ。トイレまでもそう遠くないし。僕の席からは、まっすぐ左手に進んだところで、まぁ、見える位置って言えば見える位置だし」

「直前の会話は、文芸部に関する話だけ？」

「そう。それも、あんまり関係がなさそうなんだよね」

とはいえ、なにが解決の糸口になるかはわからない。僕は彼女に相談をするときには、いつも思い出せる限りの情報を伝えるようにしている。

「それなら、お手洗いの中に、気分を害するものがあった、とか……」

「一応、白山先輩に言われて、トイレの中見てみたんだけど。あ、トイレって、男女共用で、個室一個しかないんだけどさ。ちょっと水漏れして床が濡《ぬ》れてたけど、あとはフツーだったよ。変な落書きとかもなかったし。織田さんがトイレに行く直前に、香坂先輩も使ってるんだけど、なにも気付かなかったって」

西乃は指に幾重にも髪を巻き付けたまま、黙り込んでしまった。これまで僕が遭遇した不思議なできごとを、ことごとく解明した彼女でも、人の気持ちに関しては、すぐに答えは出せないようだった。まぁ、確かに、こういうことは理詰めで考えたって、難しいだろうけれど……。

「可能性があるとしたら、トイレへ行って戻ってくるまでの間なんだよね。その間にケータイ以外の方法で、なにかショックな事実を知るなんてこと、ありえるのかなぁ……。うーん、やっぱ今回は難解だよね」

「なんか言った？」

物思いに耽《ふけ》っていたのか、西乃が視線を向けて言ってくる。

「え、いやぁ、今回は難解だなぁって」

「須川君には、何回も言う必要がありそう」

彼女は、ちょっと呆《あき》れたふうに吐息を漏らした。

「え、なにが？」

「お手洗いに立つ前後のことばかり気にかけても、手がかりは得られないかもしれない。須川君。その日は織田さんとどんな話をしたか、憶えている？」

「え、いやぁ、とてもじゃないけど、細かいことは」

「例えば、会ってすぐは？」

「会ってすぐ？」

そんなこと、あんまり憶えていないけれど……。

「あ、レギンス」

「レギンス？」

「そういえば、レギンスの話をしたなぁって」

「レギンスって、あのレギンス？　どうして？」

「え」どうしてって言われると、その、それは、つまり、自然な会話の成り行きで。「いや、その。なんていうの。ほら、寒そうだったんだよね、織田さん。その、脚が。いや、ほら、えと、つまり、珍しくミニスカートを穿いてて。レギンス穿いてくれば良かったって。そんな会話の流れで」

彼女は真剣な眼差しで僕を見ていた。なんだろう。とても視線が痛かった。

まっすぐ僕を見て、酉乃が口を開く。

「わたしが初めて、耳にした事実かも」

「え？」

なにを言われるのかひやひやしていただけに、意味がよくわからなかった。

「初耳」

「えっと、なにが」

「だから——」西乃はお店の入り口の方に視線を向けながら言う。つられて見てもそちらには誰もいなかった。「つまり、織田さんがミニスカートを穿いていたってこと」

「ええと、そりゃあ」西乃の声はどことなくつまらなそうな影を含んでいて、なぜか責められているような気分になってしまった。「そんなこと、別に重要じゃないでしょ？　ええと、僕もそんな気にしてなかったというか、印象に残るようなことじゃないしさ。つまり、その、彼女の靴紐がよくほどけてるから、足が印象に残ってただけで。べ、別に服装なんか観察したりしないというか」

西乃は唇に人差し指を押し当てて、薄暗い店内の内装を眺めていた。硝子《ガラス》の仕切り壁に、キャンドルの炎が揺らめく様子が、映っている。幻想的なそれを見つめたまま、西乃が言う。

「一つだけ、思い当たることはあるの」

「え、ホントに？」

「須川君、織田さんのこと、心配？」

透き通るような眼が、まっすぐに僕を覗き込んでいた。心すら見透かしてしまうような、魔術的な瞳だった。

「そりゃ、心配だよ。なにかできるなら、ほっとけないよ」

「そういうのって、やっぱり須川君らしいと思う」

言って、西乃はちょっと笑った。丸みを帯びた艶《つや》やかな頬、そこから広がるうっすらとした朱色と、僅《わず》かにできたえくぼがとても愛らしい。不意打ちみたいな笑顔に、思わず鼓動が高鳴った。どうしてかたまらなく嬉しさが込み上げてきて、酉乃が口にした言葉の意味を考える暇もない。僕はもう、今年最大のお年玉を貰《もら》ったような気分になっていた。

「もちろん、今から話すことは、わたしの推測よ。想像できて、いちばん腑《ふ》に落ちる解答の一つに過ぎないから、参考程度に聞いて欲しいのだけれど」

「うん、もちろん。なにかとっかかりになるだけでも助かるし」

彼女は頷いて、僕から視線を逸らした。眼差しをどこへ向けるというわけでもなく、どこか所在なげにしていた。

「多分、だけれど……」いつもに比べれば、確証のない言葉だった。「織田さん、失恋したんだと思う」

「え？　し、失恋？」

「あくまで想像だけれど、織田さんは、その白山さんっていう先輩に片想いをしていて、それが実らないものだと、突然知ってしまったんだと思うの」

「え、えええ？」僕は素っ頓狂な声を上げていた。「え、ええっと、おお、お、織田さんが？　し、白山先輩に？」

「そんなに驚かなくても」酉乃はそこでようやく僕を見た。「なにか困ることでも？」

「え？　いや、その」

僕は知らず胸元に手を当てていた。言われてみると、確かに困るようなことはなにもない。

そうか……。

織田さんが……。

ううーん、そうか、気付かなかった。ぜんぜん気付かなかった。

「え、ていうか、なんで？　西乃さんどうしてわかったの？　ていうかなんで失恋？　そんな、えっと、コイバナみたいなこと、ぜんぜん話さなかったと思うけど」

あ、いや、正確には僕が先輩二人から総攻撃を受けたんだった。それはコイバナと言えなくもないけれども、織田さんの恋愛とはまったく無関係だ。

「織田さんの服装、いつもと変わった感じじゃなかった？」

「え、うん、まぁ、なんか、こう、いつもより可愛い感じで」

「織田さんの普段のファッションって、わたしは知らないけれど、彼女、この寒いのに、わざわざミニスカートを穿いていたんでしょう？　どうしてだと思う？」

「え？　それは、その、ファッションなんじゃないの」

「女の子は――」西乃は、ちょっと溜息混じりに言った。「見せる相手がいなければ、わざわざ寒い中、丈の短いものを穿いたりしないの。少なくとも、わたしならね」

え、そ、そうなんですか？　そういうものなんですか？

「須川君に見せたかったとは考えられないし」

西乃はどこか気の毒そうな視線で僕を見る。どういう意味？

「その、織田さんが、白山先輩に片想いしてたっていうのは、まぁ、うん、なんとなくわかるような気もするんだけれど……。でも、その、失恋ってどういうこと？　僕の知らない間に、二人の間で、なにか起きたわけ？」

「たぶん、それこそお手洗いへ席を立って戻ってくるまでに、失恋に至るのに充分な、決定的ななにかを目撃してしまったんだと思う」

「決定的ななにかって？」

「例えば、白山先輩と、香坂先輩が付き合っているという事実を、知ってしまったとか」

またしても、酉乃の口にする奇想天外な推理に、口がぽかんと開いたままになってしまう。

「ま、待ってよ酉乃さん」なんだか混乱してきた。「だって酉乃さんは、香坂先輩や白山先輩に会ったことないでしょう？　なんでそういうことがわかるわけ？」

「もちろん、ただの想像よ。そう考えれば、しっくりくることが多くなる、というだけ。ただ、須川君の話が正確だとすると、マクドナルドの席の位置関係なんか、とてもそれっぽいもの」

「それっぽいって……。え、なにが？」

「先輩達二人は、先に二階に上がっていったんでしょう？」酉乃はこともなげに答えてくる。

「なのに、須川君の話を聞いた限りじゃ、二人は隣り合って座っていたように思えるの」

「そうだよ。えっと、僕と織田さんが隣り合わせで、向かいが先輩達だったけど。え、まさか、席が隣だからっていう理由だけで？　それはいくらなんでもこじつけじゃ」

「須川君達は、数分遅く二階に着いたのでしょう。普通、先に二人だけでテーブルに着いたら、向かい合って座るんじゃない？　並んで座って待っているなんて、かなり不自然になってしまうと思うの」

「ええっと……？」

確かに、それはそうだと思うけれど。彼女の言いたいことがよく理解できずに、何度かまばたきを繰り返して、首を傾げる。

「たぶん、香坂先輩の方だと思うけれど……。彼女は、白山先輩の隣に座りたかったのね。だから須川君達が二階に来るまで、時間をかけて席を探して、紙ナプキンを取ってくる理由を付けて、二人を待っていたんだと思う。三人で一緒にテーブルに向かえば、それとなく白山先輩の隣に座れるでしょう？　それが不自然でないように、自分でタイミングを作ったのよ。そうでもなければ、須川君達が遅れてやってきたのに、そうした席の配置にはならないと思う」

「え、で、でも……。わざわざ、そういうこと、する？」

「須川君は、経験ない？　小学校でも中学校でも、好きな子と同じグループや委員会に入りたくて、苦心したこと。それと同じよ」

そう言われると、納得するしかなかった。彼女と視線を合わせられなくなって、俯いてしまう。だって、僕は好きな女の子に会うためにも、あれこれ苦労して、理由を探している。もし、みんなとファミレスやカラオケに行く機会があったとして、そこに酉乃がいたらどうだろうと考えた。もちろん、隣に座れたらいいに決まってる。けれど、そんなこと口に出して言えないから、それとなく、彼女の隣に座れるように振る舞うかもしれない……。さも偶然を装ったりして。

「自分のトレイは先に置いてあったでしょうし、それも汚れたテーブルを拭くという名目があるなら、自然に動かすことができる。うん、なかなかいい手ね」

西乃はちょっと感心したようだった。人差し指を顎先に当てて、うんうんと頷いている。もちろん、気になってはいた。そういうことに思い当たる彼女も、同じような経験があるんだろうかって。

「白山先輩と香坂先輩は、密《ひそ》かに付き合っていて……。それを僕らに知られたくないけれど、香坂先輩は隣に座りたかったから、そんなことをした、ってこと？」

「あくまで想像よ」西乃は肩を竦《すく》めてみせた。「わたしはその先輩達に会ったこともないから、こういう勝手な想像ができるのかも」

「織田さんは、その席取りのことで、二人の関係に気付いたっていうの？」

「気付いたかもしれないし、気付かなかったかもしれない。でもそのあとで、それよりもずっと決定的なものを目にしたんだと思う」

「トイレへ行って、戻ってくるまでに？」

「たぶん、事前にお手洗いを使った香坂先輩に聞いていれば、自然と注意は向くと思うの。自分の靴紐に」

「靴紐？」

「お手洗い、水漏れで床が濡れていたんでしょう？　そのことを聞いていれば、自分の靴紐がほどけていないか確かめて、ほどけていれば結ぼうとするんじゃない？　だって水浸しになったお手洗いの床に、靴紐を浸したくないでしょう？」

よく見えなかったのね。それで、靴紐を結ぶためにしゃがんだ——のかな。

「そりゃ、そうだろうけれど……」

よくほどけていた織田さんのスニーカーの靴紐、その足元が脳裏に蘇《よみがえ》る。確かマクドナルドでも、彼女の靴紐はほどけたままだった気がする。

「たぶん、お手洗いへ行く途中で、織田さんはそのことに気付いたの。それで、靴紐を結ぶために屈もうとした。でも、そこでちょっと問題があったのね。彼女、普段より短いスカートを穿いていたから、少し気になったんだと思う。お手洗いの近くには、中学生の男の子が何人かいたんでしょう？　だから、お手洗いの扉に背を向ける形で、つまり、須川君達の方を見ながら、腰を屈めたんだと思う」

話を聞きながら、酉乃が言いたいことがわかってきた気がする。それって、つまり——。

「そうすると、普段は見えないものが、視線の高さを変えることで、見えてくる——。見えてしまったのね。テーブルの下で、密かに手を繋いでいる、香坂先輩と、白山先輩の姿が」

普段よりも可愛らしい服装で、どこか楽しげに浮かれていた織田さんの姿を思い出す。もし、彼女が酉乃の言うように、白山先輩に密かな気持ちを抱いていたんだとしたら。そして、これまで先輩達二人の仲に気付かずにいたのだとしたら——。

不機嫌そうに、きゅっと唇を結んでいた彼女の横顔。どこか耐えるように、苦しげに、そして寂しそうに肩を小さくして去っていった彼女の背中。

なんか、伝えたい気持ちとか、考えてることとか。想ってるだけで外に出ないなら、それはないのと一緒なのかなって。

好き、という気持ち。それを伝えることができないまま、伝わることがないままで。

織田さんは、失恋したのだ。

「もちろん、何度も言うけれど、これはただの想像よ。そう考えることもできるんじゃないかしらっていう」

目の前には、いつの間にか氷が溶けて、味の薄まったオレンジジュースの残りがある。そう。想像。想像することしかできなくて、今度の問題は、確かめようがない。そして、確かめたところで――。

「西乃さんの想像が正しかったとしても……。それなら、今回ばかりは、なにもできないね、さすがにさ」

それは、ちょっぴり歯がゆいけれど、でも、決して手を出しちゃいけない問題だ。そういうことだってある。

「そうでもないかも」

ぽつん、と西乃が言う。少し驚いて、彼女を見上げた。西乃はなにかを片耳に押し当てるジェスチャーをしてみせた。

「須川君。織田さんの電話番号って、知っている?」

「え、ああ、うん」

「ふぅん」

「え、なに、ふぅんって」

「べつに。ずいぶんと親しいみたいだから」

「え、いや、だって、中学のときから、ほら演劇関係でさ？　ホントだよ？」

「電話して」

「え？」

「だから、織田さんに電話」

「え、それは、ちょっと、まずいんじゃないの？　こういう問題に口を出すのは……」

「違うの」酉乃はそう言って、僕から視線を背ける。「ただ、ここに誘ってみようと思って」

「え？」

マジックをしていないときの彼女は、ほとんど感情を表に出すことがない。それでも、今の彼女は少し恥じらっているようにも見えた。勇気を出そうと、躊躇《ためら》いの海の中をもがくように。

「織田さん、わたしがどんなバイトをしているのか、不思議がっているみたいだったし」相変わらず、誰もやってこないドアの方へ視線を向けながら、酉乃は言った。「須川君、明日とか、暇？　ここへ織田さんを連れてこない？」

もちろん、明日は暇だった。暇じゃなくても、なにがなんでも暇にしていたと思うけれど。

7

「人には色々な感情があるでしょう？　怒ったり、笑ったり、泣いたり……。ここにあるカードにはね、喜怒哀楽の感情が書いてあるの。これは、喜び。これは、悲しみ。これは……」

開店前のサンドリヨン——。キャンドルの炎が仄《ほの》かに周囲を照らすテーブルで、僕らは彼女が広げる小さなカードを見ていた。白紙のカードの表側に、ゴシック体の文字で、酉乃が言う通りに、「喜び」「悲しみ」「怒り」などの文字がプリントされている。それだけの、どこか味気ないシンプルなカードだった。

この前の憂鬱な気分はどこへ吹き飛んでしまったのか、織田さんはきゃーきゃー声を上げながら、酉乃の演じるマジックにオーバーリアクションを見せていた。「こわぁーっ！」と不気味がったり、「うっそー！」と驚愕《きょうがく》したり、それこそ、織田さんの喜怒哀楽はめまぐるしい。

「このカードをこうして交ぜて……」数枚のカードを軽く交ぜ上げて、裏向きのまま織田さんの方へ差し出す。「それじゃ、織田さん、好きなカードを選んでくれる？」

「おっけー！」織田さんは大仰な仕草で一枚、それを抜き取る。「見ていいの？」

「どうぞ。でも、書いてある感情を顔に出さないようにね」

織田さんは抜いたカードに視線を落とした。僕と目が合うと無理にその瞳を大きくして、必死に無表情を演じようとする。酉乃と違って、織田さんにポーカーフェイスは難しそうだ。

織田さんが見せてくれたカードには、「喜び」と書いてあった。カードはそのまま、伏せてテーブルに置かれる。

「少し待ってね。今から、織田さんが引いたカードを当てるから」

酉乃はそう言って、いたずらっぽい笑みを浮かべて織田さんを見つめた。学校とはあまりにも落差の激しい酉乃の表情に繰り返し驚いて、そして楽しげに笑う織田さんも、負けじとポーカーフェイスを維持して彼女を見返す。

酉乃はテーブルに置いていたクリップボードを胸の前に構えた。ポケットからサインペンを取り出し、暫し考え込んだあと、なにかを書き込んでいく。

「これね。間違いないわ」

酉乃は自信たっぷりにそう言った。クリップボードをひっくり返し、表側を僕らに見せる。ボードに挟まれていた画用紙に描かれていたのは――。

文字ではなくて、絵だった。顔文字のように単純な絵。まっすぐな棒線が横に三つ引かれていて、人の眼と口を表している。それを円で囲んだだけの、ごく単純な絵だった。

まっすぐな棒線三つで描かれた顔文字は、どこからどう見ても、無表情そのもので――。

「え？」ちょっとリアクションに困った様子の織田さん。「これ？」

「これでしょう？」

「いや、これは、なんか違うかなーって」

「違った？　選んだカードは、なんだった？」

「えっとぉ……。喜び、だっけ」忘れかけてたらしい。

「ああ、喜びね。うん。これは、喜びよ」酉乃は平然と、さらりと言う。どこからどう見ても、喜んでいる顔文字には見えない。「ほら、たまにいるでしょう。感情を表に出すのが下手な人って」

酉乃に言われるとなんだか不思議な気分だった。

「えーと、外れってこと?」

恐る恐る、彼女を見上げて聞いてみる。けれど、酉乃はやっぱり平然としている。失敗したのかどうか、彼女の感情を読み取ることは難しい。

「これ、喜びなんだけどなぁ……」不服そうに呟いて、酉乃は掲げたクリップボードを覗き込む。「なんだか、織田さんも須川君も納得してくれないみたいだから……。あ、そうね、こうしましょう」

おもむろにクリップボードから画用紙を外して、その絵を縦に折り始めた。

「こんなふうに折っていくと——」折り目の付いた紙を、僕らの方へ差し出す。山折りの折り目が二箇所に付いているそれは、千円札に描かれた野口英世《のぐちひでよ》を連想させた。眼の部分で折り目を付けて、無理矢理笑ったような表情にさせてしまうという、あの奇妙な遊び——。酉乃の見せた顔文字も、まっすぐだった棒線が折り目に沿うように曲げられて、ニコニコマークに変化している。「ほら、笑顔になった。まさしく喜びね」

「ええっー。これ、マジックじゃないじゃん。もう、おニューってば!」

織田さんは不満を抱いた様子もなく、笑いを零している。僕も同じように、奇妙な変化球で攻められた気分で、笑うしかない。

「人を笑顔にさせたいときって、こういうくだらないことをするのが、いちばんでしょう?」

彼女は、してやったりといった顔だった。「なにか問題を抱えていて、一人で悩んでいたりして、だから笑顔を出せなくて。そんな人が相手でも、笑顔を誘うのに特別な方法や手段なんて必要ないの。こんなふうに、面白いこと、楽しいことをして、みんなで面白おかしく笑ってると……。もしかしたら、すてきな魔法が起こるかも」

酉乃は折り曲げられた画用紙を掲げたまま、僕と織田さんに微笑みかけた。織田さんは一瞬、きょとんとした表情になる。けれども、すぐに彼女を見返して、また楽しそうな笑顔を浮かべた。

問題は解決しない。どうしようもないことだって、たくさんある。

それでも、みんなと楽しく、一緒に笑っていられる時間が少しでもあるんだとしたら。

その瞬間だけは、こころが、優しくほぐれていく。

「こんなふうに、ね」

酉乃は曲げたままだった画用紙を、そっと引き伸ばしていく。折り目を戻すように、まっすぐに。当然、元に戻せば、笑顔を見せているように錯覚したあの顔文字も、無表情に戻るはずだった。それなのに――。

顔文字は、ニコニコマークの、笑顔のまま。画用紙に描かれていたまっすぐの棒線そのものが、不思議な力で曲げられたみたいに、そこに描かれていた。

「うえええっー！　うっそ！」

大きな声で驚く織田さんへ、酉乃はその画用紙を差し出した。

「もし良かったら、どうぞ」

「え、マジで、くれるの？」

織田さんはその紙を受け取って、しげしげと眺めた。顔文字の棒線に何度も指先を触れさせて、そこに仕掛けがないかどうか確かめている。

「うっそ！　絵が曲がった！　絵が！　絵が曲がったよポッチー！」

彼女は笑いながら、僕にもその画用紙を差し出した。好奇心にかられて、思わず僕も絵に指先を触れさせる。それはなんのへんてつもないただの画用紙だった。

驚愕している織田さんを眺めて、西乃もまた笑顔を浮かべている。織田さんは何度も声を上げて絵を見つめていた。彼女の様子がおかしくって、僕も自然と笑いが込み上げてくる。

「すごいすごい！　うわー、おニュー超すごいじゃん！　うっそ、信じられない。え、ホントにこれ、マジックなの？　ね、ホントに？」

「魔法よ」さらりと言って、西乃は笑う。「さて、マジックはこれくらいにして……。飲み物、取ってきてあげる」

西乃は道具を片付けると、それを抱えてカウンターの方へ戻っていく。開店前のカウンターには、準備をしているらしい十九波さんの背中がちらりと見えるだけだった。

「うわー。超絶すごかった」

西乃の背中を見送って、テーブルの向かいに座っている織田さんが、眼をぱちくりとまばたきさせる。

「おニューが手品できるって、ゆみりんから聞いてたんだけど、あんなすごいなんて……。っていうか、こんなとこでバイトしてるんなら、もっと早く教えてくれればいつでも遊びにきたのに。ちょっと、なんでポッチー教えてくれないの！」

「いや、なんか、秘密なんだって。ほら、長期休暇以外のバイトって、ウチ禁止でしょ。だからあんまり言えないんじゃないかな」

「あ、そっか。うーん、なるほど。みんなに自慢するわけにもいかないのかぁ、ちくしょー。仕方ない」

「そういえば、酉乃さんがマジックしてるってこと、織田さんも知らなかったんだね。なんか、入学したときから仲良さそうだったから、知ってるのかなって思ってた」

「まぁ、あたしが一方的に話しかけてただけだし。でも、だから今回のことはちょっと嬉しかったかも。この三人で遊ぶなんて、すごい新鮮じゃん。もうおニューってばさ、なんか寂しそうに窓の外ばっかり見てるから、ついつい話しかけちゃうんだよね。ウザがられてたらどうしようって思ってたんだけどさ、なんか嫌われてないみたいで良かったぁ」

　ほっとしたようににんまりと笑顔を浮かべ、テーブルの上に両手で頬杖を突く織田さん。

　普段から教室では無愛想で、だからどこか浮いていて、友人達とも距離を置いているように見える酉乃の姿を思い出す。孤高のように振る舞っていて、けれども本当は寂しがり屋の彼女。その寂しさは、どうやら織田さんにはしっかり伝わっていたみたいだ。

　なんか、伝えたい気持ちとか、考えてることとか。想ってるだけで外に出ないなら、それはないのと一緒なのかなって。

もし、本当に酉乃が言うように、織田さんが失恋していたのだとしたら。織田さんが抱いていた気持ちは、本当に無駄なものだったんだろうか。

けれど少なくとも、彼女が落ち込んでいて、そして悲しんでいるっていうことは、その気持ちは言葉にならなくても、僕を経て酉乃に伝わった。

もしかしたら、心配してるよって、そういう僕らからのメッセージも、見えない電波がびゅーんと飛んで、彼女にも伝わったのかもしれない。

内に秘める想いは、確かに言葉にしないと伝わらない。届かない。

それでも、心を読むっていうことは、なにも超能力者やマジシャンだけの専売特許じゃない。人の気持ちを汲み取ろうと努力すれば、それが叶うこともある。知って欲しい気持ちを、知ってもらえることもある。普段とは違う角度で見ることで、見つけられるものもある。

それは思いやりがあれば、誰にだってできることなんだろう。

「これは、わたしのおごり。特別製よ」

酉乃がトレイを手にして、慎重な足取りでテーブルにそれを運んできた。トレイの上には、三つのカクテルグラスが載っている。

「え、これってカクテル？　うわ、おニューったら大胆！　この不良娘め！」

「大丈夫。ノンアルコールだから」

織田さんの言葉が面白かったのか、くすっと笑みを浮かべて、酉乃が言う。こんなふうに、マジックをしていないときの彼女の笑顔も、そう珍しいものじゃなくなるときがくるんだろうか。グラスいっぱいに注がれているそのカクテルを眺めながら、僕はぼんやりとそんなことを考えていた。

「ほえー。なんだ、お酒じゃないのかぁ。なんて名前なの?」

「これはね、お店の名前と同じ、サンドリヨン——。マスターの、自慢のカクテルよ」

三つのグラスをテーブルに置いて、酉乃も席に着く。

織田さんは、グラスを掲げた。どこか意気揚々と、笑顔を浮かべて。

「それじゃ、おニューの魔法に乾杯!」

“Out of Sight, Out of Mind” ends.

ひとりよがりのデリュージョン

「あら。トモちゃん、いらっしゃい」

迎えてくれたのは浅古《あさこ》さんだった。彼女の笑顔を見て、微《かす》かな緊張が柔らかくほぐれるのを感じる。平日の夕方だったので、お店はそれほど混雑していなかった。窓際の席。テーブルが夕陽に塗りつぶされていくのを、時間をかけて眺めるのがささやかな楽しみだった。木目調の椅子と机が並んでいるアットホームな店内は、いつまでも居続けてしまうほどに居心地がいい。案内された席に着いてメニューを眺めていると、今日は美味《お》しい苺《いちご》が入ったので、これがすごくオススメなんですよと声をかけてくれた。このお店の雰囲気は、どこかアパレルショップに似ていると思った。服を選ぶことだけじゃなくて、いつの間にかくだらない話に花を咲かせてしまうところが、おしゃべりな自分には心地いい。

「珍しいね。今日は一人なんだ」

ポットを傾けて、浅古さんは言った。何気ない口調だったので、あたしも何気なく返す。

「はい。みんな、お金ないって言うから」

あたしの嘘に、それじゃ仕方ないなぁって、浅古さんは笑った。

「今の子って、お小遣いたくさん貰《もら》ってそうなイメージがあるけれど」

ウチで使ってくれると嬉しいけれどね、なんて零《こぼ》してる。

「そんなの、家によって違いますよ。ウチは結構、厳しいです」

ハーブティーの立てる湯気に目を細めて、カップを持ち上げる。仄《ほの》かな香草の薫り。日替わりのティー。初めて口にしたはずなのに、懐かしい味がした。カモミールだ。林檎《りんご》を想起させる爽やかな風が、優しく鼻孔に入り込んでくる。子供の頃は、犬が嫌いだったな、なんて他愛のないことを思い出した。

まだ小学生だったとき、公園で出くわした犬に吠えられたことがあった。黒くしなやかな体《たい》軀《く》のその大型犬は狼に似ていて、獰猛《どうもう》な声で吠え立てるその姿がひどく恐ろしかった。慌てて走ってきた飼い主がリードを引っ張って犬を連れていったあと、あたしは何分も経《た》ってから愕《がく》然《ぜん》とした気持ちで公園を歩いて帰った。

「そういえば、小学生のときなんですけど――」

咄嗟《とっさ》に浮かんだその思い出を口にしようとしたとき、自動ドアが開いた。浅古さんはお客さんを応対しに行く。あたしは中途半端に開いた唇を軽く閉ざし、熱いお茶をテーブルに置いた。向かいの席は、もちろん空席だった。

久しぶりに一人だ。

普段、自分がこの場所に座るとき、たいていは向かいに友達が座っている。前に来たときは、誰とどんな話をしていたっけ。ただ、お腹がよじれるくらいに笑って、一緒になってプリ帳を覗き込んだり、iPodから流れる音楽に耳を澄ませて、窓の向こうが暗くなるまで時間を過ごしていた気がする。そして、ときどき、突拍子もなく思い付いた記憶を引き金に、会話を転がしていくのだ。

あの犬に遭遇した公園は、祖母の家の近くにあった。あたしは、なんにも悪いことなんてしていないのに、それこそ食ってかかる勢いで犬に吠えられたのが悔しくて仕方なかった。そのまま、あの大きな顎《あご》で食べられてしまうのではないかと恐ろしかった。祖母の家に戻るなり、涙が溢《あふ》れた。泣きじゃくるあたしに、祖母は温かいハーブティーを淹れてくれた。林檎の薫りのするそれを口にすると、理不尽さに憤って泣いていた心が不思議と安堵《あんど》したのを憶《おぼ》えている。祖母は庭で薬草を育てていた。あれはたぶん、カモミールだったんだ。だから、あたしはカモミールが好き。今、こうして思い付いたその言葉を伝える相手はいないけれど。

そういえば、このお店にユカを連れてきたことってない。中学が別になり、徐々に疎遠になってしまってから、二人きりでどこかへ遊びに行くことはなくなってしまった。

ユカと親しくなったのは、小学三年生のときだった。今でもよく憶えている。その頃、あたしは友達とはしゃいで遊ぶよりも、教室の隅でひっそりと本を読むことを好んでいた。先生や同じクラスの女の子達から、あの子は友達のいない大人しい子なのだと、憐《あわ》れみの視線を向けられているのをいやでも感じ取っていた。

「なにを読んでいるの」

三年生になってすぐの頃、そう聞かれた。まただ、と思った。ねえ、可哀想だからあの子も一緒に遊んであげようよ。そうした無垢《むく》の優しさから差し伸べられた手を、あたしは何度も見てきていた。

そのとき読んでいたのは、確かクレヨン王国のシリーズのどれかだったと思う。答えると、あらすじを聞かれた。それも答えると、彼女はふぅんと頷《うなず》いた。

「あたしも読んでみよっと」

それで、彼女はすぐに離れていった。教室で先生と遊んでいる女の子のグループにすっと溶け込んで、あたしに声をかけたことなんてなかったみたいに遊びの輪に加わっていった。

それがユカだった。

小学生の頃は、いやな記憶しか残っていない。それらを思い出と名付けるには苦い日々ばかりだった。それでも、ユカと一緒に遊んでいたことはよく憶えている。きっと彼女とは波長が合ったんだと思う。決してあたしを憐れむことなく、純然たる興味から声をかけてくれたことが嬉しかった。そして数日後に、彼女が本当に同じ本を読んできたことも嬉しかった。ユカとは本の話をした。幻想の話を。夢の話を。恋の話を。

いつしか拙《つたな》い文字で交換日記に夢物語を書いたのが始まりだった。ユカはそれを喜んでくれた。クラスが離れてしまったときも、その日記だけが毎日を支えてくれていた。ユカはあたしの作った物語を喜んだ。綺麗《きれい》な文字で日記に感想を書いてくれて、続きはどうなるの、明日も書いてくれるのと無邪気に聞いてきた。ユカに喜んでもらうために、どんどん文章を綴《つづ》った。

鉛筆をシャープペンシルに持ち替えた頃には、すっかり指にタコができていた。ペンを握りしめた手から染み出る汗。それがしっとりとノートの紙を濡《ぬ》らす感触は懐かしく、心地いい。たった一人のために綴る物語が、たぶん、小学校のときの柔らかな思い出だった。

あたし達の熱は、夜空に咲く花火のように輝いて、儚《はかな》く薄れていった。本当に、いつの間にか。中学になって二年も過ぎると、次第にメールのやりとりもなくなり、歩道橋で待ち合わせる機会も減っていった。携帯電話を機種変更する内に、彼女の写真データは一つもなくなっていた。高校で再会しても、その微妙な距離は開いたまま狭まることはなかった。だから、ユカはたくさんいる友達の一人に過ぎない。それなのに、どうして、今、ユカのことを考えているんだろう。どうして、あのときユカを庇《かば》うようなことを言ったんだろう。

お会計を済まして、アルバイトの店員さんに見送られるとき、厨房《ちゅうぼう》の方から浅古さんが顔を覗《のぞ》かせた。今度は友達と来てね。彼女の言葉に、はーいと片手を上げて振り向いた。

でも、あたしは今、友達と戦争中だ。

トイレから戻ってC組の教室を覗くと、カッキー達の姿がなかった。

『あれみんなどこでお昼食べてるのー?』

麻衣ちゃんにメールで尋ねる。返事があったのは、お昼休みが終わる五分前だった。

『ごめん、メール気付かなかった』

ユカのことを庇ったせいなのはわかっていた。お昼休み、放課後、体育の時間。女子で輪を作るときに、その見えない壁は顕著に現れた。集まる場所や時間を変えて、あたしを誘うのを、うっかり忘れていたふりをする。ごめん、また今度ね、なんて笑顔で断られて、でも、その『今度』は二度とやってこない。送ったメールは返事が来るまでに時間がかかるようになり、返信を彩る絵文字の煌《きら》めきも減少していく。

なんだか、違う世界に迷い込んでしまったみたい。今まで住んでいた世界と酷似しているのに、どこか見えない部分が捻《ねじ》れてずれている。昨日までの自分が自分ではなくなり、昨日までの教室が教室ではなくなる。飛び交う女の子達の笑い声も、男子達の朝の挨拶も、遠く離れていって、自分が白く霞《かす》んでいく。

子供の頃は、グリム童話を読んで、不思議の世界に迷い込むのを夢見ていた。けれど、ここはあたしが想像していた世界とは、だいぶ違う。

魔法が使えればいいのに。神様の授けてくれる奇跡や、合い言葉で料理を並べてくれるテーブル。願い事を叶えてくれる菩提樹《ぼだいじゅ》。ここにはない幻想の世界。それらは無邪気な子供心を刺激してくれるのと同時に、そこに描かれている残虐な悪意と惨たらしい仕打ちを読んで、これは人間の話なんだと思った。魔女や魔法使い、呪詛《じゅそ》や魔術、妖精と悪魔、そういった童話の中の怪奇にどんな名前を付けて呼んだらいいのかわからないけれど、それらは人間が生み出したおぞましい幻想なんだと思った。人間の心にある醜さと嫉妬。あるいは道徳心と優しさ。それらが別の名前と形を与えられ、物語の中で魔女や悪魔の姿を取り、ゆっくりと時間をかけて孵《ふ》化《か》していく。たとえば、おぞましい魔女は、人間の心に巣くうたくさんの憎悪と嫉妬が生み出した怪物だ。逆に、優しい魔法使いは、人が秘めている美しさの象徴だと思う。他人をいたわり想う気持ちを優しさという名の魔法に変えて、神秘の力で登場人物達を救ってくれる。

もしも、と考えた。

もしも、名前を付けるとしたら、姿形を与えるとしたら、なにがいいだろう。今、あたしの周りを囲んでいるなにか。教室に巣くっている、言葉にできないこの恐ろしさに名を与えるとしたら、なにが相応《ふさわ》しいだろう。

なにが、ぴったりだろう。

カッキーには継母《ままはは》の役が相応しい。そのとりまきの子は、いじわるな義理の姉妹達。童話の世界と現実の世界は巧妙に混ざり合っていて、グリムにはこの世の醜さの方がうんとたくさん詰まっているんだということを改めて実感させられた。そう、ここはある意味では、あたしが憧れて夢見ていた世界そのものなのかもしれない。

結局、理由なんてどうでもいい。みんなで一致団結して、誰かを攻撃することができれば、相手なんて誰でもいい。「だって、ウチら、親友だもんね」なんて言い合って、お互いの逃げ道を塞《ふさ》いで戦争を仕掛けるんだ。「なんか動きキモーイ」「絶対アイツ風呂入ってないよね」「病気移りそー」すれ違う度、目が合う度、教室の奥で笑われる度に、自分のことかと心が怯える。まったく他人の話だとしても、昨日のテレビの話だとしても、笑い声がする度に、ああ、自分が攻撃されてるんだって、心が萎縮する。やめてよ、って言い返したとしても、彼女達はいつものように決まってこう言う。「は？　なに言ってんの？　ウチらそんなこと話してないし、ていうかさぁ、それってちょっと自意識過剰なんじゃない？」

トイレの個室で、その話を聞いた。こんなにも近くで、無邪気な笑い声があたしのことを嘲《あざ》笑《わら》ってるだなんて、すぐには気付かなかった。

あたしの小説だ、と思った。

扉一枚隔てた向こうで、さっちが笑っている。

「井上のあれさ、マジで気持ち悪くなかった？　もうナルシストすぎっていうか。さすがに引いちゃうよね」

井上のあれ？　最初はどういう意味なのかわからなかった。

「あ、わかる。あれヤバかったぁ。あたしも見ちゃったけど、いまどきケータイ小説書くとか、ちょっとないよね。あの顔であんなこと言われてもって感じで、悪いけど笑いっぱなしだった。主人公、どー考えても井上なんだもん」

トイレの扉。金属のストッパー。そこに触れた指先を動かせないまま、冬の冷たい感触に身を震わせて、さっちの楽しそうな声を聞く。

「出だしで吹いちゃったよ。自分のこと美少女って書いちゃうあたりとか、井上先生すごすぎ、あたし、マジ鼻水飛んじゃったもん」

「きったねー」

「マジマジ。そんだけ威力あるって。ていうかさー、あれ、どういう意味、ロートナントカって、センスないよねー」

なんなの。わけわかんない。おかしくない？

金属のストッパーから手を離して、息を殺す。少しでも呼吸をしたとたん、扉の向こうに気付かれてしまう気がした。わけがわからなかった。どうなってるの？　どうして、あたしの書いた小説が。ていうか、おかしいの、あんたらじゃない？　どういう権利があって、どういう立場で、そういうこと、言っちゃうわけ？　息を吐くと、身体が震えた。手は自然と拳を作っていた。顔はいつの間にか熱く燃えていて、あたしはこのとき、醜い魔女みたいな顔をしているような気がした。さっちも、その隣にいる、たぶんミホピーだと思うけど、その二人とも、煮え立つ鍋に放り込んで、骨になるまで溶かしてやりたい。なんで、あたしが書いたものを、あんたたちに汚されないといけないわけ？　いったいなにが面白くて、そんなふうに嗤《わら》っているの。それのなにが愉《たの》しいの。

言葉は暴れていた。それなのに、あたしはなにも言い返せなかった。トイレの個室に籠《こも》って、肩に力を入れたまま唇を噛んでいた。過剰なまでに漂う芳香剤の匂いは、吐き気を呼び起こす。震える手でケータイを取り出して、ブックマークを開いた。読み込み中の時間が、ひどく長く感じる。そのページを確認するのは久しぶりだった。表示された電子の文字。延々と続くスクロール。並んでいる言葉の数々。目眩《めまい》がした。耳の奥までが熱くなり、立っていられなくなる。

人の気配がなくなったのを確かめて、廊下に出る。お昼休みの喧噪《けんそう》は耳鳴りのように頭をかき乱す。笑い声、うるさい。静かにしろよ。子供じゃないんだから。もっと大人しくできないの。早く、授業、始まって。静まって。誰も嗤わないで。誰も、あたしを嗤わないで。けれど授業が始まって、さっちと同じ教室で過ごすのもいや。目が合ったらどんな顔をすればいい？　笑いかけられたら、どうすればいい？　なにも知らないふりをして、無邪気に笑い返すこと、できる？

「トモ」

呼ばれた。顔を上げると、ユカがいた。どうしたの、と男の子が喜びそうな優しい笑顔を浮かべて、あたしの顔を無邪気に覗き込んでくる。たぶん、ユカはなにも知らない。なにも知らないんだと思った。

笑顔は呪詛だ。

どんな顔をすればいいのかわからなかった。なんて応えればいいのかも。ただ顔を紅潮させて、呆然《ぼうぜん》と彼女を見つめた。怒りと屈辱が嵐のように全身をかき乱す。

「トモ、どうしたの。具合悪いの？」

ユカは少し身体を屈めて顔を覗き込んでくる。どうすればいいだろう。あたしは呪いにかけられたみたいに、突然失ってしまった。なんでもないよっ、って明るく声を上げて笑う術《すべ》を、急に失ってしまった。本当、あれ、どうすればいいんだっけ。中学のときから身に付けていたその変身の呪文がわからない。だからあたしはますます顔色を悪くして、唇を歪《ゆが》めて、ユカを心配させてしまう。

「なんでもない」言葉は震えていただろうか。身体は震えているだろうか。心がバランスを失って動揺の波に攫《さら》われる。天井も地上も一緒くたになってひっくり返っている。だから、自分の声も身体もどんな様子なのか想像がつかない。「大丈夫、なんでもないよ」

気付くと、ユカは廊下を見渡していた。そろそろ授業の時間なんだろうか、人気《ひとけ》は少なかった。彼女の指先が、あたしの手に触れる。柔らかくて冷たい指の感触は、躊躇《ためら》うようにあたしの爪に触れて、それからそっと袖先まで這《は》い上がる。

ごめんね。

ユカはそう言った。その言葉にどんな意味があったのかはわからない。

「大丈夫だから」

大丈夫だから。なにが？　大丈夫なんかじゃなかった。本当は声を上げて叫びたかった。この怒りをあなたにぶつけたかった。叩きつけて、なにもかも壊してやりたかった。

「大丈夫なんかじゃない！」

ユカの手を振り払う。無垢で優しく、愚かで無能な彼女の手を、振り払う。ユカは眼を瞬《また》かせて、泣きそうな顔をした。

「あんたのせいで……！」

あんたが、余計なことをするから。あんたを庇ったばっかりに。それなのに、大丈夫？　ごめん？　笑わせないで。笑わせないでよ。ユカは呆然と間抜けな表情を浮かべている。もっとひどい声で罵《ののし》って、彼女を打ちのめしてやりたかった。彼女の頬を引っぱたいて、自分のしでかした過ちを身体に刻んでやりたかった。

「あんたのせいで……。もう、めちゃくちゃだよ」

予鈴が鳴る。絶望を浮かべた彼女の表情に小さな満足を抱いて、あたしは踵《きびす》を返し、廊下を歩いた。

静まり出した廊下は、まるで魔物が巣くう森のようだった。息を殺して、可哀想な子羊が迷い込んでくるのをじっと待っている。

あたしはユカを置いて、その魔物の顎の中へ足を踏み入れていった。


大袈裟《おおげさ》すぎるだろうか。

大人達は言う。もうすぐ大人になるんだから。もう子供ではないんだから。高校生にもなって、そんなことで。高校生なんだから、しっかりしなさい。

そうだね。あたしも、高校生になれば、みんな大人になるんだって思っていた。こんな子供みたいなことをして喜ぶなんて、欠片《かけら》も思っていなかったよ。それこそ、自意識過剰の思い込みで済んだら、どれだけいいだろう。みんながあたしのことを嗤っている。あたしの作った物語を、あたしの生きていた証《あかし》をトイレや教室の隅で面白おかしく踏みつけて、楽しそうに嗤っているなんて、ただの被害妄想で済むのなら、どれだけいいだろう。

戦争は一ヶ月も続かず、呆気《あっけ》ない終わりを迎えた。

本人の前で、そんなこと、わざわざ言う必要ないじゃん。狙ったかのような最悪なタイミングで、みんなして嗤っていた。

ねぇ、あたしの胸を叩いて。胸の中にある扉を強く叩いて、呼びかけて。そうすれば、あたしはあなたの元へ駆けつけることができる。応えることができる。たとえどこにいても、あなたの声を聞くことができるよ。熱く芝居がかった仕草でその台詞《せりふ》を読み上げて、みんなはきちわるーっと声を震わせ、楽しそうに笑う。井上先生の台詞カンドーじゃない？　だねーっ、映画化決定！　ホントもうマジ受けるー。

たまたま教室に入ったタイミングだった。人間って、群れると、どうしてここまで残酷になるんだろう。どうして、こんなにも異物を排除したがるんだろう。弱い者を痛めつけて、正義を呑《の》み込んで、儚い個性を踏みにじらずにはいられない。あたしはみんなと一緒にいたかった。ただそれだけだった。だから、そのためだったら、なんだってする。どんなにつらい言葉も嘲《あざけ》りも、必死に耐えようと思っていた。なんでもないって表情で、平気で笑おうと思っていた。

屈辱に奥歯を噛みしめる。眼の奥は熱く沸騰し、頬が引き攣《つ》るのを必死に堪《こら》えた。カッキーと視線が合う。目を背ける。麻衣ちゃんと視線が合う。目を背ける。ユカと視線が合う。ユカは居心地悪そうな表情をしていた。あんたのせい。これは、あんたのせいなんだから。だから、あたしはなんでもないって顔をして笑うよ。教室を這う暗い影が、炎が揺らめくように揺れている。なにが面白いのか教えて欲しい。なにがそんなに愉快なのか、あたしにもわかるように教えて。教室の笑いの渦が、あたしを呑み込もうとする。

堪えきれず、拳を握った。熱くなる頬に止まれと念じる。止まれ。止まれ。止まって。どうしようもなく頬が赤く燃えた。笑うなんて、やっぱり無理だ。あたしは呆然としたままユカを見る。彼女はなにも言わなかった。足が動いて、教室を突き進む。身体が机にぶつかる。椅子が床に擦《こす》れる音が頭蓋を揺さぶるように鳴り響いた。男子達がなにごとかと視線を向ける。魔物が顔を覗かせたように教室の空気が暗く変わっていた。体内に入り込んできた異物に、全員の視線が集まっている。それには構わないで、その小さな身体はまっすぐに黒板へと進む。視線を向けた先。白い粉で汚れたその深い緑の闇に、手を伸ばした。白いチョークを握って動かす。力が強すぎて、折れる。何度も、動かす。折れる。言葉を、溢れ出る激情を紡ぐように、ひたすらに動かす。

笑っていた教室は静まり、沈黙を抱えたままその絶叫を聞いていた。

1

寒さにかじかむ手に吐息を吹きかけ、プリントの束を抱え直す。風邪を引いてしまったらしく、今朝から背筋が震えてしまうことがしばしば。一月も終わりに近付いて、急激な寒さにやられてしまったみたいだ。もともと冷え性なので、この季節は手袋が恋しい。さっさと調理実習室にプリントを届けて、帰るとしよう。

「失礼しまーす」実習室の扉を開ける。「ってうぉっ、と、酉乃さんっ？」

薄暗い室内で、制服姿の女子が調理台に腰掛けていた。なんでこんな暗いところにいるの、幽霊かと思ったよ。彼女はなぜかトランプのカードを唇に咥《くわ》えている。そのキュートさに胸が震えた。女の子が物を咥えている様子って、どきどきしちゃうじゃん？　ポッキーでも、チュッパチャプスでも、それがたとえトランプでも同じことだよ！　彼女は僕に視線を向けると、芝居がかった手付きで胸ポケットに手を伸ばした。赤いハンカチが風に翻《ひるがえ》るように飛び出す。

指に摘《つま》んだハンカチ。大きな瞳が何度か瞬いた。人魚姫みたいに声を失ってしまったのか、彼女は無言だった。パントマイムのように表情豊かに、空っぽの左手に僕の視線を注目させる。彼女の意図を察して、僕は調理台に近付いた。

拳にした左手の中に、赤いハンカチを押し込んでいく。それが手の中に完全に収まると、右手の人差し指がぴんと立つ。たったそれだけの仕草に、僕の胸は強く高鳴った。だって、ここには僕らの他に誰もいない。その愛らしい仕草は、僕だけに向けられている。そう、僕だけのために！

酉乃は左手を開いた。その手は空っぽになっていて、ハンカチは忽然《こつぜん》と消えている。あれ、いったいどこに？　彼女は右手の人差し指を左右に振った。咥えていたカードをその手で取り上げ、空の掌《てのひら》を指し示す。消えたわけじゃないの。見えないけれど、小さくなって、ここにあるのよ。そんな言葉が聞こえてくるみたいだった。カードで弾かれて、見えないくらいに小さく圧縮された赤いハンカチの粒子が、空中へ飛び上がっていく。そう錯覚させられた。手にしたカードは丸められ、筒の形になる。見えない粒子を、人差し指でそっと指し示した。それは空中を漂い、徐々に落下していき——、筒の中に、すとん、と入る。指を弾くと、軽快なスナップが鳴った。

一度、僕に視線を向ける。それから筒の中を覗き込んで、いたずらを成功させた子供のように微笑んだ。カードの筒。指先を差し入れて、なにかを取り出す——。

それは、まるで可愛らしいチューリップが開花していくようだった。カードの筒から赤い花びらが零れ出る。消えたはずのハンカチが赤く咲き誇るように、そこから鮮やかに現れたのだ。

西乃は両手を軽く広げて、貴婦人のようなお辞儀をしてみせた。右手には取り出した一枚のハンカチ、左手には筒の形状から解かれたトランプのカード。

終始無言にもかかわらず、彼女の愛らしい魅力に呑まれるような、不思議な世界観のマジックだった。

僕はセイレーンの歌声に魅入られたみたいに、呆然とその場に突っ立っていることしかできない。

「不思議じゃ、なかった？」

澄ました顔に戻った西乃は、軽く首を傾《かし》げてそう聞いてきた。

「え？」それは意外な言葉だった。圧倒されていたせいで、拍手すらできていなかった。「いやいや、すっごく不思議だったよ！」

「そう」西乃は僕の反応を吟味するような眼差しを向けてくる。「それなら、良かった」

「僕、驚いてなかった？」

「違うの。まだ、練習中だから」彼女は調理台の上に腰掛けたまま、綺麗に揃《そろ》えた上履きのつま先を見ているようだった。「他人にちゃんと見せたのは、須川君が、初めて」

倒れるかと思った。今の言葉を録音しておきたかった。

「そ、そうなんだ！」須川君が、初めて。「いやもう、すごかった！　練習中とは思えないくらいだよ！」

彼女の唇の動き、囁《ささや》く声の滑らかさ。そのすべてを脳裏に焼き付けて、いつでも再生できるようにする。試しにもう一度。須川君が、初めて。

「酉乃さんは、こんなところでなにしてるの？　今日はバイトは？」

「今日は休み。火曜日だから」

「そっか。定休日か」

「だから、帰る前に岡部《おかべ》先生に質問をしようと思ったの。家庭科室で須川君にマジックを見せたのは、その過程に過ぎないわ」

「あ、そうなんだ。僕はプリントを届ける当番でさ。偶然だね」

「そう、偶然の一致。いちいち気にしていられない」

彼女は様子を探るように僕を一瞥《いちべつ》した。奇妙な間を感じながら、僕は教卓の上にプリントの束を載せる。どうしよう、困った。彼女がなにを求めているのかわからない。僕はどう反応すればいいんだろう。

「えと、岡部先生は？」

「まだ来てないみたい」

彼女の足元にはスクールバッグが置かれている。暫くここで先生を待っているつもりなのかもしれない。

僕はどうしよう。クリスマスのときのことは、まだ曖昧《あいまい》なままだった。ときどき、こんなふうに二人きりになると、互いに黙り込んでしまって、気まずい空気に支配されてしまう。酉乃はクリスマスのときの話題を一切口にすることがなく、僕もそれは同じだった。もしかしたら酉乃は、あのときのことに触れられたくないのかもしれない。

不安に思う内に、盛大にくしゃみが出た。身体を反転させ、鼻水を垂らす情けない顔を、なんとか隠す。ポケットティッシュを探り、ちーんと洟《はな》をかんだ。

「風邪？」

「少しね。まぁ、大丈夫、大丈夫。あ、僕、そろそろ帰るよ」

逃げるように、戸口へ向かう。

「須川君」声に振り返った。彼女は調理台から降りて、両手をそれぞれのポケットに押し込む。それから何度か慌ただしく、スカートやブレザーのポケットを探り出した。「これ、持っていって」

出てきたのは、茶色い袋。使い捨てカイロだった。

「え、これって」

「風邪、ひどくなったら大変だから」

「え、いいの？」

「ごめんなさい。新品がなくて」

少し気まずそうに俯《うつむ》く彼女に、僕は慌てて両手を振った。

「いやっ！　ぜんぜんオッケーです！　むしろありがたくいただきます、はい！」

両手で頂戴した。

あったかい。

指先に、じんわりと温かな感触が伝わっていく。

酉乃さんの、ブレザーから出てきた、使い捨てカイロ。

そっとそれを握りしめ、戸口へ向かう。一度だけ、振り返った。

「そ、それじゃ、また明日ね」

彼女は頷いてくれた。

「また、明日」

避けられているわけじゃ、ない？

廊下へ出る。

柔らかな感触。指を這わせると伝わってくる、カイロの温かさ。

顔が、にやける。に、匂いとかするのかな？　こ、これは捨てない。捨てないぞ。一生とっておこう。

途中、女の子とすれ違った。

変な顔をしていたせいか、じろじろと顔を眺められてしまったけれど、もうそんなこと、どうでもいいくらい、僕は舞い上がっていた。

2

翌日のお昼休みは、購買で買ったパンを片手に、酉乃を探すために廊下を彷徨《さまよ》っていた。一匹狼で食事を済ませる彼女は、お昼を過ごす場所を転々としている。なにかの規則性があるのかわからないが、空き教室にいることもあれば、階段の隅やプールにいることもある。見つけ出すのは大変だった。

とぼとぼと歩いていると、女の子に呼び止められた。C組の笹本《ささもと》さん。以前、織田さんが強引に集めたカラオケメンバーの中にいて、そこで少しだけ話をしたことがある。ちょっと話があるんだけれど、という彼女に連れてこられたのは、食堂の脇にあるテラス。笹本さんは、席に着くなり話を切り出してきた。

「須川くん、『調理実習室の失われた指』って話、知ってる？」

「なにそれ、小説？」どんなミステリだろう。そういえば笹本さんは読書家だった。東野圭吾《ひがしのけいご》が好きって話をしていた気がする。最初は硬かったけれど、打ち解けると饒舌《じょうぜつ》になるタイプらしかった。読んだ本で意気投合したっけ。

「違う違う」彼女はふんわりと柔らかそうな髪を肩まで伸ばしていて、ごくごく普通の女子高生的風貌をしていた。悪くいったら没個性的な容姿なんだろうけれど、そのぶん年相応な無邪気さが窺《うかが》える。「この学校の、調理実習室の怪談のことだよ」

「か、怪談？」

「どうしたの？　そんな楽しそうな顔して。あ、やっぱり須川くんって、こういう話好き？」

「え、あ、いや」楽しそうな顔だったろうか。「ま、まぁ、嫌いじゃないね、うん。それで、その怪談がどうかしたの？」

「うん。あのね」待ってましたと言わんばかりに、笹本さんは勢い込んで頷く。「何年か前の話なんだけれど……。調理実習室で、授業中に包丁を滑らせてしまった生徒がいたの」

「そ、それで？」

聞くと、笹本さんは急に口ごもった。焦《じ》れったい間を空けて、声を潜める。

「包丁を握る手には必要以上に力がこもっていたみたいで、その子が気付いたときには、白いまな板が、もう真っ赤に染まっていて……」

いやな想像が横切って、喉が鳴る。

「どうしよう。先生に怒られる。早く洗わなくちゃ。大した怪我じゃないと思い込んでいたその子は、そんなことばかり考えていたみたい。それで、ふと何気なく手元を見ると……」

テーブルの上に、笹本さんの青白い手が差し出された。華奢《きゃしゃ》で骨張った指先だった。

僕は言葉が出ずに、その手を注視していた。まさか、と感じる。追い打ちをかけるように、俯き加減になった笹本さんが、声を漏らす。

「親指の先が――なくなっていたんだって」

その様子を想像した瞬間、僕は身震いしていた。慌てて言葉をひねり出す。

「そ、それ、ホント？　包丁って、そんなに切れるものなの？」

やだこわい僕も気をつけよう。

「この話には続きがあってね」僕の疑問には答えず、笹本さんは饒舌に話を続ける。「切り落としてしまった、その親指……。見つからなかったんだって」

「え？」

「必死になって探したんだけど……。指は勢いよくどこかへ飛んでしまったらしくて……。その子の親指、結局、どこにもなかったんだ」

「そ、それじゃあ……」

「そう、今も調理実習室のどこかに、その親指が……」

ちょ、調理実習室って、昨日プリント届けに行ったじゃん！

腰を浮かせそうになり、太腿《ふともも》がテーブルにぶつかる。椅子が鳴った。僕は咳払《せきばら》いをして、ちょっとお尻の辺りが痺《しび》れてきただけというふうに取り繕う。

明日の調理実習、どうしよう？　仮病で保健室へ逃げるべき？

「まぁ、そういう噂《うわさ》なんだけど、須川くん、知らなかった？」

そこで、笹本さんはころっと笑顔を浮かべて、可愛らしく首を傾げた。

「え、あ、ま、まぁ、初耳だったけど……。よ、よくある怪談だね」

僕はぶつけてしまった太腿を摩《さす》りながら笑う。ま、なかなか、面白い話なんじゃない？　生憎《あいにく》と、僕はそういうの、平気なんだけどね？　女の子だったら、きゃーこわーいとか言って、夜には調理実習室に近付けなくなっちゃうだろうけれど、僕には関係のない話さ。

「それでね、須川くんに、相談っていうか、聞いてもらいたいことがあって」

そ、相談？　腹痛にするか頭痛にするか決めかねていた僕は、真剣な表情をする笹本さんの眼を見返した。

「あのね、あたし、見ちゃったんだ」

「え？」

「調理実習室で……。親指」

またまたご冗談を。

「落ちてたんだ」笹本さんは微かに笑みを浮かべている。「あたし、もともとこういう話って平気なの。昔から霊感みたいなのがあって、よく見える方だったから、もう慣れちゃったっていうか」

「れ、霊感？」

「あのね、小指が薬指の第一関節より長い人って、霊感あるんだよ。知ってた？」思わず自分の手を見る。げ。「あ、須川くんは、ぎりぎりありそうな感じ。やったね」やったねという気分ではなかった。

「ええと、それで、その指はどうなったの？」聞きながら、テーブルの下で薬指を引っ張った。頑張れば伸びるかもしれない。

「消えちゃったの」彼女は前髪を気にしながら、不安そうな表情を見せる。「あたしも、びっくりしちゃって……。ほら、人が佇《たたず》んでいるとか、黒い影が見えるとかならともかく、やっぱり指が落ちてるってなると不気味じゃない？」どれも同じように不気味です。「だから、怖くて逃げちゃったんだよね。それで、急いで教室に戻ったら、カッキー達がいて。あ、カッキーって、柿木園《かきぞの》さんのことね。話をしたらみんな面白がってさ。あたしはマジやばいって思ったんだけど、でも、見に行こうって話になって、みんなで実習室に行ったの。そしたら、落ちてた指が、なくなってたんだ……」

「た、単なる見間違えじゃないの？」

「見間違えにしては、はっきり見えたんだよね。ま、それだけなら、霊的なものかなぁーって思うところなんだけど。でも、よくよく考えると、変だなって」

彼女はほとんど怖がっているそぶりを見せず、明るい声で続けた。

「だって、親指だよ？　実習室の噂の子、指を切り落としちゃっただけで、死んじゃったわけじゃないじゃん？　親指が無念を感じるかどうかは知らないけどさ、幽霊とは、なんか違うかなぁって」

「それじゃ、誰かのいたずらってこと？」

「それなら納得いくんだけど」彼女は眉根を寄せて、ちょっと考え込んだ。でもね、とテーブルに身を乗り出してくる。「廊下にね、証人がいたの」

「証人？」

「実習室の廊下にね。最初に行ったときも、カッキー達ともう一度見に行ったときにも、女の子がいたの。なんか、掲示板を見てたらしいんだよね。でもね、その子、廊下は誰も通ってないって言うんだ。廊下を通らなきゃ、親指を隠すことなんてできないでしょ？」

「その子って、誰？」

「えっとね、うーんと、名前、思い出せないんだけど、須川くんと同じクラスの。ほら、髪が長くて、綺麗な子。で、ちょっと冷たそうな感じで、近寄りがたいっていうか……。須川くん、仲良さそうじゃん。よく一緒に帰ってるし、彼女じゃないの？」

「と、酉乃さんのこと？」

「そうそう、酉乃さん！　あー、思い出した」

「もしかして、それって昨日の話？」

「そうだよ。言わなかったっけ？」

そうか、となると、昨日、僕が実習室を立ち去ったあとの話になる。酉乃はあのあと廊下の掲示板を眺めながら岡部先生のことを待っていたのかもしれない。

「酉乃さんがホントのこと言ってるなら、いたずらの線はないでしょ？　でも、幽霊って感じもしなくて。それで、念のために酉乃さんにもう一度確認したいんだけど、あたし、ぜんぜん話したことないし、なんかこういう変な話とかして、気味悪がられてもいやだし。須川くんさ、彼氏なんでしょ？　聞いてみてくれない？」

「か、彼氏だなんて滅相もない」

そこで、予鈴が鳴った。やっべー、次の時間教室移動じゃーん、という女子の高い声。みんなのざわめき。僕もそろそろ戻らなきゃならない。

「そ、それじゃ、酉乃さんに確認しておくよ」

「うん、ありがとうね。酉乃さんのこと、疑うわけじゃないんだけれど……。ただ、誰かのいたずらだったらいやじゃん。だって、幽霊の方が怖くないもん」

微かに笑って、笹本さんは言う。

「怖くないの？」

「うん。幽霊にどう思われても、あたしは平気。友達のしわざっていうのが、いちばん怖いんじゃないかな」

友達のしわざ？　その意味が理解できないでいると、笹本さんは続けた。

「ごめんね、変な話持ってきて。なんかさ、やっぱり、指ってのは突拍子もなかったみたいでさ。みんなから、嘘つき呼ばわりされそうで……。だから、このまま井上さんみたいになっちゃうと、いやだなって」

「井上さんって？」

笹本さんは、幾度か眼を瞬かせた。

「あ、そっか、須川くん、クラス違うもんね。なんでもない。知らないならいいんだ」

授業始まっちゃうよ、行こう。そう言って笹本さんは席を立ち、にこっと笑った。

3

呼び出された場所は、屋上へと続く階段の踊り場だった。光の届かないそこは、小学生のときにみんなで作り上げた秘密基地めいた雰囲気を持っていた。狭い空間に、男二人でコンクリートの床に座り込んで、誰にも知られてはいけない会話を交わす。

「ほら、昨日言ってたやつだ。受け取れよ」

「え、マジで？」

正直、驚いた。本当にこんなものを学校に持ってくるなんて。ボタン付きの大きな茶封筒に入ったそれを、けれど、僕は躊躇って受け取ることができない。

「気にするなよ」三好は笑う。ニヒルに恰好付けているつもりらしかった。全然似合ってない。

「お前のおかげで、あの作品も完成したわけだし、とっておけって」

「いや、けど、こういうのは、ちょっと」

「安心しろ。かなり安全なカモフラージュを施してある」彼は封筒の表を見せた。学校の名前と校章が印刷されている。「どこからどう見ても、やましいものには見えない」

確かに学校の書類にしか見えない。なんて完璧な偽装だろう。

「旦那、興味ないとは言わせないぜ。それに、中身もまったくやましくない。健全だ。十八歳未満でも買える」

「前に言ってた、最初の、水着のやつ？」

緊張に、喉が震える。恥ずかしながら、僕はそういったものをほとんど持っていないのだった。とうとう、なんというか、成長するときがやってきた……。

「入門書としては、ぬるすぎるくらいだろ」彼は封筒を開けて、中身をチラ見せした。思わず覗き込むと表紙が見えた。意外と本のサイズは小さい。もっと大きいものかと思っていた。これなら隠し通せるかもしれない。それに、表紙は健全だった。なんてまばゆく白い肌だろう。

「年上よりは、同年代くらいが良いかと判断して、これだ」

さすが三好先生、僕の趣味をよくわかっていらっしゃる。まさか、学校でこんなものを取引するシチュエーションがやってくるとは。三好は再度、封をした。お楽しみはとっておけ、という言葉。

躊躇いながら、その封筒を受け取った。友人の好意をないがしろにしてはいけない。

「それじゃ、まぁ、ありがたく」

うんうんと頷き、三好は満足そうだった。

「こういうシチュエーション、やってみたかったんだよ。ドキドキもんだろ?」

三好は面白そうに笑って僕の肩を叩く。声はもう普通の大きさに戻っていた。

受け取ったそれを脇に抱えつつ、そういえば、と三好に声をかけた。この件とはべつに、聞きたいことがあった。

「そういえばさ、井上さんって、どんな子?」

突然の質問に、三好はきょとんとしている。昨日、笹本さんが口にしたその名前が、少しばかり引っかかっていたのだ。

「確か、三好のクラスにいるでしょ?」

「ああ、まぁ」決まりの悪い表情だった。「井上が、どうかしたのか?」

「いや、ちょっと、その子の名前が出てきて。女の子だよね?」

「ウチのクラスの井上のことなら、そうだけど」

「どういう子なのか、ちょっと気になったんだ」

「ふぅん」三好はよっこらせとおじさんくさい言葉を発しながら、立ち上がる。窮屈な姿勢で座りっぱなしは疲れたのだろう。僕も腰が痛くなってきたので、三好に倣《なら》うことにした。「フツーの女子だよ。って、言いたいところだけどなぁ……。まぁ、黙ってても、どーせアカリあたりにあることないこと吹きこまれるだろうし、教えっけど」

両腕を組んで暫《しば》し黙考した彼は、苦虫を噛みつぶしたような表情だった。

「俺が見てた限りだけど、柿木園達からわりとシカトされるようになってたっていうか、そういうのがエスカレートした感じで。今はもう、学校に来てない」

「あ、そうなんだ……」

「よくわかんねーけど、最近、女子達から評判悪かったみたいなんだよ。ウチのクラスって、柿木園が人望あるっていうか、あいつが中心のグループって、わりと影響力大きくてさ。なんか、急にそこから弾かれちまったみたいでよ」

そっか、と僕は呟《つぶや》いた。よそのクラスのことだから、まったく知らなかった。

「女子達は悪く言うかもしれないけど、そんな悪いやつじゃないよ。ありゃ、妬みだね。女ほど怖い生き物はないよまったく」

視線を落とし、そう吐き捨てる三好は、ひどく腹立たしそうにしていた。

「もしかして、わりと仲良かったの？」

「いや、べつに」彼は頭をかいて、ぎこちなく笑う。「ただ、あいつさ、小説書いてたんだよ」

「小説？」

「ネットで。ケータイ小説とかじゃなくて、わりとしっかりしたやつ。で、クラスの女子が、それ見つけて、まぁ井上もアホだから、プロフとかやってたみたいなんだよ。本人確定されたとたん、そのサイトが荒らされたみたいでさ。どうも、そのときから、シカトの対象に変わっちまったみたいで」

脚本家を目指している三好は、彼女に共感するところがあったのかもしれない。憤慨したように言った。マジでひどかったよ、あれは。

井上さんのサイト。その掲示板で燃え広がったおぞましい文章の数々。そういった悪意ある書き込みは、際限なく激化していったという。一方で、教室での居場所を失った井上さんは、クラスのみんなから存在を無視されて、ある日、とうとう、壊れてしまった。そう、三好は、壊れた、という表現を使った。

「ずっと黙って耐えてたんだと思う。けれど、そりゃ、限界はくるよな……。今年に入って、昼休みの時間、教室に戻るなり、意味不明の言葉を黒板に書いて」

そのとき、三好も教室にいた。女子達は井上さんの陰口で盛り上がり、彼女が書いた小説の台詞を読み上げて、気持ちわるーい、とはしゃいでいたという。食堂から戻ってきたのか、たまたまその場に井上さんが現れた。彼女は机に身体をぶつけるのも気にしないで、一直線に黒板に向かっていった。チョークを何本も折って、大きな文字を刻んでいく。異様な気配と空気に、その場のみんなが呑まれ、井上さんを注視していた。

『赤ずきんは、狼に食べられた』

それが、彼女の書き残した言葉だったという。次の日から、井上さんは学校に来なくなった。

4

少し急ぎすぎたかもしれない。曲がり角でごつん、をしてしまった。慌てていた僕は手にしていた極秘資料を落としてしまい、ぶつかった相手を気遣うことも忘れて、それを拾い上げた。相手は女の子で、封筒を優先した自分を恥じながら、「大丈夫?」と声をかける。よくよく見ると笹本さんだった。彼女は廊下にばら撒いてしまったプリントやファイル、封筒を拾い集めていた。慌てて、それを手伝う。

「あ、須川くんか、ごめんね、ちょっとぼーっとしてて」

僕の方こそ、こそこそしすぎていた。こんな危険な物体を手にしたまま女の子と会話するのは凄《すさ》まじく気まずい。

「僕こそ、ごめん。ええーと、それじゃー」と、そそくさと去ろうとすると、笹本さんが聞いてくる。

「昨日のことなんだけど、西乃さんに聞いてくれた?」

「え、あー」すっかり忘れていた、というわけじゃない。今日はまだ西乃と話をしていないだけだった。「ごめん、まだなんだ」

「そっか」と書類を抱え直して、笹本さんは言う。「ごめんね。なんか急《せ》かしちゃって」

冷や汗をかきながら、笹本さんと一緒に教室の並ぶ廊下まで戻る。彼女とC組の前で分かれて、僕はこそこそと廊下にあるロッカーに向かった。

極秘資料を、薄暗いロッカーの中に仕舞い込む。いや、ロッカーの中は安全か？　ここは鍵がかからない。せめて、鞄《かばん》の中に仕舞っておくべきでは？　逡巡《しゅんじゅん》すること暫し。ふと、手にした封筒に違和感を覚えた。胸の奥が冷えていくのを感じる。

さいわい、廊下はそれほど人気がなかった。まったく無人ってわけじゃないけれど、こちらを見ている知り合いの姿はない。ロッカーの狭い空間で、封筒を開封する。

ジーザス。なんてこった。

意味がわからない。封筒の中に入っていたのは、数冊の薄い冊子と、同人誌みたいな作りの本が一冊。どれも、『十字路』とタイトルが付けられている。僕もその存在くらいなら知っている。これは、文芸部が頻繁に発行している冊子だった。数冊あるそれらすべてを重ねると、封筒越しには三好から受け取った資料と厚さはあまり変わりがない。

それをロッカーに押し込んで、暫し考える。未だ新しい記憶に残る映像が蘇《よみがえ》った。笹本さんが拾い集めていた、プリントとか、ファイルとか、封筒とか……。

えーっと。まさか、まさかね。いくらなんでも、それはないよね。王道すぎるよ。女の子と曲がり角でごつんしてしまった上に、それはないよ。できすぎてる。けれど、そういえば笹本さんも、同じ封筒を拾い上げていたよーな……。

猛烈ダッシュでC組まで戻った。戸口から教室を覗き込む。けれど、いや、なんて言えばいいんだろ？　さっき、ぶつかったとき、僕ら、同じ封筒を持っていて、それが入れ替わっちゃったから、交換しましょうって？　あ、僕、封筒をロッカーに置いてきちゃったじゃん！


祈るような気持ちでC組の教室を覗き込む。笹本さんはC組の女の子と会話をしていた。確か、あれは柿木園さん。和やかな様子で、危険物が開封された気配はない。笹本さんはプリントの束と一緒に、問題の封筒を紙袋に仕舞い込むところだった。

しかし、どうやって回収する？　正直に話したところで、笹本さんに中身を確認されてしまったら、もうそれだけで僕の学園生活は即終了だ。きっと先生にこっぴどく叱られた上にその噂は瞬く間に広がって、女子達からはキモーイと陰でくすくす笑われ、同胞たる男子達からは哀れみの視線を注がれつつ、微妙な距離を構築されてしまうに違いなかった。当然ながら、西乃からは確実に嫌われる。終わった。

笹本さんは柿木園さんと会話を続けながら、紙袋の中に手を伸ばした。時間よ止まれ！　念じたけれどどうにもならなかった。笹本さんは紙袋の中から封筒を取り出した。椅子から立ち上がる。やめて！　笹本さん、それは開けちゃだめだ。爆発する！　彼女は教室を出るつもりらしかった。目が合う寸前に、なんとか身を翻し、廊下に身を隠す。騒がしい教室から、笹本さんの声がする。「ええーっ」という戸惑ったような笑い声だった。続いて、柿木園さんの声。

「マジマジ。パンダの興味ある。あたし意外とこういうの好きなんよ」

「本当に？　うーんと……。確か、十月のやつに載ってるよ」

教室から、封筒を抱えた笹本さんが出てきた。彼女は照れくさそうな表情をしていて、なんだか心なしかさっきより元気そうだった。しかし、その封筒は危険だった。どこへ持っていくつもりなんだろう。今すぐそれを廃棄させなくてはならない。

「さ、ささもとさんっ!」

「はいっ」

びっくりしたのか、笹本さんは振り返り、僕を見つけてきょとんとした。

「ど、どちらに行かれるので?」

僕はへんてこな敬語を使って尋ねる。

「え? あたし?」公《おおやけ》に曝すには、あまりにも危険すぎるその資料を抱えて、彼女は笑った。

「職員室だよ。先生に、これを渡さないといけないんだ」

よりによって職員室ですか。

「そっ、そうなんだぁ」フルスピードで頭を回転させたものの、いつもの一・一倍くらいしか脳は動かなかった。どうなってるの僕のフルスピード。「あ、でも、そろそろ、ほら、休み時間終わりだよ」

「大丈夫だよ」くすっと笑う笹本さん。「ハンコ貰って提出するだけだから」

腕時計を確認すると、予鈴まであと六分くらいだった。あと六分。どうにか笹本さんをここに引き留めなくてはならない。時間は限られていた。とにかくなにか話題を引き出さなくては。

「さっ、笹本さんは——」女の子に振る話題なんてそうそう出てこなかった。あれば酉乃との会話に苦労しないよホントにもう。出てくる言葉はかなり突拍子もなかった。「笹本さんは、お昼ご飯は食堂派？　お弁当派？　それとも買い弁派？」

「か、カイベン派？」何故か顔を真っ赤にして、笹本さんが立ち止まる。「えっ、なにそれ」

「ほら、僕はパン派なんだけど、中にはコンビニでお弁当買ってくる子もいるでしょ」

「あ、カイベンって、そっちか」苦しそうに含み笑いをして、僕を見る笹本さん。「いきなりなにかと思ったら……。普通、言わなくない？　間違えちゃうじゃん、もう」

「間違えるって？」聞き返して、ようやく思い至った。「あっ……。いや、その、ごめん。えっと、でも、言わない？」

「言わない言わない。だって、間違えるでしょー」

「そうか。言わないかなぁ」買い弁が通じるのは男子達の間だけなのかもしれない。そうか、女の子は言わないのか。変なふうに感心してしまった。「え、じゃ、なんて言うの？」

「普通に、お弁当買う派、とかじゃない？　あたしたまに買うよ」

笹本さんはセブンイレブンよりもローソン派らしかった。彼女に関するどうでもいい情報を引き出しながら、人間、必死になれば女の子とうまく話すことだってできるのかもしれないな、としみじみ思う。腕時計を確認する。残り、あと三分。

「あ、やっべ、あたしそろそろ行くし」

腕時計を見た笹本さんは、「それじゃ」と声を上げて廊下を駆ける。いけない。なんとしても阻止しなくては。僕は笹本さんを追いかける。

「あ、待って笹本さん。今からだと、次の授業に間に合わなくなるかもよ。次、教室移動じゃなかった？」

立ち止まる笹本さん。一瞬、眉根を寄せた彼女は、ふるふるとかぶりを振った。「ううん、フツーに数学」

「あ、そうか」移動教室は僕のクラスだった。素で間違えた。「いや、でも、ほら、次の授業の準備とかあるでしょ？」

「もう終わってるし」さすがに怪しく思われたのか、乾いた笑みを浮かべる笹本さん。「ていうか、なに？　須川くん、どうかしたの？」

「あ、笹本さんさ！」空気なんて読んでいられなかった。「メアド交換しようよ！　ほら、西乃さんに確認とったら、すぐメールするよ！」

そうして、意外と呆気なく笹本さんのメアドをゲットした頃に予鈴が鳴った。これくらい簡単に西乃のメアドを入手できればいいのに。

「あ、もう時間だね。まぁ、放課後でもいいや」と、笹本さんは封筒を抱え直す。「じゃ、教室戻ろ」

とりあえず、お昼休みはなんとか乗り越えた。問題は放課後だ。廊下で笹本さんと別れ、僕は教科書とペンケースを手に、理科実験室へ走る。先生の授業を聞きながら、こそこそと三好にメールを打った。三好のケータイは常に着信音やバイブがオフになっていて、気が向いたときにしかメールを見ようとはしない。頼む、メールに気付いてくれと祈り続けた。

『緊急事態。封筒が笹本さんのものと入れ替わってしまった。監視を頼む』

意外にも早くメールが返ってきた。

『よくわからないが了解。面白くなってきた』

面白くもなんともなかった。三好は他人事《ひとごと》の気分なのだろう。

『むしろどうやって入れ替わった?』

三好と細かくメールのやりとりをしていると、あっという間に授業は終わってしまった。彼にはこの緊急事態の概要がそれなりに伝わったようだった。三好は教室に戻ってきた笹本さんが、それっぽい封筒を紙袋に入れて、教室内のロッカーに仕舞い込んだところを目撃しているという。

『どこかで見た封筒だとは思ったんだが、まさかこうなるとはお前面白すぎ』

だから面白くないってば!

5

放課後、速攻でC組へ行こうとしたら、教室の戸口から笹本さんが顔を覗かせていることに気付いた。まさか封筒の中身に気付いてしまったのか? こんなことがきっかけで学校から孤立し、明日から引きこもり人生になってしまうなんて夢にも思わなかった。ほんの些細《ささい》な誘惑に負けてしまったのがいけなかったのかもしれない。これはきっと、そう、天罰だ。僕は酉乃だけを見ていれば良かったんだ。それも、きっと明日からは叶わなくなる。彼女は僕のことを、どうしようもない阿呆《あほう》な男だと思うに違いなかった。最後に言い訳をすることを許してもらえるならば、男はみんなそうなんだよ、と声を大にして訴えたかった。

けれど笹本さんは、にこやかな笑顔で手招きをしている。こっそり、手元で携帯電話のメールをチェック。三好からのメールがあった。着信は二分前。『封筒ロッカーの取り出された形跡なし。笹本お前のクラス行くらし。俺部活、監視切り上げ』急いでメールを打ってくれたのかところどころ脱字があった。怪訝《けげん》に思って、笹本さんに近付く。

「須川くんさ、酉乃さんに聞いてくれた？」

「え？」一瞬、きょとんとしてしまった。それどころではなかった。「いや、ええと、ごめん。ええーと、そう、これから！　これから、ちょうど、聞こうと思ってて！」

「あはは、そっか、なんかごめんね、変なことで急かしちゃってさ」教室にいたみんなが、帰り支度を終えて、賑《にぎ》やかに戸口を通過していく。「次の予定まで暇だったから、来ちゃった」

「部活？」

「そんなものかなぁ。まぁ、須川くんに内緒にしてても仕方ないか。あたしね、文芸部員なんだ」

それはそれは。内緒にするようなことですか？

「それでね、これから生徒会に、来年度の部費上乗せ申請をしてくるの」

「笹本さんが？　そういうのって、部長がやるんじゃないの？」

「ウチの部長、やる気なくって。部費増やしたかったら、自分でやってこいって」

「それはまた、放任主義だね……。でも、文芸部の部費って、なにに使うの？」

「ウチ、ハイペースで冊子出してるんだよ。すごくない？」

「知ってるよ。『十字路』でしょ？」

「そうそう。不定期刊行なんだけど、最近は、月イチに迫る勢いなんだ。ほとんどコピー誌だから、あんまりお金かからないんだけど、たまには同人誌みたいな、立派な冊子を作りたいよねって」

「へぇ……。それはそれは」いやな予感がしてきた。「その、冊子を作るための、部費申請？」

「そう。だからね、今までにこういうのを作って、文化祭や図書室とかで配布してましたよーっていう、活動報告をするの。それが認められたら、次の会議で予算増やしてくれるかもしれないんだって」

まずいまずい。たぶん、笹本さんはその申請の場で、あの封筒を開封するつもりだ。今までに作ってきた冊子を資料として見せるために……。

「それって、どこでやるの？」

「生徒会室だよ。あたし生徒会室とか行くの初めて。チョーわくわくしない？」

わくわくではなく、ばくばくしてきた。笹本さん、だめだ。それはやめた方がいい。生徒会室であんなものを開封するなんて、危険すぎる。いや、しかし、だからといって、どうすれば。正直に笹本さんに話したら、彼女に僕の趣味嗜好《しこう》を知られてしまう。

「須川くん、どうしたの、そんな楽しそうな顔して」

「た、楽しそうですか？」

「うん。あ、それよかさ、酉乃さん、どこ？」ひょいと教室を覗き込む笹本さん。「ね、聞いてきて、聞いてきて」

「え、あ、うん」ど、どどど、どうすれば。いや、酉乃に幽霊の話を聞くのは問題ない。笹本さんがこの場にいる限り、彼女のロッカーに仕舞われたあの極秘資料が開封される可能性はゼロだった。とはいえ、どうにかして、彼女が生徒会室に行くまでに打開策を考えなくては……。

「と、酉乃さんね。うん、えっと、聞いてくるね」

回れ右をして、極めてゆっくりと、帰り支度をしている酉乃のところへ向かう。彼女はもう椅子から立ち上がるところだった。目が合う。

「須川君、具合悪いの？」彼女は何度かまばたきをして、首を傾《かし》げた。「風邪、悪くなった？」

「いや、そ、そうじゃないんだ。その、風邪は、もう、酉乃さんのおかげで、すっかり良くなって！」そう、酉乃に貰った携帯カイロのおかげで、僕の風邪は瞬く間に完治していた。もう彼女に口を利いてもらえるのは今日で最後になるかもしれない。だから精一杯感謝の気持ちを伝えよう……。「本当に……、酉乃さんのおかげで……。もう、これで思い残すことはないっていうか……」そっか、そうだよね。彼女が使ってた携帯カイロを貰えるなんて、ラッキーすぎると思ってたんだ。でも、まさか死亡フラグだとは思わなかったよ。本当に、酉乃さん、今までありがとう……。

「須川君？」

「あ、そうだ。えっと！」いや、まだ死ぬと決まったわけじゃないぞ。どうにかして、笹本さんが生徒会室に行くのを阻止しなくては。「笹本さんって子、知ってる？」

「Ｃ組の子？　名前くらいしか知らないけれど」

「今、その子が来てるんだけど」僕は戸口の方を振り返る。教室を覗き込んでいた笹本さんが、ちょっと照れくさそうに笑った。「聞きたいことがあるんだって。なんか、一昨日《おととい》さ、調理実習室の前で、西乃さんと話したらしいんだけど」

西乃は黙って頷く。

「西乃さん、ずっと廊下にいたっていうのは本当？」

「そうよ。掲示板を見ていたの」彼女は不思議そうに首を傾げた。「写真ニュースが貼ってあって、刑事が撃たれたって書いてあったから……」

「あ、へぇ、そうなんだ」そんな物騒な事件があったのか。「そのとき、誰も通らなかった？」

彼女は、なにかを窺うような間のあと、眉根を寄せる。

「誰も通っていないと思う。一昨日も、同じことを聞かれた。それがどうしたの？」

「いや、それならいいんだ。間違いないよね」

僕が立ち去ったあと、調理実習室に出入りした人は笹本さん以外誰もいなかった。となると、笹本さんが見た親指というのは、目の錯覚か、あるいは、本当に幽霊のしわざ……。ど、どちらにせよ、いたずらという線はなくなる。

不思議そうにしている西乃を残して、笹本さんの元に戻った。

「どうだった？」

「確認してきました」僕は敬礼のポーズをとって言う。「やっぱり、廊下は誰も通っていないみたい」

「そっかぁ」笹本さんは明るく笑った。「まぁ、そりゃそうだよね。ありゃ幽霊のしわざだったか。良かったぁ」

　幽霊のしわざの方が安心できるっていうのも、どうかと思います。

「どうして、その……。幽霊の方が、安心できるわけ？」

　西乃が、戸口を通る。帰るのだろう。僕と目が合って、彼女は一瞬、立ち止まった。笹本さんは西乃に気付いて、気恥ずかしげに微笑んだ。西乃は無愛想ないつもの表情で、小さく頷く。

　彼女はそのまま、廊下を去っていった。

「あたしって、もしかして、嫌われてる？」

　教室の壁に手を突いて、笹本さんは不安げに呟いた。

「えっ、どうして？」

「だって……。なんか、無視されちゃったのかなって」

「そんなことないって！」

　頷いてたじゃん！　あれは、彼女なりの挨拶なんだよ！

「なんか、近付くなオーラが出てて。嫌われるようなこと、してないといいんだけど」

「そんなことないよ。彼女、ああ見えてすごく友達想いっていうか、優しい子だし」

「そうなの？」笹本さんは、酉乃が去っていった方を見た。「体育とかでさ、一人でいるところ、よく見かけるんだよね。なんていうのか、うーんと、平気なのかなって、ちょっと心配してたんだ」

もう姿は見えなくなったはずなのに、笹本さんは廊下の向こうをじっと見ていた。

「あたしだったら、耐えられないだろうから。酉乃さん、すごいなぁって」

「すごいって？」

「なんていうの、孤高って感じ？　群れなくても生きていけるっていうか、戦えるっていうか、そんな雰囲気でしょう？」

傍《はた》から見れば、酉乃の姿はそう映るのかもしれない。笹本さんは壁に背を預けたまま呟いた。

「教室って、言っちゃえば一つの群れじゃん。仲間がたくさんいて、寂しくはないけれど、そこにはルールみたいなのがあって……。それに逆らうと、弾かれて一人きりになっちゃう。酉乃さんは、そういうの、関係ないって感じがする。だからすごいなぁって。心配する必要ないよねって感じで」

教室の群れ。

その意味を咀嚼《そしやく》するには、少しの時間が必要だった。けれど、反射的に応えていた言葉がある。

「そんなことないよ」僕は言った。もう見えなくなってしまった酉乃の姿を求めて、廊下の向こうを見ていた。「酉乃さんだって、寂しいときは寂しいと思うよ」

「そっか。酉乃さんも、そうなのかな」振り返ると、笹本さんは微かに笑っていた。「あたしはさ、群れてないとだめなんだよね。一人きりでいるの、耐えられなくって……。あたし、小説を書くのが好きなんだ。けれど、そういう趣味って、なんだか暗くてキモイじゃん」

「え、そんなこと――」

微かに、戸惑う。反論しようとする僕の言葉を、彼女は笑って遮《さえぎ》る。

「須川くんがそう思っても、ウチらのグループだと、そうなんだよ。ダサくって、引かれちゃうの。あんまり人に言えない趣味なんだよ」

笹本さんは、自分の上履きを見下ろした。静かにもがいて、暗闇の中を泳ぐように、その脚が揺れる。靴底が、床に擦りつけられていた。

「実際、ウチのグループにいた井上さんが、似たような理由でハブかれちゃって。あたし、文芸部にいるってこと、ずっと内緒にしてたんだよ。中学のとき、小説を書いていたノート、勝手にとられて回し読みされたことがあったんだ。それで、ああ、こういうことしてると、からかわれるんだなって思って。絶対、高校に行ったら、ちゃんと理解してくれる人にだけ話そうって……」

廊下を、楽しげにじゃれ合う女子の声が飛び交う。その眩《まぶ》しさから隠れるように、笹本さんは壁に身を寄せていた。

「最近、バレちゃったんだよね、文芸部にいるってこと。それで、なんか雰囲気ぎすぎすしてる感じがして……。井上さん、来なくなっちゃって、次はあたしの番なのかなって。みんなは今のところ仲良くしてくれているけれど、本当は心の底で嗤ってるんじゃないかなって。あたしが気付いていないだけで、みんなはあたしのこと、嫌ってるのかもしれないじゃん。もう、わかんなくって」

彼女はどうして、僕にこんな話をしてくれるんだろう。クラスが違うから？　大して親しいわけじゃないから？　彼女がどんな言葉を求めているのかがわからなくて、僕は黙り込んでしまう。情けなかった。

「あのとき見た親指だって、誰かがあたしを怖がらせようとしてやったんだと思う。酉乃さんだって、カッキー達と口裏合わせてるのかもしれない」

好きなことを好きと言えない寂しさ。叩かれるのが怖くて、嗤われるのが怖くて。嫌われるのも、拒絶されるのも耐えられない。自分のことがどう思われているのか判断できず、なにを信じたらいいのかがわからない。

心にある靄《もや》に、笹本さんの言葉が重なって染み渡る。

「あれは、幽霊のしわざだよ」僕に言えることといえば、それくらいだった。「酉乃さんは、そんな嘘は絶対につかない。だから、笹本さんが見たっていう親指は、幽霊か、そうでなきゃ見間違えだよ」

笹本さんは顔を上げて、そっか、と笑った。

「ありがと」彼女は壁から背を離して、大きく溜息《ためいき》を漏らす。「あたし、虫が良すぎるよね。井上さんにはひどいことしておいて、自分の番になったら、被害者面してさ」

「井上さん、仲良かったの？」

聞くと、彼女は少し悲しそうな顔をした。

「一緒にね、アシェのケーキを食べに行く約束してたんだ。すごく美味しいケーキ屋さんがあるの。そこにね、連れていってあげるって……」

なにも言えない。なにも言えなかった。僕は、いつか眼を赤くした織田さんを前にしたときのように、ひたすら無力だった。

笹本さんは腕時計を一瞥し、にかっと笑う。

「ごめんね、暗い話して。ドン引きした？」

「いや、ぜんぜん」慌ててかぶりを振る。「それじゃ、えっと、部費の申請、頑張って」

「うん。ふんだくってくる。じゃ、またね」

笹本さんはガッツポーズをして笑った。楽しそうだった。彼女は廊下を去って行く。頑張れ、笹本さん。せめて、そう祈った。

あれ、でも、僕、なにか忘れてるような気がするな、なんだろ……。

って、頑張ってじゃなかった！　生徒会室に行くのを止めなくては！　あんなものが生徒会室で開封されたら、大変なことになる。追いかけなきゃ！

ストーカーのように挙動不審気味に周囲を気にしながら、C組に戻った彼女の様子を戸口から窺う。彼女はロッカーから例の紙袋を取り出した。あ、いけない、こっち来る……。

慌てて隠れ、教室を出た笹本さんを尾行する。どうしよう。声をかけるべき？　その封筒の中身、実は僕のなんで、中を確認しないでこっそり僕にくださいって……。あ、僕ってば、また笹本さんの封筒を持ってくるの忘れてる。ど、どうしよう、取りに戻る？　でも、生徒会室ってどこにあるのか、わからないし。

彼女は危険な爆弾を抱えたまま、軽快な足取りで階段を上っていく。廊下の寒さが、背中に湧き出るいやな汗を冷やしていった。空腹で倒れそうなときみたいに頭が真っ白になって、吐く息はか細く、壁にしがみついている腕は重い。笹本さんが生徒会室の前に立って、深く深呼吸をする様子を、僕は陰から見守ることしかできなかった。

その戸口をノックして、彼女が室内に入る——。

ああ、とうとう、声をかけるラストチャンスを失った……。

力なく、項垂れる。もう終わった。笹本さんは生徒会のみんなに資料を配るつもりで中身を出し、大恥をかいてしまうだろう。そして、封筒がどこで入れ替わったのかを考え、僕のことを思い出すに違いない。いや、それとも、僕とぶつかって入れ替わったことに気付かないかもしれない。そうだ。彼女が気付かないことを、あとはもう、祈るしかない。

生徒会室の戸が、僅《わず》かに開いていた。周囲に誰もいないことを確認して、中の様子を窺う。会議用テーブルに、生徒の姿が何人か見えた。先生の姿もある。はきはきと喋《しゃべ》っている笹本さんの横顔。これまで、どんな活動をしてきたのか、文芸部が、どんな作品を書いてきて、どんなふうに発表してきたのか。そして、これからのこと——。

楽しそうな表情だな、と思った。誰かに似ている。そう、まるで、マジックのことを語るときの、酉乃みたいに活《い》き活《い》きとしていて。

好きなことを、好きって。ただ当たり前に、そう言っているときの表情だった。

彼女が紙袋から封筒を取り出し、これが、今まで文芸部で作ってきた冊子の一部です、と言いながら、封筒のボタンに巻いてある紐《ひも》をほどいていく。

馬鹿らしくなった。彼女が気付かなければいいなんて、そんなことを考えていた自分は、本当に阿呆だと思う。僕のことに気付かなくたって、彼女がこれから大恥をかいてしまうことには変わりない。僕のせいで。僕の責任で。それから逃れようなんて、あまりにも虫が良すぎる。好きなことを、好きって言っても、なにも恥ずかしくない。なにも恥ずかしくないよ。僕が今、必死になって、こそこそと取り返そうとしているそれの方が、よっぽど恥ずかしい。それに比べたら、ううん、比べるまでもなく、笹本さんの好きなことって、すごいことだよ。立派なことだよ。

彼女の手が、封筒を開けた。今しかなかった。

「ごめんなさい！」

考える暇もなく、僕は扉を開けた。もう正直に謝って、彼女がここでそれを取り出すのを防ぐよりなかった。生徒会のみんながぽかんとした表情で、突然の闖入者《ちんにゅうしゃ》たる僕へと視線を向ける。

さらば、僕の学園生活……。

笹本さんは、けれど、僕に目を向けたまま、身体の動きを止めなかった。ああ、だめ、笹本さん、だめ、それを取り出したらだめ！

「須川くん、どうしたの？」

言いながら、彼女の手が、封筒の中身を引っ張り出す。

出てきたのは――。

数冊の、『十字路』だった。


――あれ？

6

わけがわからない。部屋を間違えましたごめんなさいと言い放ち、生徒会室から逃げ出した。教室の前のロッカーまで戻って、仕舞ったままの封筒を確認する。中から出てきたのは、これも数冊の『十字路』だった。三好から譲り受けた僕のお宝は、いったいどこへ？

笹本さんの行動は、僕と三好で監視していた。封筒の中身に気付いた様子はなかったし、気付いたとして、中身を入れ替える機会なんてないはずだった。三好のメールを信じれば、笹本さんは放課後までロッカーの封筒には触れず、そのまま僕のクラスへ顔を出している。そのあとの彼女の行動は、ずっと僕が見張っていた。わけがわからない。

立ち尽くしていたら声をかけられた。廊下の向こうに笹本さんの姿が見える。彼女はぱたぱたと近付いてきた。

「須川くん、さっきのあれ、なんだったの。もう、マジびっくりした。いったい、どこと間違えたの？」

「いや、演劇部の先輩にさ、えっと、荷物取ってきてって言われて！　ほら、えっと、隣の隣くらいに、倉庫みたいな部屋があるじゃん」

「あー、なるほどね。なんだ、びっくりした」

「そ、それより、笹本さん！」僕は、彼女が提げている紙袋に視線を落とした。まだ、そこに爆発物が眠っている可能性もゼロではない。「部費の方は、どうだった？　うまくいった？」

「うーん、どうだろ。手ごたえはあったんだけど。来年度にならないとわかんないみたい」

「ふうん。あ、その紙袋は？」微妙に視線をずらしながら聞く。

「これ？　さっき、生徒会の人達に見てもらった冊子だよ。あ、一冊あげる」

笑顔を浮かべ、笹本さんは紙袋を広げる。例の封筒は一つしかなかった。彼女が『十字路』をぺらぺら見せてくれる間、僕はその紙袋の中を盗み見ていたけれど、あとはクリアファイルやプリント用紙が何枚か入っているだけで、例のブツは、それはもう、綺麗さっぱり、跡形もなく消えている。

「ハンコも貰ったし、今日はお仕事終了。須川くんは、まだなにか用事あるの？」

「いや、僕は、ちょっと演劇部の方へ。まだ頼まれごとが終わってなくて！」

笹本さんに『十字路』の最新号を貰い、僕は逃げるように荷物を纏《まと》めて帰った。本当にもう、わけがわからない。今更、三好から貰ったそれを眺めたいとは思わなかったけれど、今も学校のどこかにあれがあるんだと思うと、生きた心地がしなかった。

帰宅して暫《しばら》く、悶々《もんもん》として過ごした。僕はとっておきの最終手段に頼るべきか決めかねていた。このままでは落ち着かない。うまくごまかして話を運ぶことができれば、あるいはと思っていた。

このまま布団を被って、夕飯の時間までぬくぬくと眠ることもできたと思う。けれど、机の上に置いてある使い捨てカイロが目に入って、僕は布団から抜け出した。手に載せたそれは冷たかったけれど、微かな温かみを感じる。そんな気がした。冷たいと思えば、冷たいし。温かいと思えば、温かい。このカイロには、そんな不思議な魔法がかかっているような気がする。

僕はのろのろと着替えて、コートのポケットに、その魔法のカイロを入れた。それだけで、身体が少し温まるような気がした。

7

「今回は、三枚のカードを使って、お客様のカードを当ててみたいと思います」

僕の腰掛けるカウンター席からでも、マジックの様子をよく観ることができた。テーブル席の女性客二人に、酉乃がトランプを使ったマジックを演じている。お客の一人が引いたカードはクラブの6で、それは山札の中に戻され、丁寧に切り交ぜられていた。

「これから取り出す三枚のカードは、お客様に選んで頂いたカードが、どんなカードなのか、ヒントを示してくれるんです」

山札のいちばん上のカード。それが開かれる。スペードのジャック。

「このカードは、黒いカードですね。ですから、お客様のカードが黒いカードであるということを示しています」

西乃はそのカードを裏向きに伏せて、テーブルに置く。

「次のカードは、お客様のカードのマークを表しています」再び、山札のカードが捲《めく》られた。あれっと思った。クラブの6だ。「このカードは、クラブですね。つまり、お客様のカードがクラブだということを示しています」

彼女は気付かずにそう言って、クラブの6をテーブルに伏せる。お客さん達は、少し怪訝そうに彼女を見た。

「三枚目のカードは――」彼女が山札のカードを捲りあげる。ダイヤの7。「ダイヤの7ですね。これは、山札のいちばん上から七枚目に、お客様のカードがあることを示しています」

ひやりとした。失敗だ。お客さんの選んだカードは、ヒントのカードとして、間違ってテーブルに出てしまっている。女性客二人は困惑した様子だった。西乃がダイヤの7をテーブルに伏せて置き、カードを配り始めた。一、二、三、四――と、綺麗な声で、カードを数え配っていく。

どうしよう。彼女が失敗していることに気付いているのは、彼女の目の前にいる二人を除けば僕だけだった。その二人は戸惑ったような表情を浮かべているだけで、大人しく西乃のマジックを見守っている。僕は、どうするべきだろう？　失敗だよって、教えてあげるべき？　けれど、僕はマジックの様子を遠くから眺めているだけの、つまるところ部外者なんだから、変なふうにでしゃばるわけにも――。

「七枚目――」

七枚目のカードを、伏せたまま手に保持する。

ああ、だめ、だめだよ、酉乃さん！　そのままじゃ、失敗だよ！　だって、お客さんの選んだクラブの6はとっくに出ていて――。

「選んだカードは、なんでしたか？」

お客さん二人は顔を見合わせた。それから、ほとんど同時に酉乃を見上げて言う。

「えっと、クラブの6だけど……」

「でも……」

お客さんの一人が、テーブルに並んだ三枚のカードに視線を落とした。クラブの6はあそこに、と言葉を続けようとしたのかもしれない。それを遮るように、はっきりとした口調で、けれども優しく、酉乃が言った。

「クラブの、6です」

酉乃は右手に持っていたカードの表を見せる。お客さん達が、えっと目を見張った。彼女が手にしていたカードは、紛れもなくクラブの6で――。

「じゃ、こっちは？」

お客さんの手が伸びた。テーブルに並んだ三枚のカード、その中の一枚を、素早く捲る。出てきたのは、ジョーカーだった。

「あれ？」

「ええっ！　だって、それがクラブの6だったよ？」

二人は顔を見合わせて、身体を跳ねさせ、怯えるみたいにカードを見下ろした。手を伸ばしたお客さんは、他のカードを捲っていく。スペードのジャック。ダイヤの7……。

「ええっ、どうしてーっ？」

マジックを観る女性のお客さんって、たいていは、こんなふうに驚く。声を上げて、眼を見開き、怖いものでも見たかのように、ちょっと悲鳴を上げて、傍《かたわ》らに友達がいれば、互いの腕に飛びついたりして、なんでなんでと声を上げて、最終的には笑い出す。その場の空気が楽しげに華やいだ。

「失敗だと思いましたか？」

カウンターに向き直って、オレンジジュースのストローを咥《くわ》えたときだった。マスターの十九波さんが、にこにこしながら僕を見下ろしていた。

「それはもう」喉を潤し、ストローから口を離して、深く息を漏らす。「心臓がばくばくしました」

「それはまた、ハツも罪作りな子ですね」

「でも、よくよく考えたら、こういうマジックって、他にもありますよね。マジシャンが失敗して、でも、ホントは成功ってパターンの」

「そうですね。そうしたマジックの総称を、サカートリックといいます」

「なるほど……」僕はちらりと肩越しに酉乃の様子を見る。次のマジックも順調に進んでいるようだった。「騙《だま》された……」

「須川君に不安を抱かせてしまうようでは、ハツもまだまだですね」十九波さんは、にこにこと笑顔を浮かべていた。「本来は、お客さんを騙す目的でサカートリックを行うべきではありません。そこが、サカートリックのいちばん難しい部分なのですが」

「どういうことですか？」

十九波さんは、ときおり、こんなふうに僕らの知らないマジックの秘密を話してくれる。それは、タネのことではない。それよりも、もっと重要で、大切なこと。普段、マジシャンがどんなことを考え、どんなことに気をつけて魔法を扱っているのか――。

「サカートリックの失敗は、あくまでも演出です。しかし、観ているお客さんには、その失敗が本当の失敗なのか、それとも嘘の失敗なのか判別がつきません。場合によっては、お客さんに不安を与えてしまうこともあるでしょう。そして、失敗がわざとだったのだと気付くと、騙されたような気持ちになって、気を悪くされてしまうお客さんもいらっしゃいます。マジックは騙し合いではないのですから、そうした印象を与えてしまう演じ方は、するべきではありません」

確かに、観ている間はひやひやしてしまって、心臓によろしくない展開だった。

「さっき、本当に失敗したのかと思って、すごく緊張しちゃいました。サスペンス小説みたいに、えっと、読者は犯人のことを知っているのに、探偵はそれに気付かないで間違った推理をしていて……。本を読んでいる方はもどかしくて。早く気付いて！　って感じで」

「そうですね。サカートリックが、そうした特別な効果を生むのも、また事実です。しかし、失敗したフリというのは、演技力が求められますからね。観ているお客さんに過度な緊張を与えない演技は、本当に難しいものなのです。先ほどのハツの手順では、失敗の演技を排していました。マジシャンは失敗したフリをせずに堂々としていて、お客さんが勝手に失敗だと思い込んでいたのです。彼女自身、失敗したフリというのは、できるだけ演技に取り込みたくないのでしょう」

「あ、確かに、西乃さんに失敗って、似合わないかもしれないです」

「でも、今日は本当に失敗しちゃった」

声に振り向く。すぐ近くに西乃が立っていた。微かに彼女の匂いがして、僕は身体を硬くした。

「西乃さんが、失敗？」

「わたしだって、失敗くらいする」

むっとした表情で言われてしまった。

「なるほど、二組前のテーブルから手順を変えたのは、そのせいでしたか。ミスディレクション系の、危ない仕事を減らすようにしてますね」

「最近、自信が持てなくて。手が乾燥しているせいもあったんですけど、箱の下にロードするところを、指摘されちゃいました」

「え、なに、どういうこと?」

僕にもわかる言葉で会話してください。

十九波さんはにこやかな表情で頷く。まぁ、お座りなさいと、カウンター席を示した。酉乃は逡巡したようだった。

「今日はお客さんも少ないですからね。もうホッピングは一区切りしたのでしょう?」

こくんと頷いて、彼女が僕の隣に腰掛ける。カウンターの椅子は、間隔が少し狭く配置されているようだった。思いのほか近い距離に、胸が高鳴る。視界に収まる、陶器のように白い頬。彼女の眼はうっすらと細められていて、ぼんやりと虚空を眺めている。

「十九波さん、変なこと、聞いていいですか」酉乃は、ぽつんと言った。「マジックをしているときに、マジシャンである自分自身が、いちばん騙されてるんじゃないか——。そう思うときって、ありませんか?」

十九波さんは目を細めて、それはどういうことですか、と聞いた。

「だって、どんなマジックをしても、お客さんは喜んでくれます。わたしが失敗しても、それは同じで、わたしはそのことに気付かないんです」

「どういうこと?」

彼女は僕を見ると、立てた人差し指にくるくると髪を巻き付けながら言う。

「例えばね……。お客さんに見えてはいけない秘密の動作が、見えてしまったかもしれないって、そんな瞬間がたまにあるの。でも、お客さんは親切だから、見なかったことにしてくれる。

怪しいなって思っても、なにも言わないでいてくれるのよ。だから、たとえマジックがうまくいっているときでも、本当はどこかで失敗をしていて、お客さんは、その失敗をなかったことにしてくれているんじゃないかって」

くるくる、くるくる。指に巻き付けた髪を、ほどいて。また、巻き付けて。彼女の手が、力なく下がる。

「今日の失敗で、強く感じたんです。だって、サカートリックのとき、お客さんは、マジシャンの失敗を指摘しないことがほとんどです。明らかな失敗でも、黙って見ていてくれます。わたしは、それに気付かないで得意になって……」

「なるほど。マジシャンの憂鬱ですね」

十九波さんは、白い顎髭《あごひげ》を撫《な》で付けながら、ゆっくりと頷いた。

「マジシャンの、憂鬱？」西乃が聞く。

「いや、私が勝手にそう名付けているだけですよ」と、十九波さんは穏やかに笑った。「どんなマジシャンも、一度はそんな疑心暗鬼の心中に迷い込みます。私の知る限り、良いマジシャンは、必ず一度は経験していることです」

「気分が沈んでいるときは、悪い方にばかり考えちゃう。本当は、お客さんは退屈しているんじゃないかって。くだらないマジックに、仕方なく拍手をしているだけだったら、どうしようって不安になるの」

マジシャンの憂鬱。

心細そうに、酉乃は目を伏せていた。

今日の失敗が、よほど堪《こた》えていたのかもしれない。

誰にも見つからないような学校の隅で、マジックの練習をしている彼女の姿を思い返す。ほんの少しだけれど、また彼女の秘密を知ることができたような気がした。だから、僕は伝えたくてたまらない。それは、酉乃さんの思い込みだよって。くだらないなんて、そんなことないよって。

笹本さんも、同じなのかもしれない。周囲の目が気になって、嫌われるんじゃないかって疑い深くなって、本当に好きなことを、好きって言えないでいる。嗤われているんじゃないかって、友達を信じることができなくて、疑心暗鬼でいっぱいになっている――。

どうすれば、いいんだろう。

「どうすれば、いいんでしょうか」

僕の疑問に、十九波さんがにっこりとした。

「お客さんを、信じることです」友達を、信じること。「好意的な反応は、素直に受け止めましょう。お客さんの笑顔は、本物なのだと信じるのです」

素直に、受け止めること。

それは、簡単なことのようで、少し難しい。お客さんの拍手。友達の笑顔。それを、そっくりそのまま受け止めるには、あまりにも僕らは傷付きやすくて。

「魔法を信じてもらうには、まずはこちらが相手を信じなくてはいけません。疑い深い心で向き合っていても、見えるのは暗闇の中の鬼ばかりですよ」

十九波さんは、ちょっと失礼、と言って厨房《ちゅうぼう》の方へ引っ込んでしまった。酉乃はカウンターテーブルに視線を落として、じっとなにかを考えている。

「信じるって、難しい。一度疑い深くなると、なにも信じられなくなる。ひどいときにはね、ときどき、須川君も、わたしのマジックをつまらないって思ってるんじゃないかって……」

「えっ」それは心外だった。いったい、どこをどう勘違いすれば、僕がそんなふうに思うっていうんだろう。「そんなことないって！　僕は、酉乃さんのマジック、好きだよ？　もう、毎日観たくて観たくて……。えーと、だから、その、お昼休みも、酉乃さんのこと、探してるくらいで……」

まっすぐに言葉を伝えるって、どうしてこんなに恥ずかしいんだろう。

彼女は微かに顔をこちらに向けて、僕を見た。細かく睫毛を動かして、唇を開く。けれど、言葉はなにも出てこなかった。

「いや、えーと……。その、迷惑なのかなぁって、思うこともあったりして……」

「迷惑じゃ、ないよ」酉乃はそう呟いて、また肩を小さくする。視線をテーブルに落とした。横顔を向けたまま、ぼそぼそと言う。「最近は、空き教室とか、探すの大変で……。いつも空いてると思った場所に、他の子がいたり、部活の集まりかなにかがあったりして……」

「あ、そ、そうなんだ。それなら、いいんだけど……」

素直に、受け止めること。

どうして、こんなに難しいんだろう。

今日の店内は、いやに静かだった。誰もいないみたいに、空気がしんとしている。

「今日はどうしたの」

やがて、彼女がそう呟く。

「え？」

「最近、須川君が来るときは、決まって謎解きの相談だから」

「あ、うん。そう、そういえばそうだった」ここへ来た理由を、すっかり忘れていた。でも、半分は酉乃に会うためだったわけだし、ほとんど目的を達成できているような気はしたけれど。

「そう、ちょっと不思議なことがあってさ……。もし良かったら、聞いて欲しいんだけれど」

「話してみて。力になれるかどうかは、わからないけれど」

僕は、いつもよりだいぶ慎重に、笹本さんとの間に起こったできごとを話した。もちろん、そのまま馬鹿正直に語ることなんてできないから、問題の危険物は、漫画雑誌だったということにしておいた。大きさ的にも、サイズ的にも、そういう雑誌ってありそうじゃん？　彼女はいつものように細かく質問を挟んで、僕の記憶を正確に思い起こさせようとする。けれど今回、彼女が食い付いてきたのは、意外にも『調理実習室の失われた指』事件に関してだった。

「それで笹本さんは、わたしにあんな質問をしたの？」

「うん、そう。なんか、誰かにいたずらされたんじゃないかって、不安がってたみたいなんだけど、酉乃さんが誰も見てないって言うなら、幽霊のしわざ、ってことになるのかな……」

彼女はそっと瞼《まぶた》を閉ざし、それから天井を振り仰いだ。どうしてか耳がほんのり赤い。

「西乃さん？」

「なんでもない」すぐ僕に視線を落とすと、彼女は小さな声で言う。「それならそうと、きちんと言ってくれれば……」

「え、なにが？」

「この件は、わたしが笹本さんにちゃんと伝えておく」

「そう？　それなら助かるけど」

「けれど、気付かなかった」彼女の横顔は、歯がゆそうに歪んでいた。「井上さんのこと」

「西乃さん、井上さんと友達なの？」

「体育のときに、何度か話をしたことがあるの。友達とは、言えないかもしれないけれど」

「そっか」僕はカウンターのテーブルに目を落とす。「僕は、ぜんぜん会ったことない子なんだけれど。ちょっと、気になるよね」

教室という群れから弾き出されてしまった女の子。僕には関わりなんてないはずなのに、その子のことを考えると、胸の中をちりちりと小さな火に焼かれるようだった。

「赤ずきんは狼に食べられた……。どういう意味だろう？」

「わからない」西乃はかぶりを振る。彼女の髪が白いブラウスの襟元で揺れた。「なにかできることがあればいいけれど……。まずは、封筒のことを考えましょう」

僕は頷いた。西乃はほの暗い空気を振り払うように顎を上げる。彼女なりに、知り合いだという井上さんのことが気がかりだったんだろう。

「問題は、四点あるわね。一つ、いつ入れ替わったのか？　二つ、誰が入れ替えたのか？　三つ、なぜ入れ替えたのか？　四つ、入れ替わったのは中身だけなのか、封筒ごとなのか？」

「二つ目の、誰が入れ替えたのか、だけど……。笹本さん以外に、誰がそんなことするっていうの？」

「それは、三つ目の疑問にも関わってくると思う。どちらにせよ、笹本さんが入れ替えたと決め付けて考えてしまうと、視野が狭まってしまうと思うの」

「確かに、そうかもしれないけれど……」

「それなら、まず、笹本さんが封筒を入れ替えたと仮定して考えてみましょう。この場合、三つ目の問題、なぜ入れ替えたのかの答えは自明ね。そのままだと自分自身が困ってしまうから」

「うん、どこかのタイミングで封筒の中身に気付いたんだとしたら、慌てて『十字路』と入れ替えるだろうしね。冊子は文芸部や図書室にたくさんあるみたいだから、十分もあれば入れ替えることはできると思う。けどね、西乃さん、それだとやっぱりおかしいんだよ。僕が笹本さんとぶつかって、封筒が入れ替わってしまったそのときだけど……。僕、ロッカーで気付いて、すぐにC組へ行ったんだ。一分か二分くらいだったと思う。笹本さんは自分の封筒の中身に気付いた様子はなかったし、もし気付いたとしても、そんな短時間で『十字路』を用意して入れ替えるのは無理だよ」

「そうね。でも、笹本さんの手元に、余分な冊子がいくつかあれば、短時間で入れ替えることはできなくもないと思う。けれど、その場合、須川君がC組へ行ったときに、笹本さんと話していた子――。柿木園さんとの間に、その話が出てこなかったのは、「不自然ね」

C組へ行ったとき、笹本さんは柿木園さんと話をしていた。冊子を入れ替える時間があったとは思えないし、中身を開封していたのだとしたら、二人の間で微妙な空気が流れていたはずだった。西乃は漫画だと思っているけれど、中身はアレだ。封筒からそれを取り出したのだとしたら、絶対に教室が変な空気になっているはず。

「漫画くらい、笹本さんに素直に話せば、理解してくれると思うのに」

西乃はちょっと不審そうに僕を見た。

「いや、その、えっと」必死で言い訳を見繕う。「そのあと笹本さん、封筒を持って職員室へ行こうとしてたんだ。で、僕は、正直に理由を話して返してもらおうとしていたわけで……。でも、なんだかんだで、他の話で盛り上がっちゃってさ！ ほ、ホントだよ？」

「それよりも」と、西乃は人差し指を立てて、僕の顔を覗き込む。「笹本さん、紙袋を持っていたのでしょう？」

「え、あ、うん。たぶん、生徒会に見せる資料とか、そういうのが他にも入っていたんだと思う。ロフトの紙袋で、少し小さめのやつ」

「いったん、そこに仕舞って、教室を出ていくときにまた取り出した」

「そうそう」

「ふぅん」と、彼女は人差し指で自身の顎先を突く。「続けて」

「では、当然、その間は僕と一緒にいたわけだから、封筒の中身がなんなのか気付くはずがないし、入れ替える時間だってないんだよ。それに、お昼休みが終わって教室に戻ってからは、三好がロッカーを見張ってる。その後の授業で、笹本さんがロッカーを開け閉めしたことはあったかもしれないけれど、封筒を取り出したところは見ていないって、三好が言っているんだ」

「笹本さんのロッカーは、教室の中？」

僕らの学校のロッカーは、教室の後ろと廊下と、二箇所に設置されている。僕のロッカーは廊下、笹本さんのロッカーは教室の後ろだった。

「うん。ロッカーの中で中身を入れ替えたっていうのは、考えにくいかなぁって」

実は、サンドリヨンに来るまでの電車の中で、三好から詳細な情報をメールで聞き出していた。三好が言うには、笹本さんがロッカーの前で長居していた様子はなかったという。

「それで、放課後、笹本さんはすぐに僕らのクラスに来ているわけで……。封筒を開ける暇も、中身を交換する暇も、まったくないんだよ。僕と笹本さんは、西乃さんが帰ったあとも暫く話をしていたんだけど……。とにかく、笹本さんのアリバイは、僕が証明しちゃってるわけで」

「笹本さんが入れ替えを行った可能性は低そうね」

「うん。笹本さんが生徒会室へ入るまで、僕はずっと彼女を追いかけていたから……。やっぱり、どう考えても入れ替えのタイミングはないんだよね」

彼女は人差し指を唇に押し当て、少しの間黙り込んだ。横顔を向けたまま、視線だけで僕を見る。流し目の表情に、思わずどきりとした。

「それなら、答えは一つしか残っていない」

「え、なにかわかったの？」

「まず、前提条件が間違っている」彼女は唇から人差し指を離して、くるくると虚空に円を描きながら、面白そうに言った。「全く同じ封筒が、他にもう一つあったとしたら、どうかしら？」

「え？」

「漫画が入っている封筒と、文芸部の冊子が入っている封筒。その他に、もう一つ、エキストラの封筒があったとしたら？」

「エキストラ？」

「余分な封筒、ということ」

「余分な封筒って、どういうこと……？」

「笹本さんが封筒を一つしか持っていないと思い込んでいたから、辻褄《つじつま》が合わなくなるんだと思う。笹本さんは、提出用の資料かなにかを、纏めて紙袋に入れていたのでしょう？　その中に、もう一つの封筒があったとしたら？　彼女、お昼休みに一度、職員室へ行こうとしていたのよね。そこで、先生にハンコを貰うんだって、言っていたんでしょう？」

「あ……」そうか、西乃に説明していた途中で、頭のどこかで引っかかっていた言葉だった。

「そっか、封筒の中身が『十字路』だったとしたら、ハンコを貰うってのは、おかしい」

「そう。だから、封筒は三つあったとしか考えられない。三つ目の封筒の中身は、先生にハンコを貰うべき書類かなにかだったのよ。彼女、お昼休みに須川君とぶつかったあと、教室に戻って、『十字路』の入っているはずの封筒を、いったん紙袋に仕舞っているでしょう？　職員室へ持っていくべき封筒の中身が『十字路』だったのなら、ハンコを貰うという言葉はおかしいし、そもそも一度紙袋に仕舞ったりする必要はないの。封筒の見た目は同じだったのかもしれないけれど、笹本さんは手触りだけで中身を把握できていたのかもしれない」

「そうなると、僕がお昼休みのとき、ずっと見張っていた封筒は、写真集じゃなくて――」

「写真集？」

げふんげふんげふん。

「いや、つまり、僕が見張っていた封筒の中身は、漫画雑誌じゃなかったっていうことだよね！」

勢いで押した。ごまかせたか？

西乃は暫く怪訝そうに僕を見ていたけれど、どうでもいいと言わんばかりに肩を竦《すく》めて、それからカウンターの奥に視線を向けた。すべらかな頬の辺りが、ひくひくと痙攣《けいれん》している。ど、どうしました？も、もしかしてお怒りで？

「つまり……」軽く咳払いをして、彼女は言う。目は合わせてくれなかった。「お昼休みのその間、須川君の漫画雑誌は、C組の教室に残り続けていたことになるわ」

「え、じゃ、でも、どういうこと？　その間に、中身を誰かが入れ替えたってこと？」

「入れ替えたのは、そのときではないと思う。笹本さんが職員室へ行こうとしていたときって、せいぜい五分くらいでしょう？　その短時間で、『十字路』を用意して漫画と入れ替えるのは無理があるもの。でも、入れ替えることはしなくとも、中身に気付いた人はいた」

「もしかして……」

「そう。笹本さんと会話をしていたのは、柿木園さんでしょう？　須川君は、二人の会話を憶えている？」

「えーっと……」そう、憶えている。西乃にも、最初に説明をしていたときに話していた。

「柿木園さんが、パンダに興味があるって言って……。で、笹本さんが、十月くらいのに載ってるって」

「パンダって、笹本さんのことよ、たぶん」

「え？」

「笹だから」

「ああ、なるほど……」

「柿木園さんは、笹本さんが『十字路』に載せた小説に、興味を示していたのね。笹本さんが職員室へ行っている間に、読んでもいいか聞いたんだと思う。笹本さんはその言葉に応えたのよ。十月の号に載っているって」

　それじゃ、まさか……。柿木園さんは、あの禁断の花園を覗いてしまったということに——。

「え、ええっ……。柿木園さん、中を見ちゃったの？」

「たぶんね」こともなげに、西乃は言う。

「でも、えっ、それじゃ、柿木園さんが中身を『十字路』と入れ替えたの？　どうして？」

「想像だけれど——」ちらりと僕の方に視線を向けてから、彼女は軽く天井を見上げるようにする。右手の人差し指で顎先を擽《くすぐ》りながら、その腕に軽く左手を添えた。定番の、酉乃流、考えるポーズ。「笹本さんは、友人達に対して、自分は嫌われているんじゃないかって、そんな不安を抱いていたのよね。誰が本当の友達かわからなくて、疑心暗鬼に陥って、柿木園さんもまた、自分のことを快く思っていないんじゃないかって……」

友達を、信じられなくて。

素直に、受け止めることができなくて。

「そんなふうに思い込んでしまうってことは、なにかきっかけがあったのかもしれない。いやがらせみたいなことを受けていたりして、でも、犯人が誰なのかわからなくて、だからこそ疑心暗鬼になってしまって」

友達のしわざっていうのが、いちばん怖いんじゃないかな——。

「そんな状況で、けれど、柿木園さんは、笹本さんのことを好意的に見ていたのだとしたら、どうなると思う？」

「え……？」

「友達が、自分はいやがらせを受けているんじゃないかって、疑心暗鬼になっている。そして、その友達が使う重要な資料が入っているはずの封筒に、どうしてか漫画雑誌が入っていて、そうとは知らずにそれを取り出してしまえば、大恥をかいてしまうような状況になっている——。いったい、誰のしわざだろうって、考えるでしょう？　柿木園さんは、どう思ったかしら？」

「ああ……。そっか……」

合点がいった。納得できた。しかも中身は、漫画雑誌ではなくて、アレだ。女の子が持っているはずもない。だからこそ、絶対に大恥をかく。悪質ないたずらとしか思えなかったろう。

「柿木園さんは、他の友達の誰かが、笹本さんに恥をかかせるつもりで、そんなことをしたんじゃないかって、そう思ったんだ」

「そう。柿木園さんは、グループの中心的な人物でしょう？　ある程度、犯人に心当たりがあったのかもしれない。そういういやがらせをしそうな人物に見当がついていて、その子のしわざなのだと思い込んだ。まさか、曲がり角でごつんして封筒が入れ替わってしまったなんて、想像もできないものね」

「それじゃ、柿木園さんは、そのいたずらを防ぐつもりで……」

「そう。お昼休みに気付けば、放課後までに対策は練ることができたと思う。休み時間の間にでも、図書室か文芸部の部室へ行って、『十字路』を用意しておいたのよ。実際に必要な数はわからなかったでしょうから、文芸部の人に聞いたのかもしれないわ。都合良く、笹本さんはわたし達のクラスに来ていた。もしかしたら、時間を潰してくるようにそれとなく促したのかもしれない。どちらにせよ、須川君と笹本さんが話をしている間に、こっそり彼女のロッカーを開けて、封筒の中身を入れ替えておくことができたと思う」

そうか、その時間は、僕は笹本さんと話していたし、三好は監視を切り上げていた。封筒の中を入れ替える時間は充分あったかもしれない。

「けど、じゃあ、柿木園さんは、笹本さんに黙ってそんなことをしたの？」

「たぶん、傷付けたくなかったのだと思う。友達の誰かが、本当にそんないたずらをしたっていうことを、笹本さんに伝えたくなかったのよ」

その気持ちは、理解できるような気がした。友達のしわざっていうのが、いちばん怖い――。だからこそ柿木園さんは、笹本さんに気付かれない内に、自分で問題を解決しようとしたのかもしれない。

「あ、でも、一ついい？」忘れるところだった。「その、余分な封筒は？　僕、彼女が生徒会室から戻ってきたときに、紙袋の中身を見ているんだけど、封筒は一つしかなかったよ」

「生徒会室を出た彼女は、須川君に会う前に職員室へ行って、エキストラの封筒を先生に提出していたんじゃない？　それなら辻褄が合うわ」

「あ、なるほど……」

そうか、そういえば、ハンコを貰ったから帰るだけ、って言ってたっけ……。

「じゃ、結局、僕のしゃ」じゃなかった。「こほん。えっと、僕の漫画雑誌は、ええと、柿木園さんが持ってるってこと？」

「そうなるわね。だから、須川君、あとできちんと柿木園さんに報告すること。そうじゃないと、今度は柿木園さんが疑心暗鬼に陥っちゃう」

「は、はい……」

それはかなり厳しい気がしたけれど、しかし、自分の蒔《ま》いた種だった。致し方ない。僕の不注意のせいで、女の子達の関係がぎくしゃくしてしまうのは本意ではなかった。重い溜息が漏れる。はぁ、仕方ない。仕方ないよね……。柿木園さん、言いふらさないでくれるかな……。話したことないから、柿木園さんの性格ってよくわからない。笹本さんは言っていた。柿木園さんが、井上さんをハブいていたって。三好も言っていた。井上さんのことをシカトしていたって。けれど、酉乃の推理では、柿木園さんは、笹本さんのことを好意的に見ていた――。「結局、なんだかよくわからないね」カウンターに頬杖を突いて、僕は唸《うな》る。「柿木園さんが、いい人なのか、悪い人なのか……」

「いい人だから、シカトはしない。悪い人だから、シカトする。人間って、そんなに単純な生き物じゃないと思う。どんなに性格のいい人だって、教室の空気に流されて、ハブりに荷担することはある。その逆だってあるはずよ」彼女は首を傾げて、僕の顔を覗き込んだ。ふわりとした心地よい匂いを感じる。「けれど、確実に言えることは一つある。笹本さんには、敵がいるのかもしれない。けれど、味方だっている。柿木園さんっていう、心強い味方。一人きりじゃない限り、学校から居場所はなくならない。たった一人の誰かの傍ら、そんな場所があるだけで、安心できるものだと思うから……」

曲がり角でごつんから、たくさんのことが見えてきた気がする。笹本さんとも仲良くなれた気がしたし、C組の教室で起こっていたことも知ることができた。笹本さんの不安や、柿木園さんの優しさも、こんなふうに、意外な形で僕らの目の前に現れた。

色々なことに気付くことができて、けれど、これから僕らには、いったいなにができるんだろう?

「今回、僕らにできることって、なにもないのかな」

「そうね」と、酉乃は頷く。「柿木園さん達のことを、わたし達はなにも知らないもの。けれど、須川君なら見守ってあげることができると思う。笹本さんとは友達なんでしょう？」

「それなら、酉乃さんにも、できることはあると思うよ。友達の友達は、もう、友達なんだからさ」

平気なのかなって、ちょっと心配してたんだ。

笹本さんの、その優しさを思い出す。

もし、こういうことがきっかけで、二人が仲良くなれたら、それはとても素晴らしいことのように思えた。胸に秘めるだけだったその気持ちを、ちょっと外に出すことができるのなら。

暗闇は晴れて、鬼は消えていなくなる。そんな気がした。そんな気がしたんだ。

酉乃は暫く、僕を見返していた。それから、照れくさそうに微笑んで、小さく頷く。

僕達は、ちょっとしたことで、相手に嫌われたんじゃないかと疑心暗鬼になる。

相手の心に疑念を抱くと、それはどんどん、物理的な距離になって離れていく。

けれど、それって相手のことを信じていないってことなのかもしれない。その人の言葉も笑顔も信用できていないから、心に靄が生まれてしまう。僕は、相手のことを信じたい。そう、酉乃が迷惑じゃないって言ってくれるなら、その言葉を信じて、彼女のそばにいたい。

時計を見ると、ずいぶん時間が経っていることに気が付いた。

「それじゃ、僕、そろそろ帰るね」

彼女は頷く。二人して立ち上がり、カウンター席を離れた。

息を、深く吸う。少し勇気が必要だったけれど、胸の内にあるこの霧を、どうしても拭いたくて。

澄まし顔でこちらを見ている彼女に、そっと聞いてみる。

「また……。来てもいい？　今度は、謎解きの相談じゃなくて。酉乃さんのマジックを観に」

酉乃は小さく笑って、頷いた。

「待ってる」

今度は、その言葉を頭の中のレコーダーに記憶する。躊躇ったときは、その言葉を再生しよう。君が、一人で寂しそうにしているときに、そっとその傍らにいられるようになるといい。勇気が出せなくて、また疑心暗鬼の気持ちが湧き出てしまったら、今の言葉を再生して、君の笑顔と言葉を信じたい。

待ってる。

君がそう言ってくれる限り、その傍らの居場所に。そこにいてもいい理由は、たぶん、その言葉だけで充分なんだ。

"Dunbury Delusion" ends.

恋のおまじないのチンク・ア・チンク

ときどき制服姿の女の子を見かけると安心する。人混みの中でもよく目立つ記号のようなそれを見かける度、息苦しい圧迫感からほんの僅《わず》かに抜け出せるような気がした。彼女達は、どうして平日の昼間からこんなところを歩いているのだろう。それはあたしと同じ理由だったのかもしれないし、あるいはもっと正当な後ろ盾を持っているのかもしれなかった。少なくともあたしは、警官を見かける度に遠回りして歩こうとしてしまう程度の理由しか持ち合わせていない。たとえ相手が駅前の警備員であっても同じように身体は怯える。俯《うつむ》き、伏し目がちになって、肩を小さくして歩く。ここに存在していること自体が恥であるように。

どこで時間を潰そうか考えても、あまり妙案は出てこなかった。この寒さの中では、屋外をふらつく気になれない。だからといってファッションビルに入っても、アパレルの店員さん達に声をかけられるのはいやだった。絶対に学校のことを聞かれるだろうから。今日はお休みなんですかって。

スターバックスの店内は平日のくせに意外と混み合っていて、席を取るのに少し苦労した。

ブレザー姿の女の子が奥のテーブル席でノートと参考書を広げている。受験生？　そっか、受験生なら、この時間、外をうろついていてもべつにおかしくはないんだ。

フラペチーノを頼みたかったけれど身体は冷えていた。カウンターの前に立ち尽くし、メニューに視線を落としたまま暫《しばら》く迷った。じっと待っていてくれている店員さんに申し訳なくて、ごまかすみたいに笑って言う。「えっと、キャラメルマキアートのトールサイズで」久しぶりに発した声は掠《かす》れていてひどく聞きづらかったけど、あたしとは対照的に明瞭な声で、店員さんは注文をコールする。トール、キャラメルマキアート。ようやく、家の外で他人と話をした。

テーブルに戻ってすぐ、する気もないのに勉強道具を広げた。少し離れたところにいる受験生はイヤフォンで音楽を聴きながら、あるいは英会話でも耳に流し込んでいるのか、夢中になってペンを走らせていた。白い小皿には食べかけのシフォンケーキが載っている。

制服を着ている限り、逃げられないのかもしれない。親の期待と上がらない順位。教室の喧《けん》噪《そう》と女の子達の会話。気に入られようと精一杯振る舞って、けれど呆気《あっけ》なく弾かれてしまう、特異な社会のルール。

制服を脱いでしまえば、その枷《かせ》から抜け出せる？

これはあたし達を縛り付ける鎖みたい。

行きたくもない戦争に着ていく甲冑《かっちゅう》。ローファーにソックスの先をねじ込んで、母親が見守る視線を背中に感じながら、得体の知れない重圧を感じて玄関を立つ。コルセットでがんじがらめにされたような息苦しさの中で、笑顔で行ってきますと戦場に向かう朝。

こんなもの、脱ぎ去りたい。たとえなにも変わらなくても、捨て去りたい。あたし達はその願いを込めて、スカートを短くし、カーデを可愛いものに変えて、ハイソにイーストボーイのロゴを入れるのかもしれない。

勉強をするふりは十分も経《た》たない内に断念した。結局、読みかけの小説をスクールバッグから取り出して、活字を拾い上げ始める。喫茶店にいれば、まさか補導されないだろう。何時間も居座り続ければ店員さんは迷惑な顔をするかもしれないけれど、そんなことは今更だった。あたし達は百円玉数枚と気の合う友達さえいれば、サイゼリヤやミニストップで、日が暮れるまで時間を潰すことができる。くだらないおしゃべりで熱く気持ちを高ぶらせ、心臓の鼓動や血の熱さをそばで感じ取れるくらいに、ときめく感情を共有する。大人達はそれを青春と呼ぶのかもしれない。けれど、あんなにも通じ合っていたはずのあたし達は、もうどこかへ行ってしまった。これから先は、どうだろう。また、カッキーやユカと、馬鹿みたいに騒ぎながら、門限を気にしてアイスを食べる日なんて来るんだろうかと考えた。

ユカ。

あなたの名前を呟く。

すべてはあなたのせい。あたしは悪くない。悪くないよ。

だって、仕方ないじゃない？

もうそれ以上は考えないようにして、息苦しいくらいに急《せ》いて、薄茶色の上で躍る活字を拾い集めた。

中学二年生のときの話だ。

黒板に書き込まれた数式に理解が追い付かず、教科書のページを捲《めく》り返していたときだった。先生は黒板の右側に書いた式を手で小突いて、じゃ、これを解いてもらおうかと言った。真中《まなか》先生がそう言うときは、生徒を指名して黒板の前に立たせるときと決まっていた。あたしは顔を伏せて目が合わないようにし、どうか指されませんようにと必死に祈った。

「それじゃ、小松《こまつ》君、お願いします」

真中先生が言う。ほっとして、顔を上げた。小松と呼ばれた男子は、背が小さくて不健康そうな男の子だった。二年生になってから同じクラスになった子で、下の名前も知らない間柄だった。視線を黒板にやって、まだ途中だった板書の書き写しを再開する。ペンを走らせるのは心地いいけれど、数字を書き込んでいくのは苦手。まるで意味のわからないアルファベット達、呪文みたい。アブラカダブラ、魔法の言葉。唱えたら、いったいなにが起こるのかしら。いったいなにが、起きて欲しい？

そんなことを考えていたら、教室のみんなの声が耳を擽《くすぐ》った。微《かす》かな笑い声がする。なんだろうと思って顔を上げると、小松君は黒板を見上げて教壇に突っ立っていた。答えでも間違っちゃったのかな。けれど、小松君はまだ数式を書き込んでいる途中。間違えた様子もないのに、教室のみんなは笑いを堪《こら》えるように声を漏らしていた。みっともなくて、ダサくて、目も当てられない光景を見て、あーあと嘲笑《あざわら》う空気に似ていた。

すぐに気付いた。彼は笑いものなんだ。

小松君が手を挙げると、みんなは顔を合わせて笑う。小松君が指名されると、みんなはおかしくてたまらない。なにが面白いのか、なにがおかしいのかなんてわからなかったし、わかりたくもなかった。ただ、小松君がみんなの前で解答を間違えると、ギャグを滑って失敗するお笑い芸人みたいに大爆笑されて、教室が笑いの渦で包まれる。

先生に指名されて、思考し、答える。それはまったく正しいことのはずなのに、教室のみんなはそうは思わない。彼を嗤《わら》うことが正義。彼が肩を小さくする様子を見て面白がるのがブームであり流行であり、教室の一体感を演出していた。小松君は成績がそれなりに良くて、休み時間は一人で勉強をしていた。ノートを広げて、教科書を開いて、赤いシートを載せて。ただそれだけのことなのに、彼の姿を見る女の子達は囁《ささや》く。「なにあれ、超キモーイ。試験なんてまだ先じゃーん」男子達も似たような反応だった。『小松菌』というのがあって、小松君が触れたものは、インフルエンザみたいに瞬《また》く間に感染していく。一度、男子が誤って消しゴムを落としたことがあって、それがたまたま小松君の机の下に転がった。小松君はなにも言わずに消しゴムを拾い上げてその男子に差し出した。男子はそれを受け取り、自分のグループへ戻って言う。「小松菌付いちまったよー、もうこれ使えねぇし！」馬淵《まぶち》君というその男の子は消しゴムをゴミ箱に捨てて、爆笑する男子達に両手を伸ばした。「お前らにも感染させてやらー」彼に触れられた男の子達は、慌ててその感染箇所を手で擦《こす》り、近くの女の子達に手を伸ばす。「小松菌付いちまったし！」触られた女の子達は、「うっそ、キモー」といって蟻《あり》みたいに逃げていく。中には泣き出す女の子もいた。小松菌に感染して泣き出す女の子が、本当にいたんだ。「マジ信じられない。だって普通付ける？　クリーニング出さなきゃいけないじゃん」泣いている舞子《まいこ》ちゃんをなだめながら、女子達が男子を責め立てる。「舞子、本当にショック受けてるんだよ。あんたら、どうしてそんなひどいことするわけ？　ひどくない？　小松菌、ジャージに付けるとかマジ最低すぎるんだけど」

小松菌は、あたしのところまでも飛んできた。「トモ、小松菌ー」と女の子が笑いながら、べったりとあたしの肩に手を貼り付ける。ぞっとした。背筋に鳥肌が立った気がした。あたしは、え、と頬を引き攣《つ》らせて、その女の子を見た。彼女ははしゃいであたしにタッチし、そしてあたしが固まったのを見て不思議そうにした。「もう、トモ子ってばノリ悪すぎー」どういう反応をすればいいのかわからないでいると、彼女は少し引いたような表情であたしを見る。トモ子、なに、もしかして、いい子ぶってんの？　っていうか、もしかして、小松のこと好きなの？　そんなふうに誤解され、口にされるのは恐怖だった。だからあたしは、「ごめんごめんー、だって、もうショックで。うっわー。マジどうしよー。小松菌付いちった、キモー」と言いながら、ぱたぱたと肩の辺りを手で払った。夢とか希望とか愛とか正義を綴《つづ》るあたしの言葉は、そのとき溢《あふ》れんばかりに残虐な台詞《せりふ》を紡いでいた。すぐ近くに小松君がいて、彼は俯いて教科書を開いて勉強をしていた。

小松君がいつからそんな扱いを受けるようになったのか、詳しいことは知らない。ただ、男子の一人がなにかの弾みで他のクラスの子に言っていたのを耳にしたことがある。「だってさ、あいつトロイし、なんか見てていらいらするんだよね」理由はきっと、本当にそれだけなんだと思う。気に入らないから、嫌われているから、だから攻撃してもいい。その正義が教室の集団で確立されたとき、あたし達は止まらなくなる。なにが正しくて正しくないのか、その定義は曖昧《あいまい》になり、そして逆転する。教室のみんなはなにをしても正しくて、小松君はどんなに正しいことをしても、正義ではない。悪だ。彼の発言、行動、振る舞いは、その内容にかかわらず、悪であり、気持ち悪くて、そして恥ずかしいことだった。だから、先生に指名されて黒板の前に立つ小松君のことを、あたし達は嗤う。

あたし達の日常は、無数に張り巡らされた見えない有刺鉄線で満ちている。身体と心がほんの僅かでも掠めれば、たちまちに血だらけ。

その鋭さに、幼い正義はひどく無力だった。教室で次のさらし者になったのは、清美《きよみ》だ。一年生のときから同じクラスで、正義感の強い子だった。彼女は耐えきれずに、自分が正しいと信じている正義を訴えた。

「もういいかげん、こういうこと、やめようよ」

小松君、可哀想じゃん。

みんながやめないなら、先生に相談するからね。そう宣言した清美は、次の日から教室であっけなく弾かれてしまった。みんなは彼女を無視し、嗤った。すれ違っただけで、生きていることが罪であるかのように彼女を嘲笑した。どんな仕草でも、どんな様子でも、どんな表情でも、あたし達はそれを面白く嗤うことができた。困った顔、泣きそうな顔、笑っている顔。どんな顔をしていても、清美はキモイって。ぜんぜん清くねーじゃんって。すげーブスじゃんって。

授業中だった。静かで窮屈な空間に響くチョークの音色。小刻みに黒い板を叩くそのリズム。先生は長い板書を続けてずっと背を向けていた。まるで老人のように白髪の目立つその教師は、どんなときもあたし達をほっといてくれる優しさを持っている。携帯のキーを打つ音も、スカートの上で漫画を捲る手も知らん顔。あたしの席は清美のすぐ後ろだった。ふと肩を叩かれて、後ろの男子を振り向く。彼は近くの席の瑠衣《るい》ちゃんを指さして、迷惑そうな顔で洟《はな》をかんだティッシュペーパーみたいに丸まったノートの切れ端を渡す。瑠衣ちゃんは眼を輝かせて、なにかを堪えるように笑みを浮かべていた。すぐ隣のまどかちゃんと声を殺して笑い合う。

瑠衣ちゃんは顎で示した。それ、清美に渡して。唇がそう動く。机に向き直り、手にしたゴミくずのようなそれを見下ろす。べつに正義感が働いたわけじゃなくて、ただ興味があった。彼女達はいったい、なにを清美に伝えたいのかって。これが手紙だということくらいは気付いていた。いくらゴミみたいに丸められているとはいえ、他人に宛てられたそれを覗《のぞ》く趣味なんて持ち合わせていない。そのはずだった。けれど、べつに清美へのメッセージだし、覗いてもいいか、なんて軽い気持ちでその丸められた切れ端をそっと開いた。悪意が花開くように、おぞましい言葉が咲いて、それが目に飛び込んでくる。瑠衣ちゃんの綺麗《きれい》な文字。キモイから死んで。薔薇のように開いた切れ端の中央、たった一言そう書かれた呪いの言葉。肩越しに瑠衣ちゃん達を振り向いた。まどかちゃんは、は、や、く、と唇を動かして、あたしを急かす。早く。ねぇ。トモ、早く。清美のやつ、どんな顔をするのか、見てみたい。手にした呪いの薔薇が震える。違う。震えているのはあたしの手だった。これまで、ペンを走らせ、たくさんの言葉をノートに綴ってきた白い指。中指にある不細工なペンだこ。ペン先が生んだノートのへこみをそっと撫《な》で上げて、自分の作り出したその世界と通じることのできる白い指の腹。薔薇に刻まれた言葉は、これまであたしが書き記してきたどんな言葉よりもおぞましく、胸を刻んだ。キモイから、死んで。死んで？　死んでって、つまりは、死んでくださいってこと？　あなたはとても気持ち悪いから、死んでくださいってこと？　それを、伝えるの？　あたしが？　彼女の肩を叩いて、振り返った清美にこれを渡して？

息が詰まった。先生はいつの間にかこちらを向いて、日本の歴史について語っていた。たくさん付箋《ふせん》の貼られた教科書を見下ろし、しょぼしょぼとした頼りのない犬みたいな老眼を瞬《また》かせている。また、板書。振り返る。苛立ったようなまどかちゃんの顔。早く。早くしなよ。どうしたの、トモ。まさか。まさか、そっちに付くつもり？

震え、そして死体のように固まった指先。関係のないはずのあたしが、これほどまでに胸を抉《えぐ》られた言葉を目にして、清美はなにを感じるのだろう。もしかしたら、これを渡したら、清美は死んでしまうかもしれない。大人しくて従順で、誰の頼みも断れなくて優しい清美。少しふっくらとしていて、トロそうな清美。幼い正義感で小松君を庇《かば》ったばかりに、みんなの敵になってしまった清美。これは死の薔薇だ。嘲笑のブーケで飾られた呪い。

先生、気付いて。その情けない視線をとがらせて、頼りない肩を怒らせて、前を向いて、つかつかと歩み寄って、あたしのこの手にある呪いを取り上げて。正義を振りかざして。そうすれば、清美は死ななくて済むから。あたしは、清美を殺さなくて済むから。

勇気があれば。あたしが綴る物語の中の女の子達のように。幻惑の世界で立ち止まることなく突き進む少女達の勇気と正義感が、本当にあたしの中にあるのなら。先生と声を上げることはできるはずだった。先生、こんなものが回されてきたんです。清美、最近ハブられていて。先生、助けてあげてください。

それができないのなら、あたしの物語は偽物だ。指先が綴る正義も勇気も、愛情も優しさも、すべてがおとぎ話の空想で、偽物になってしまう。偽りで彩られたそれを得意そうにユカに見せびらかして、でも、本当のあたしは、そんな強さ、欠片《かけら》も持っていなくて。

いやだ。いやだいやだいやだ。いやだ。震える手は前の席まで伸びていく。

清美の肩を叩く。振り向いた彼女は、驚いたようだった。それから、少し嬉しそうに頬を綻ばせる。誰かから、こんなふうに呼びかけられたのは久しぶりというようなあどけない微笑だった。その笑顔は、やっぱり呪詛《じゅそ》だ。なにも知らない笑顔ほど、あたしを呪い苦しめるものはない。あたしは呪いの薔薇を手渡し、俯く。もうなにも見えなかった。もうなにも見たくなかった。紙が擦《こす》れる微かな音は、すぐに彼女に致命的な打撃を与えるだろう。誰か助けて。そうでないなら、神様、あたしに罰を与えて。あたし達に、罰を与えて。

何日かして、清美は学校に来なくなった。クラスメイトだったはずなのに、転校したことを知ったのは、三年生になる直前の日だった。

パソコンがメールの受信を報《しら》せて、意識が急に現実に引き戻される。メールは谷口先輩からだった。デスクスタンドの光しかない薄暗い部屋で、黙々とキーボードを叩いていたはずだった。自分の書いた文章をぼんやりと眺めていたら、いつの間にか教室のことを考えていた。

中学生になってからは、うまく擬態していた。他の子とあまり変わりない、明るくて教室を盛り上げることのできる女の子になったつもりだった。だって、嗤われたくないし、嫌われたくないじゃん。いつだったかニュースのドキュメンタリーで、農家の検品作業を見たことがある。うずたかく積まれたプラスチックのカゴに大根がたくさん入っていて、一つ一つ手作業で不良品がないかどうか確かめていく。少しでも形が悪かったりしたらアウトだ。大きすぎてもいけない。他のものと違うと商品としては認められなくて、わけあり品として落第の段ボールに押し込められていく。規格外のもの、傷が付いているもの、欠けているもの。教室でのあたし達と同じだ。他人と違うと嗤われる。だから、他の子と違う点はなるべく隠して生きていかなきゃならない。小松君はコミュニケーションの面で他の子と違いすぎたし、清美は教室に反する正義を主張してしまっていた。本を読んだり小説を書いたりしていることだって、教室から見れば異質な点だった。だからあたしは、中学生になってからそのことをなるべく伏せていた。高校生になってからも、そこはうまくやっているつもりだったのに。

谷口先輩のメールは、次の『十字路』に短編を載せるかどうかという確認だった。どうでもいい。文字を綴ることも、今では苦痛だ。どうせ嗤われるだけ。それならやらなければいいのに、他にすることも思い当たらない。スタバに何時間も居座り続けて、ほとんど動いていない身体は血が停滞している。生理のときみたいにだるくて、死んだように眠りたくなる。冬は魔物だ。あたしを食べる魔物。睡魔を誘う呪術。このまま死んで、生き返らなければいい。机に突っ伏して眠るには寒すぎた。のろのろとベッドに潜り込んで、歯を鳴らす。寒かった。けれどエアコンを付けたままだと眠れない。

自分のいない教室のことを考える。いつもと変わらない日常を。あたしがいなくてもやっていける世界。今、こうして布団に籠《こも》って身体を震わせているときでも、学校のみんなは楽しくやっているんだろうか。くだらないテレビの話をしたり、どこの部活の誰かがかっこいいとか言ったり、誰かが恋をしていて、バレンタインにチョコレートを用意しているなんて噂《うわさ》を、笑顔で。

今のあたしは、防災頭巾を被って縮こまり、地震の響きに怯えている小学生に似ている。

小学生の頃は、赤い防災頭巾を被っていた。防災訓練でもなんでもなく、本当に大きい地震が起こったときがあった。それはお腹の底にまで地響きを轟《とどろ》かせながら教室を揺らした。空は雷雲がやってきたときみたいに暗くて、まるで世界が終わってしまう日のようだった。窓硝子《ガラス》が小刻みに音を鳴らす中、あたし達は先生の指示にしたがって、すぐに机の下に隠れた。中には椅子に敷いてあった防災頭巾をすかさず被っている子もいた。あたしもその中の一人だった。

結局、地震はすぐに収まった。揺れ自体はとても長かったけれど、翌日のニュースでは既に忘れられてしまうような規模のものだった。

地震が止んで落ち着くと、ユカはあたしの顔をまじまじと見て、ぷっと吹き出した。呆然《ぼうぜん》として彼女の顔を見返し、どうしたのと尋ねると、ユカは笑って言った。「トモ、赤ずきんちゃんみたい」

教室の女の子達は、ユカのその言葉を聞いて、くすくすと笑い出す。地震の怖さはすぐにどこかへ消えてしまった。「怖かったね」「だねー」「みんな、大丈夫?」先生に誘導され、校庭へ出て行くときも、あたしは赤ずきんみたいに、その防災頭巾を被って歩いていた。「なんか可愛いね」そう言ってくれる子がいて、他愛もなく、あたしは少し得意になっていた。

あたしは今、赤ずきんのようだ。改めて意識すると、被っている毛布の色は赤だった。狼の腹の中で怯える赤ずきん。けれど、今はあのときと違ってユカはいない。そして、あのときのように得体の知れない恐ろしさはすぐに消えてはくれず、いつまでも心に居着いている。そう、あたしは狼に食べられた。

あたしは、狼に食べられたのだ。

Blue Back

1

授業の終了を報せるチャイムが鳴り響いて、今か今かと時を急かすような教室の空気がふっと緩《ゆる》んだような気がした。金曜日の六限目。本日最後の授業ともなれば、時計の針が進んでいくのが、いつもよりいっそう遅く感じられるようになる。藤島《ふじしま》先生は板書を続けていた手をふと止めて、「じゃあ、今日はここまでにしとくか」と、チョークを持った手を下げた。今日は放課後のホームルームがない日なので、「起立、礼、ありがとうございましたー」で、ほとんどの子は一目散に帰路やら部活やらに去っていく。

「ちなみに——」数分前とは打って変わって賑《にぎ》やかになった教室で、藤島先生は言った。「先生は、甘いものが大好きだぞ」

帰り支度を調えていた何人かの動きが、はたと止まった。女子達の笑い声に見送られて、藤島先生はどこか飄《ひょうひょう》々とした様子で教室を出て行く。

藤島先生は、僕らのクラスの担任教師。日本史の先生でもあり、生活指導の先生でもある。生活指導をしている人がそんなことを言っちゃうのはどうなのよと思わなくもないんだけれど、なるほど、どうやらこの高校ってば、その手のことに関しては本当に緩いらしい。少し前から、演劇部の先輩女子達の間で、その手の話を聞いてはいたのだけれど、先生自らがそんな宣言をしていくなんてさ。

なんのことかといえば、明日は二月十四日——。そう、男子であれば、意識してしまうとなんとなく憂鬱になってしまう日、バレンタイン・デイ。しかも第二土曜日なので、僕らの高校では、明日も授業があることになる。

バレンタインは、密《ひそ》かに想いを寄せる相手へと、女子がチョコレートをプレゼントする特別な一日——なんて漫画的イメージは、中学校三年間を過ごして木っ端みじんに打ち砕かれてしまった。実際のところ、女子から本命チョコを貰《もら》って、しかも告白されちゃった！　なんてやつは、ただしイケメンに限る的な男子だけの話で、そんな想いの丈を告げる特別イベントは、当の本人達の間だけで密やかに行われているものだから、僕ら普通の男子にとってはバレンタインの恋愛なんて、まったくもってあずかり知らぬ縁遠い世界なんだよね。だからさ、どちらかというとバレンタインといえば、女子達の間で行われている友チョコ交換——のついでに義理チョコやらジョークチョコやらを貰えれば上々、という印象の方が強いわけだよ。

というわけで、まぁ、どうせ今年も、義理のチロルチョコあたりをポリポリ齧《かじ》って、そのささやかな甘さを噛みしめるだけの、ごくごく普通で当たり前の一日になる——のだろうと、思っていたんだけれど。

　窓際の席に、視線を向ける。端整な顔立ちの横顔は今は俯いていて、垂れる長い黒髪の間に、白い耳が覗いている。柔らかな輪郭のそれを視界に収めただけで、頰が緩んでいく。どうしてだろう。今はもう、彼女の耳の先とか、丸みを帯びた爪の形とか、そんなところまで可愛らしく見えて仕方なくなる。騒がしい教室の空気からはかけ離れて、彼女は一人黙々と鞄《かばん》の中にノートを仕舞い込んでいた。

　酉乃初。常に静けさの中にいて、誰よりも優しく、そして誰よりも寂しがり屋の彼女——。こうして彼女を見つめるだけで、胸は息苦しくなり、呼吸の度、心のどこかが震えていくのがわかる。そう、僕が今、絶賛片想い中の女の子。去年のクリスマスの日に、好きだよって告白をしたんだけれど、本人はそうと気付いてくれなかったのか、あるいははぐらかされちゃっているのか、友達という関係から抜け出せず曖昧なままになっていて……。

　席を立った彼女と目が合った。気まずさを覚えて、耳が高速スピードで赤く染まるのを自覚する。酉乃は切れ長の眼をまばたかせ、数秒の沈黙のあと、こくんと頷いて教室を出ていった。たぶん、今のはさようならの挨拶なんだろう。前みたいに睨《にら》まれるようなこともなくなって、ほっと安堵《あんど》の吐息が漏れた。

　って、ああ！　安心してる場合じゃないよ。酉乃、帰っちゃったし。また一緒に帰ろうって誘えなかった。いいかげん、もっと度胸を付けるべきだよね。でも、最近は週に一回くらいは、一緒に帰ろうって、言えてるし。確率にすると、二五パーセントくらい？　一昨日《おととい》だってタイミングを合わせて一緒に帰って、彼女が最近ハマってるデビッド・ストーンっていうマジシャンの話を聞くことができたし。彼女ってば、普段は寡黙《かもく》なのに、マジックの話になると、人が変わったみたいによく喋るんだよね。「彼の眼はね、すごく愛嬌《あいきょう》があるの。フランス人らしい彫りの深い顔立ちでとてもハンサムなのだけれど、瞳が可愛らしくって、どんなにハチャメチャなマジックをしても許されてしまうキャラクターなの。なんだか憎めないのよね。いたずらをしている子供みたいに可愛いって思えちゃうことがあって」なんて、一昨日もこんな感じで、いやはや僕もフランス人に生まれてくれば良かったとつくづく思う。

寂しがり屋のくせに孤独を好む彼女は、以前まで、昼休みになると学校のプールや非常階段など、物寂しい人気《ひとけ》のない場所でお昼を食べていた。ところが今年に入って寒さも本格化してくると、いつの間にやら教室でお昼を食べる姿を見かけるようになった。それはそれで、昼休みにいちいち彼女の姿を探す必要がないから、以前に比べるとずっと話しかけやすくなった……と思っていたのだけれど、教室だとクラスメイトの目が気になって、逆に声をかけづらい。そんな僕をさし置いて、織田さんは酉乃と仲良くしているみたいで、机を挟んで一緒にお昼を食べている光景をよく目にする。

それにしても、そう、織田さんか……。彼女は、もう部活に行っちゃったかな？

また、思わずニヤついてしまった。

昨日のことを、ついつい思い返してしまう。

深夜、電話でたたき起こされた。織田さんからだった。

『ポッチー、ポッチー、ちょっと聞いてよ！』

彼女は用件もなしに電話してくることが多い。女の子からの電話っていうのは、眠っているときにかかってきても嬉しいもので、機嫌が悪くなったりすることもなく電話に出ることができる。男ってばホント単純で阿呆《あほう》な生き物だよ。

『昨日のことなんだけどさー』織田さんは、なにやら笑いを堪えているようだった。声の随所にそんな気配を含ませながら、もったいぶったように言ってくる。『ロフトの一階でね、おニューを見かけちゃって！』

「え」出てきた名前で、一気に目が覚めた。「酉乃さんが、どうかしたの？」

『いやいやー、べつにどうもしてないんだけどー。ほら、この時期にロフトの一階だよ。ロフトの一階ってなにがあるかわかる？　そう、この時期に一階にあるのは、バレンタインチョコに決まってるじゃん！　おニューってば、凄《すさ》まじい形相でチョコ睨んでいたから、なんか面白くって、暫く声かけないで観察しちゃった』

酉乃が、チョコレートを？

『誰にあげるのかなぁ、ふふふー。ああ、やっぱこれ、言わない方が良かった？　言わない方が良かったよね？　ああーん、ごめんよおニュー、あたしこういうの黙ってられなくって！　ちゃんとびっくりしてあげるんだよ、もう！』

織田さんは他にもなにやら騒がしく面白おかしい情報を語って聞かせてくれたのだけれど、それは右耳から左耳へ通過し、枕へと吸収されていくだけで、僕の頭の中には一切入ってこなかった。

西乃が、チョコレートを？

気付いたら、電話が切れていた。そういえば無意識に「じゃー織田さん、そろそろ遅いし、今日はもう寝ようよおやすみー」と勝手に口が動いて話を切り上げていた気がする。申し訳ない気分になりつつも、やはり頭の中は織田さんが教えてくれたその事実でいっぱいだった。

西乃が、チョコレートを選んでいた……。

これは、もう、期待するなという方が無理だった。

中学時代、その手の妄想はいくらでもしていたと思う。今思えば清く正しい中二病の症状だった。匿名の手紙で呼び出され、学校の屋上へ向かうと、寒空の中で健気《けなげ》に待っていてくれた可愛い女の子が、頰を赤らめチョコレートの箱を両手でそっと差し出してくる……。とかなんとか、そういうの。皆さん、欠片でも考えたこと、ないですか？　ちょっとくらい、あるでしょ？　でしょ？

妄想は止まらなかった。妄想ならぬ暴走だった。あ、うまいこと思い付いたな僕、と思いながらも、やはり妄想は止まらない。そう、西乃のことだから、きっと驚かせてくれるに違いない。最初は、やっぱり匿名の手紙かもしれない。あえて名前を書かずに、屋上とかに呼び出したりして……。あ、もしかして、プールとか？　ある意味では、僕らの思い出の場所だし、そんなことを示唆しながらも、奥ゆかしくて恥ずかしがり屋の彼女のことだから、やっぱり名前は書けなくて、放課後にプールに来てくださいとか、そういうことが書いてあったり……。

いやいや、まだ断定するのは早い。織田さんの情報は、でも、嘘ではないだろうし。断定できなくとも、僕の灰色の脳細胞があらゆる伏線を拾い上げて示唆する結果は――。ど、どうしよう。美容院とか、行っとく？　少し髪伸びてるし、あ、ちゃんとワックス持っていこう。バレンタインって、えぇーと、土曜日か。え、土曜日？　あ、第二土曜日だ。休みじゃないや、良かった。土曜日は、午後は学年集会かな？　となると、やっぱ放課後か。時間的にも、そのあとにデートとかできそう……。ど、どうしよう。デートってなにすればいいんだろう。そ、そういうの、得意じゃないというかわかんないっていうか、映画とか観に行くべき？

結局――。

そんなこんなで昨日の夜は、パソコンを立ち上げて映画情報を調べたりして眠るのが三時になってしまった。寝不足だよ。でも、なんて幸せな寝不足だろう。

2

放課後は、友達の小岩井《こいわい》くんに誘われて、久しぶりにゲーセンで遊んでしまった。もうこのゲームで遊べなくなってしまうし、ということで、二人協力プレイを存分に楽しんだ。

小岩井くんは演劇部の役者で、決してイケメンというわけではないのだけれど、愛嬌のある独特の顔立ちをしていて、いたずらっぽい笑顔がなんだか憎めないやつだ。ハチャメチャなアドリブを入れてくることが多いけれど、そのユニークな発想は先輩達からも一目置かれていて、小岩井くんがアドリブを入れてくること前提で練習をする風景が面白い。同じシーンでも、練習の度に違うアドリブでみんなを困らせているんだけれど、見物しているだけの僕としては、それですら面白い出し物を見ているような気分だ。彼の遊び心は部活だけでなく教室でも発揮されていて、先生の授業を脱線させるようにたくみに質問を挟んで誘導し、退屈で束縛された空気を笑いあるものに変えてくれる。クラスメイトからも親しまれている存在だった。

彼と駅で別れたあとは、なんとなくそのまま帰る気がしなくて、足は自然とサンドリヨンへ向かっていた。べつに明日も会えるんだし、今日行く必要なんてないんだろうけれど……。そう、明日は、いよいよバレンタイン当日。けれど、そのことを意識すればするほど、嬉しさが込み上げてきて、少しでも早く彼女に会いたくてたまらなくなる。足取りは軽く、スキップでもしてしまいそうなくらい。胸の中で心が跳ね上がるような、不思議な気持ち。

店内は薄暗く、静かな音楽が流れていて、普段はとても落ち着いた雰囲気――。けれど、ステップを降りて扉を開けたとき、あまりの騒々しさに、別のお店に入ってしまったんじゃないかと錯覚した。あれ、ここ、サンドリヨンですよね？

テーブルの配置が、普段と違うことに遅れて気付く。暗い照明の中、狭いお店の奥に、スポットを浴びた背の高い男性がいるのが見えた。灰色のジャケットを着た彼は、手に小さな棒を持っている。ハリー・ポッターの映画に出てくる魔法の杖にも似ていた。彼の前には二つのコーヒーカップが並べられた小さな台がある。テーブル席のお客さん達は、一様に彼の方へ視線を向けていた。途端に拍手。途中から入っていった僕は、なにがなんだかわからないまま、思わずきょろきょろと周囲の様子を窺《うかが》ってしまった。魔法の杖を小脇に挟んで、彼が袖口からオレンジジュースの入ったコップを取り出した途端、ああ、この人はマジシャンなのだ、とようやく気が付いた。っていうか、え、袖からオレンジジュース？　本物？　あ、ストローで飲んでるし。え、どっから出てきたの？

　観客の驚きと拍手が鳴りやんだタイミングで、彼はコーヒーカップを伏せて、その中に小さなボールを入れた。魔法の杖でカップを叩くと、そのボールが、いつの間にか大きなライムやレモン、色鮮やかなフルーツに変化していく。かと思えば、またオレンジジュースがジャケットの袖から出てきた。いや、オレンジジュースではなくて、グレープフルーツジュースらしい。上品な笑みを浮かべて訂正を入れる彼の声は、観客の拍手の海を乗り越えて届くくらいには大きいのに、耳障りな感じのしない印象的なものだった。ていうか、そのジュース本物なんだろうか。袖から出てくるなんてありえないし。あ、お客さんに渡した。って、お客さん飲んでるし。え、本物なわけ？

「ありがとうございました。桐生純平《きりゅうじゅんぺい》でした」

　そのフルーティなマジックに魅せられて、唖然《あぜん》と立ち尽くしてしまった。観客の拍手を受けて、彼は何度も丁寧にお辞儀をして、厨房《ちゅうぼう》があるカウンター奥の方へと退場していく。照明が、ほんの少し明るくなった。気付けばテーブル席はいっぱいだった。普段よりも、うんとお客さんの数が多い。なんだかえらく場違いな場所に来てしまったような気分になりながら、カウンター席に腰掛ける。

「おや、須川君。いらっしゃい」

ようやく聞き慣れた声を耳にすることができて、安心した。カウンターの奥から、マスターの十九波さんが姿を現した。サンドリヨンの店内は、テーブルの配置こそ違ったままだけれど、照明や流れる音楽は、いつの間にか普段の雰囲気に戻っている。

「あ、どうも……。えっと。今日、なんか、特別な日でした？」

「ああ、まぁ、ちょっとしたイベントですね。運良く桐生君を摑《つか》まえることができたので、たまにはウチでもサロンモノをね」

十九波さんは白い顎髭に手を置きながら、なにやら満足そうに目を細めている。

「サロン、モノ？」

「そういえば、須川君はサロン・マジックを観たことがなかったかもしれませんね」オレンジジュースでいいですか？　と注文の確認を挟んで、十九波さんはグラスを取り出した。背を向けてジュースの用意をしながら、肩越しに説明してくれる。「ハツが普段演じているマジックは、クロースアップ・マジックといいます。お客さんの目の前、至近距離で演じるマジックの総称です。けれど、クロースアップには欠点がありましてね。カードやコインを使うマジックですから、一度に大人数のお客さんに観てもらうのが難しいのです。それに対して、先ほど桐生君がやっていたのが、サロン・マジックです。ステージ・マジックほど大がかりなものではないですが、それなりの人数のお客さんに一度に観てもらうことができるマジックを、サロン・マジックといいます。さっきの桐生君のアクトは、クロースアップでも充分通じる手順を、サロン向けにアレンジしたものですね」

専門用語の羅列に目眩《めまい》を覚えながら、なんとか理解しようと十九波さんの説明に聞き入る。十九波さんの仕事は手慣れたもので、説明の途中で、オレンジジュースがカウンターに飾られた。そのストローを咥《くわ》え、頭に入った知識を整理する。うう一ん、西乃にマジックのことを説明してもらうときは、わりとすぐに理解できるのに、十九波さんの説明はどうしてかすんなりと入ってこない。それはそうだ。僕は今日、マジックの説明を聞きにきたわけでもなければ、あの桐生とかいうマジシャンを観にきたわけでもない。

「えっと、今日は、その、西乃さんは……?」

「ハツなら――」と、十九波さんはカウンターの奥を振り返った。けれど、十九波さんの視線を追うよりも早く、僕は気付いていた。カウンターの一角で、あの桐生とかいうマジシャンと、なにやら親しげに会話をしているのは――。

マジシャンの彼は、先ほどとは違ったジャケットを羽織っている。そして、西乃は信じられないことに、その彼に向けて笑顔を浮かべながら、えらく饒舌《じょうぜつ》な感じで話しかけていた。

西乃が熱心に桐生さんに話しかけ、桐生さんは穏やかな笑みを浮かべて、彼女の話に耳を傾けている。聴力に全神経を総動員して聞き取れる会話の内容は、しかし、わけのわからない用語が入り交じっていて、意味不明だった。それなのに、なんだろう。胸の奥がざわめいて、たまらなく不安になる。え、ていうか、なに、知り合い? すごく、楽しそうだけど。

酉乃はどこからともなくカードを取り出し、左手に握ったトランプを桐生さんに見てもらっているようだった。二人の距離が、先ほどよりもぐっと近付いたような気がした。彼女は少し頰を紅潮させ、笑顔を浮かべながら、背の高い桐生さんを見上げている。え、ていうか、酉乃さん、なんでそんなに楽しそうなの？　だって、僕と話してるときと、ぜんぜん違くない？

その二人を啞然として眺めていると、十九波さんが声に笑みを含ませて言ってくる。

「桐生君には、一年くらい前まで、バイトをしてもらってましてねぇ。いやぁ、彼の腕前と才能は相当なものですよ。去年、ＦＩＳＭのアジア大会に挑戦した手順が、それはもう素晴らしくて」

「フィズム？」

「マジックの、世界大会です。いやホント、大したもんです。私も鼻が高くて」

「プロなんですか？」

「どうでしょう。彼自身は、まだプロを目指すべきか決めかねているようです。まぁ、まだ学生ですからね」

「学生？」

「東大生ですよ。いやぁ、あそこの子達は、ホントすごいですねぇ」

ぐさっときた。聞くんじゃなかった。

背が高くて、イケメンで、東大生？

しかも、マジックの世界大会？

完敗だった。完膚無きまでに叩きのめされた感じだった。思わずその東大生の方に視線を向けると、笑顔を浮かべて楽しげに桐生さんに質問をしている酉乃の表情が見えた。

僕は暫く、オレンジジュースを啜《すす》っていた。酉乃はまだ、桐生さんとの話で盛り上がっているようで、たぶん、僕の存在にすら気付いていないのだと思う。今日は彼女、仕事をしないんだろうか。桐生さんのイベントがあったから、今日のマジックはもうおしまいなのかもしれない。

結局、オレンジジュースを飲み干しても、酉乃と桐生さんの宇宙語の会話は止まることを知らないようだった。桐生さんが酉乃に呼びかけるときの、「ハッちゃん」という言葉が、なんだかいやに心に残る。桐生さん、と呼びかけるときの、酉乃の楽しげな瞳の輝きとか、チークのせいだけじゃなく紅潮した頬とか。

そそくさと会計を済ました。十九波さんは気を利かせて、「ハツ、呼びましょうか?」と言ってくれたけれど、今の僕にとっては、それですら心を抉る言葉のように感じられた。

「いえ、急いでいますんで」

どこをどう見ても急いでいるようには見えなかった。それこそ恥ずかしさで頬を赤くしながら、僕はサンドリヨンを出た。

外の風はえらく冷たい。マフラーをぐるぐると首の周りに巻き付け、そこに顔を埋めた。

ホームまでの通路にある駅ナカのショップでは、鮮やかなバレンタインチョコがワゴンに飾られ、右も左も、歩く度にチョコレートの箱が視界に入ってくる。歩いても、歩いても、チョコレート。

チョコレート。

バレンタインの、チョコレート。

さっきまで無条件に浮かれていた自分が、阿呆みたいだ。実際、阿呆なんだと思う。ホント、お気楽だなぁ。情けない。本当に、情けない。彼女が自分のためにチョコレートを選んでくれているなんて、都合のいいように解釈して喜んじゃって。でも、嬉しかった。嬉しかったんだよ。好きな子が、自分のために、なにかをしてくれているって……。想像するだけでも、嬉しさが込み上げてきて、幸せだった。

けれど――。

東大生か……。

西乃が選んでいたというチョコレートの行く先。それを考えるだけで、今はもう、とても重くて切ない、苦しい溜息が漏れた。

3

早朝、メールで起こされた。『起きてる?』という文面だった。八反丸さんからだった。彼女からメールが来ることなんて、滅多にない。訝《いぶか》しみながら返信し、支度を調える。どことなくいやな予感がするけれど、女の子からメールを貰って起きるのも悪い気はしなかった。八反丸さんは超が付くほどの美少女で、彼女に憧れている男子や女子も多い半面、その奔放な性格と整いすぎた器量が災いしてか、一部の女子からは極端に嫌われてもいるようだった。

『須川くんは、今から登校？』

食パンを齧りながら片手でメールの返事を打っていたら、行儀が悪いと母上に小突かれた。

『もうすぐ家出る』

『五十二分の電車に乗りなさい』

なぜか命令形でそう書かれていた。まぁ、だいたいこの時間に家を出ていくと、必然的にその電車に乗ることになるだろうけれど、なんでまたそんな指示を？　当然、八反丸さんに質問のメールを送ったけれど、やっぱりというか返事はなかった。

悪い予感を抱きながら、家を出る。そこで、そういえば今日はバレンタインだったなと今更ながら思い返し、道を歩く速度はがくんと落ちた。いつもより少し早めではあるけれど、八反丸さんの言う五十二分の電車に乗って、そのまま学校へ。

学校の廊下を歩いていると、突然、前の曲《の》がり角から人影がぱっと飛び出してきて、ぶつかってしまうところだった。慌てて飛び退く。八反丸さんだった。驚いて変な声を出してしまい、廊下を行き交う生徒達がなにごとかと視線を向けてくる。

「あ、あの……」と言ったのは八反丸さんだった。すらりと背の高い彼女は、普段はどことなく高圧的な印象を与えるのだけれど、今日はなんだか普段よりもしおらしく、儚《はかな》げな雰囲気を纏《まと》っていた。彼女は視線を合わせようとはせず、斜め下をちらちらと窺っている。そして、胸に抱いている可愛らしくラッピングされたハート形のボックスを、そっと前に差し出してきた。

「す、好きです。受け取ってください！」

なぜか、中学生の頃、散々妄想した光景が目の前にあった。

「え、あの、八反丸さん？」

「きゃっ、渡しちゃった！」という妙に可愛らしい作り声を放って、彼女はそのまま僕にハート形のボックスを押し付けると、全速力で廊下の彼方に去っていった。八反丸さんのよく通る声のせいか、廊下を行き交うみんなが視線を向けている。とくに同胞たる男子の視線が、今はすごく痛い。「今のって演劇部の……」「あれでしょ、一年の八反丸芹華《せりか》」「うっそ、あんな冴《さ》えないやつがタイプなの？」聞こえてくる声が身に染みる。正直、めちゃくちゃ恥ずかしい。あと陰口は聞こえないように言って欲しかった。

呆然《ぼうぜん》としたまま、ハート形のボックスを見下ろす。ピンクをベースにしたドット柄のボックスで、まぁ、たぶん、チョコレートが入っているんだろう。そう思いたかった。

明らかに手の込んだいたずらというか、嫌がらせなのは間違いない。しかし、早くもひそひそと噂話を繰り広げている廊下の皆さんにはどう説明したものか、なんてことを思っていると、背後からなにかただならぬ気配を感じた。そういえばこういうことって前にも一度なかったっけと振り返ると、見知った顔の女の子が澄まし顔でこちらを見て立っていた。酉乃だった。

「とっ、ととっ」

反射的に、ハート形の箱を腰の後ろに庇うように覆い隠してしまう。

「須川君」

西乃は人形めいた無表情のままで、右手を差し出した。えらく冷めた目で、僕が中途半端に隠している箱を見下ろしている。

「それ、ちょうだい」

「え?」わけがわからない。「これ? え、でも」一応、八反丸さんがくれたものだし?「なんか、え、僕が貰ったものだし、ええと」

「そう。じゃ、知らない」

話はそれで終わりだというふうに、西乃は肩を竦《すく》め、すたすたと早足で廊下を去っていく。おはようの挨拶もなかった。普段よりも数倍素っ気ない態度のようにも思える。確実に、良からぬふうに誤解された気がした。

追いかけることもできず、箱を手にしたまま、呆然と彼女を見送る。

なるほど、僕の乗る電車を指定してきたのは、西乃にこの場面を見せ付けるためですか。八反丸さんは、僕と西乃が必要以上に仲良くなるのを快く思っていないようで、以前にも似たような計画をセッティングされたことがある。またやられた。その笑えないくらいの本気っぷりには、思わず身震いしてしまう。

「あ、あの……。西乃さん」

彼女の姿は、廊下の向こうに消えようとしていた。走ればすぐに追い付くだろうし、行き先は教室なのだから、迷う必要なんてないはず、なのだけれど。

追いかけて弁解しようにも、うまい言葉が思い付かない。

そもそも、どんなふうに言えばいいんだろう。

酉乃と僕は、そりゃ、少しは仲良くなれたかもしれないけれど、付き合っているわけじゃない。だから、誤解なんだって弁明するのもおかしい気がした。僕は酉乃にとっては、ただの友達に過ぎなくて。それに、そう、僕の知らないところで、すごくすてきな彼氏と付き合っている可能性だってある。僕が慌てふためいたところで、意味なんてないのかもしれない。

だから彼女が誰にチョコレートをあげようとしていたって、それは彼女の自由であり、当然ながら僕が口出しするような問題でもないわけで……。

酉乃は、僕のことをどう思っているのだろう。クリスマスの日、君のことを好きだと言ったあの言葉を、彼女はどんなふうに捉えているのだろう。

答えはわからなかった。

それはそうだ。その答えは、本人に聞いてみるしかない。

それはわかってる。それは、わかっているんだけれど——。

4

予想通り、昼休みになると女子達の間で友チョコ交換が盛んに行われていた。今日は母上がお弁当を用意してくれていたので、僕は小岩井くんの机でそれを広げていた。C組の三好もやってきていて、空いていた椅子を勝手に拝借し菓子パンを食べている。土曜日なので、食堂が休みなのだ。

「ウチのクラスじゃ、朝からツルピンが大人気だったぞ。まったくもってけしからんな」

三好の言うツルピンとは、鶴見《つるみ》先生のこと。女子から人気のある先生なものだから、廊下でチョコレートを受け取っている姿を朝からいやでも目撃してしまう。

「なんか、先生ばかりが人気でつまんねーな。毎年チョコを大量に受け取るサッカー部のキャプテンとか、そういうやつはいないのか？」ひょろりとした背恰好の小岩井くんは、見た目に似合わずに食欲盛んで、早くも僕の二倍はありそうな弁当をぺろりと平らげていた。まだ食事中の僕らに対して、自然と喋る割合が多くなる。「ていうかね、お前ら草食すぎるのよ。俺はかなり物欲のある肉食系男子だと自負してる。親父は単身赴任中で、母親を一人で支えているとゆー、家事もできる頼れる男だよ？　夢は一軒家でレトリバーを飼うことだ。その夢ももうすぐ叶う。昨今の若者の物欲離れが激しい中、これはなかなかすごいことなのではないかと最近気付いた。だってさ、須川、お前ぜったい車とか買わないだろ？　俺は買うね。狙うはエリシオン」

確かに、僕は車に興味ないけど。

「で？」とパンを齧りながら三好が促した。確かに脈絡のない話だった。

「なんで俺にはチョコが来ないんだ？　中学のときにはこういうのなかったから、期待してたのによー」女子になんて興味ない、というふうに装う男子が多い中、小岩井くんはわりと素直な性格をしていると思う。「今朝、部室で鈴木《すずき》さんに貰ったけど、これは義理だよな？」

　小岩井くんがポケットから取り出したのは、基本ともいえるコーヒーヌガーのチロルチョコで、どこをどう見ても義理チョコだった。

「ていうか、それ、俺もさっき貰ったし」三好もポケットから同じものを取り出した。「三月になったら返さなきゃならんのが、なんかこう、夏休みの宿題にも似たプレッシャーだよな。なにお返しすりゃいいの？」

「あれ、ていうか、小岩井くん、朝から部室に行ってたの？」演劇部のくせに朝練とかしてるの、と驚いてしまった。

　チロルをポケットに仕舞いながら、小岩井くんが言う。「ん、室田《むろた》と八反丸と、鈴木さんがいたよ。いやぁ、熱心だよね。なんか台本のことで言い合ってたよ。どうせ台本通りになんて進まないのになー」お前が言うなよと突っ込みそうになった。

「え、やつらまた勝手に変えるとかそういうのか？」三好は食べ終えた菓子パンの袋を丸めながらいやそうな顔を浮かべた。彼は演劇部の脚本を書いている人間だ。「教室じゃ、なんも言われなかったけど」

「やぁ、諸君！　チョコレートは貰えたかね！」

　賑やかな声と同時に、思い切り肩を叩かれた。まったく気兼ねなく男子三人の会話に入ってきた織田さんは、どーん、という口効果音と共に、テーブルにビッグチロルの大きな箱を置いた。ピンクの華やかなそれは、練乳いちご味らしい。開けたばかりらしく、一つも減っていないチョコが綺麗に整列していた。

「まぁ、どうぞどうぞ、三人とも。今年もよろしこ！」

元気にそう言って、一人に一つずつチロルを配っていく織田さん。

「ありがと」義理チョコでもなんか照れた。そういえば去年も織田さんから抹茶味っぽいチロルを貰ったなぁ。「今年は、いちごなんだ」

「いやー、他にもあるよ、バラエティとか」織田さんはケロリとした表情で、自分の席の方を振り返った。織田さんの机の上には、ビッグチロルの箱が二つ置いてあるのが見えた。「あとは、いちごもちだったっけな……。あ、結局いちごだね。だって、みんないちご好きだし。あまおうたるとってのもあったんだけど、そっちは瞬殺。品切れー」

いったいどんだけ持ってきたんだよと思いながら、僕は早くも貰ったチョコを口に入れていた。うん、いちごミルクを飲んだみたいな後味で美味しい。

「じゃ、来月は三十倍返しでよろしくねっ！」

チロルの箱を抱えて、他のグループの元へ去っていく織田さん。

口の中に広がり、歯の奥にまでこびり付くような甘さを確かめながら、僕はちらりと酉乃の方に視線を向けた。僕の席よりも、この小岩井くんの席の方が、酉乃のいる席に近かった。耳を傾ければ、会話が聞こえてきそうなくらいに。けれど、彼女は誰とも会話をしていなかったし、一緒にご飯を食べる相手もいないようだった。ただ、じっと黙ってお弁当を食べている。今は小岩井くん織田さんがそばにいないこういうときこそ彼女に話しかけるチャンスなのに。

や三好の視線が気になって、西乃に話しかけることができないでいる。

どこか寂しげな小さな肩を見つめていると、やっぱり気になって仕方なくなる。彼女が選んでいたっていう、チョコレートの行方――。

そう思った瞬間、西乃が振り返った。視線が合って、慌てて目を逸《そ》らす。

「でさ、その魔法がよ、反則的ですぐ修正されてやがんの。もうぜんぜんデバッグとかしてねーっていうか」

「へえ、そんなアップデートあったんか。もうぜんぜんやってないからなぁ、俺」

三好と小岩井くんは、オンラインゲームの話で盛り上がっているようだった。なんとなく、西乃がどういう言葉に反応して振り返ったのかがわかって、ちょっと微笑ましい。彼女ってば、すごい地獄耳というか、やたらと観察力があるから油断ならない。

「あ、ていうか、小岩井さ、お前の新しいメアドって、俺、まだ知らないんだけど」

「あれ、そうだっけか？」

小岩井くんは不思議そうな顔をしてみせた。ふと気が付いて、二人の話に加わる。

「たぶん、あれじゃない？　小岩井くんさ、この前、メアド変えたでしょ。確か同じくらいの時期に、三好ってケータイ壊しちゃってたから。変えましたメールとか、見る前に消えちゃったんじゃない？」

「え、なんで壊したん？」

「水没だよね」

「その話は措いておけ。で、ほら、教えてくれたまえよ。なんかもー、今のうちに交換しとかないと、一生知らないままになるだろ」

ケータイを取り出し赤外線通信をし始める二人をよそに、僕はなんとなく、酉乃の後ろ姿を窺った。結局、未《いま》だに彼女の電話番号もメールアドレスも知らないまま。ホント、あのクリスマスの日に聞き出しておけば、こんなにもどかしい思いをすることもなかっただろうに……。

小岩井くん達はなにやら赤外線通信がうまくいかないようで、悪戦苦闘している。ていうか、べつに三好の方はメアド変えたわけじゃないし、小岩井くんが三好へもう一度メールすればいいだけの話じゃないの？　なんて思いつつも自分の席まで戻って、お弁当の箱を片付けていると、近くに集まっている女子のグループに織田さんの姿が見えた。チョコを配り終えたのか、それとも配っている最中なのか、大いに話が盛り上がっているようだった。嵐の二宮《にのみや》くんがどうのこうのっていう話をしていた。織田さんもやっぱりジャニーズ好きなのかなぁと思っていると、急に織田さんが、「あ！」と大きな声を出した。続く言葉は意外なものだった。「おニューもできるんだよ！　手品！　めっちゃすごいんだから！」

慌てて、酉乃を振り返った。地獄耳ならずとも、織田さんの大きな声は届いていただろう。食事を終えたらしき酉乃はどこかぽかんとした表情で、織田さんがいるグループを見ている。

「え、おニューって、酉乃さんのこと？」

「マジで？　おにゅーんって、そういうのできるの？」

数人の女子達が好奇の視線を一斉に向ける。酉乃は眼を見開いたまま、徐々に頬を紅潮させていった。

「おニュー！　こっち、こっち！」

織田さんが、ひょいひょいと手招きを繰り返す。

「来て、カモン！　なにかこう、やっちゃって！　ガツンと！」

酉乃は暫く呆然としていたけれど、やがて勢いに押されたようにこくんと頷いて、ゆっくりとした足取りで織田さん達の元へ近付いていった。艶《つや》やかな濡《ぬ》れ羽《ば》色の髪から覗く白い耳が、今はほんのりと赤くなっている。

女子達は、おおー、というどよめきと共に酉乃を迎え入れた。

「え、なに、ニノっちみたいに、カードとか？」

「それとも人体切断？」

「鳩が出てくるとか？」

女の子達はそんなことを言って、笑い合う。

酉乃は、いつもの無愛想な表情に動揺を浮かべたまま、織田さんに視線を向けた。なにか言いたそうにしながら、ふぅと吐息を漏らす。

それから、深呼吸をした。僕も同じだった。

どうして僕まで緊張しているのか、それはわからない。酉乃の方が、よっぽど緊張していたと思う。それなのに、僕は自分の掌《てのひら》に浮かんだ汗を拭うこともしないで、ぎゅっと拳を握りしめながら、グループの女子達の様子を窺っていた。

らりと見た。

西乃は左の手首にあるおしゃれな腕時計を一瞥《いちべつ》し、それから女子達が囲んでいる机の上をち

「リクエストに応えたいところだけれど」出てきた声は、騒々しい教室の中でもよく通るものだった。「今日は、バレンタインだし、せっかくだから変わったものを使っていい？」

「え、なになに？」

女の子達が、食い付いてくる。

「そのチロルチョコを使おうと思って。そこ、座っても大丈夫かしら」

「え、どうぞどうぞ！」

普段、教室では無愛想で大人しい西乃が、今はよく通る声ではきはきと喋っている。そのことに気圧《けお》されたのか、女の子の一人が、そそくさと椅子を前に差し出してくる。

西乃の頰は、もう紅潮していなかった。

ただ、サンドリヨンにいるときみたいに、大人びた顔付きで、優しい笑顔を浮かべている。

彼女は椅子に腰掛け、机が前に来るように、椅子の位置を調整した。

「ありがとう。そのチョコレートは、誰の？」

机にあったビッグチロルの箱は、さっきの練乳いちごらしかった。

「はい、はい！　あたしのだよおニュー！」

織田さんが嬉しそうに挙手する。

使わせてくれる？　と織田さんに断って、西乃はそのチロルチョコの箱に手を伸ばした。

「それじゃ、このチロルチョコを使って、ちょこっと不思議な現象を起こしてみましょうか」

酉乃は、そこでちょっとみんなの反応を窺った。女の子達は、うんうんと頷いて、酉乃の手元に視線を注いでいる。酉乃が取り出したチロルチョコは、四つだった。彼女は女の子達の反応を待ったあとで、その四つのチョコレートを、一つずつ机の四隅に置いていく。

「チロルチョコって、たくさんのバリエーションがあるでしょう？　けれど、今日ここにあるのは、いちご味のチョコレートで、四つとも同じものね。まったく同じものって、たとえ離れ離れになったとしても、同じところに集まってしまうものなの。どういうことか、わかる？」

なになに？　と興味津々に食い付いていく女子達。織田さんは他の子にマジックを観やすい位置を譲って、その子の背中から顔を覗かせている。僕はといえば、さりげなく女の子達の隙間から遠目に見える角度まで移動していた。

今、机の四隅には、ピンク色のチロルチョコが一つずつ置かれている。四角形を描くような配置だった。

「どういうことか、実際にやってみるから、よく観ていてね」

酉乃が腕を伸ばした。妖しい魔法使いがおまじないをかけるような、どこか儀式めいた手付きの動きだった。彼女のその両手が、対角線上にある二つのチョコレートを覆い隠した。軽くチョコを撫《な》でるような仕草のあと、すぐに両手を持ち上げて、今度はもう一つの対角線上のチョコレートを覆い隠す。彼女は何度か、同じような仕草を繰り返した。まだ机の上にはなんの変化もない。手が最初の対角線の角に戻った瞬間、彼女が言った。

「集合のおまじない。かちん・こちん」

ひらひらと、彼女の五指が躍る。と、彼女が机から手を引いた瞬間、女の子達が驚きの声を上げた。立っていた子は、「えっ、えっ」と動揺の声を上げて、他の子にしがみ付いている。

酉乃が手をどかしたときには、チョコレートが瞬間移動していた。左手の下にあったはずのチョコレートは忽然《こつぜん》とその場から消失しており、彼女が持ち上げた右手の下から、二つ目のチョコレートが現れた。ついさっきまで、そこには一つのチョコレートしかなかったはずなのに。

「うっそ、移動した！」

「さて、もう一度。集合のおまじない。かちん・こちん」

同じような動きで、酉乃が二箇所のチョコレートを手で覆う。不思議なリズムでそのおまじないを唱《とな》えると、両手の五指がひらひらと躍って、ふわりと机から除《の》けられる。また、チョコレートが瞬間的に移動し、机の一角に三つになって現れていた。

同じような動作、そして、同じおまじない。

「さてさて、最後に、集合のおまじない。かちん・こちん」

ひらひらと、彼女の五指が躍る。

あっという間に、机の四隅に配置されていたピンク色のチロルチョコが、一箇所に集まるように瞬間移動したことになる。机の一角に揃《そろ》った四つのチョコを見下ろし、女の子達が驚きと歓声を上げて騒いでいる。中には「え、こわいこわい！　なにこれ！」と、初めて見る魔法の不可思議さに、動揺を隠しきれないでいる子もいた。

遠目に見ていた僕にも、まったくわからなかった。西乃の手は、チョコを覆い隠して、机から除けられただけだった。それだけなのに、その瞬間、チョコレートがどうやって移動するというのだろう。不思議なのは、西乃の両腕が一度も交差したりしなかったということだ。腕が交差したりすれば、机に僕らからは見えない死角ができる。それならば、少しは考える余地も生まれてくるのに。例えば、指で弾いてチョコを移動させたとか、見えない糸なんかで引っ張ったとか。でも、西乃の腕は一度も交差しなかった。机の上は、ずっと僕らの目に見張られていたっていうのに――。

極上の推理小説で、不可能な密室殺人を読まされたような感覚だった。

ふと、離れたところに立っていた慶永《よしなが》さんと目が合った。彼女は西乃の隠れた一面を知っている数少ない友人の一人だった。たぶん、図書室から戻ってきたところなのだろう。眼鏡の奥の瞳をぱちくりさせて、僕の近くまでやってきた。小さな声で、聞いてくる。

「途中からしか観ていないんですけど、どうしたんですか？　教室でなんて、珍しいですね」

「うん、まぁ、織田さんがうっかり言っちゃったんだよね」

僕と慶永さんは、揃って西乃達の方に視線を戻した。女の子達は、「えー、もう一回！」と口を揃えて笑っている。西乃はというと、やっぱりいつものように、澄ました顔でこう答えた。

「今日はおしまい。また今度ね」

彼女は織田さんに四つのチロルチョコを返すと、椅子から立ち上がる。女の子達のアンコールを遮《さえぎ》るかのように、五分前の予鈴が鳴った。次はホールで学年集会があるから、そろそろ移動しなくてはならない。気付けば、教室に残っている生徒は少なくなっていた。

「なんか、取られちゃった感じですね」

慶永さんが、拗《す》ねたみたいな表情で唇をとがらせた。

織田さんに腕を引っ張られ、酉乃は笑っている。その様子は、けれども、なんだか普段よりとても楽しそうに見えた。

5

学年集会というと、体育館や校庭に整列させられて、立ったまま延々と無駄話を聞かされるあの苦行を思い出してしまう。どんな子供達も、あれを通して社会に出るための忍耐力を鍛えさせられるのだろう。けれどそれも今となっては懐かしい話で、この高校ではそういった行事は、主に音楽ホールを使って行われている。広大なホールにはすり鉢状に椅子が並んでいて、どこに座るのもたいていの場合は自由だった。心置きなく居眠りができるというもので、実際のところ、先生の話の内容はあまり憶《おぼ》えていない。これから二年に進級するにあたって云々《うんぬん》とか、付近に変質者が出るらしいので気をつけるように云々とか、わりとどうでもよいことで時間を潰されてしまったような気がする。

三好や小岩井くんといったわりと気心の知れている友人とは途中ではぐれてしまったので、学年集会の帰りは無口で無愛想な設楽《したら》くんと一緒に廊下を歩いた。今日は土曜日なので、教室に戻ってホームルームを終えれば、あとは帰るだけだ。酉乃の姿をそれとなく探したけれど、結局見つからなかった。たぶん、織田さん達と一緒なのだろう。

教室に入ると、なにやら騒がしかった。

教壇の方に、人だかりができている。というか、戻ってきたみんなが教壇を囲んでいるようだった。

「あれ、なんだろ?」

設楽くんは我関せずといった様子で、黙って席に着く。僕はといえば、好奇心旺盛な人間なものだから、背の低い村松《むらまつ》くんの肩越しに、ひょいと教卓を覗き込んだ。

「うわ、なにこれ?」

教卓を囲んでいるみんなは、不思議そうにその光景を眺めていた。

「なになに、これ藤島先生の?」

「貰いすぎじゃね?」

「あれ、このチロル、オリヒメのじゃん?」

「あー、っていうか、これ、もしかして」

状況がよくわからなかった。

「え、なに、どうしたの?」

「いや、戻ったらこうなってて」振り返って、村松くんが言う。「なんか知らんけど、チョコだらけ。教室出ていくときは、なんもなかっただろ?」

「え、あれー、あたし、先生にはチロルあげてないよ？　ちゃんとゴディバだし」ひょこっと顔を出して、織田さんが言う。彼女は僕よりも遅れて戻ってきたらしい。あれ、ていうか今、さらっとすごいこと言ったよね。「あたし以外にも、いちごもちをチョイスするやつがいるとはっ！」

教卓の上には、大小たくさんのチョコレートが散らばっている。チロルのように小さなものもあれば、きちんとラッピングされたハート形のチョコレートとか、可愛らしいピンクの紙袋に入っている手作り感たっぷりのものとか、これはさすがに先生にバレたら没収されるぞ的なネタ系のチョコとか、黄金色に輝く定番のバラエティビッグチロルとか、どうにも統一感がない。って、あれ、あのハート形の箱、どこかで見たような気が——。あのリボン、大きさ、ボックスの形と色、質感……。

ひやりとした。急いで廊下へ駆け戻り、ロッカーから鞄を取り出す。中を開けて確認した。ない。

全力ダッシュで教室の中へ戻ろうとすると、同じく教室に入ろうとしていた小岩井くんにぶつかりそうになった。

「っと、ポチ、どうした？　真っ青になって」

応えず、人垣をかき分けて、教卓へ。そこにあるチョコレートの箱は、確かに見覚えのあるものだった。

「ポッチー、どうしたの？」

「え、あ、いや。これ……」

織田さんや教室のみんなの視線を受けて、口ごもってしまった。頭が真っ白になる。しかし、これは言えない。恥ずかしすぎる。あらぬ誤解を受けたら大変だし――。

「ああっ！」けれど僕が言うより早く、織田さんが声を上げた。「これ、セリカがポッチーにあげたチョコじゃん！」ていうかなんで知ってるの今朝の見てたの声大きいよ聞こえちゃうじゃん。「でしょでしょ？　え、なんで？」

「あっ」小岩井くんが、自分の机を覗き込みながら、ふと声を上げた。「俺も、机に入れてたチロルがない」

にわかに教室が騒がしくなった。クラスメイト達が徐々に事態を理解していく。そう。この教卓の上にばらまかれたチョコレートは、先生にプレゼントされたものではなく――。

「ってことは、ああー！　あたしのビッグチロルがない！　それあたしの！」

教卓の上のバラエティのビッグチロルは、どうやら織田さんのものらしい。

女子達が、一斉に机や廊下のロッカーに駆け寄り、荷物をチェックし始めた。男子達も机の中を覗き込んだりして、状況を把握していく。僕は教卓の上の、八反丸さんから貰ったものと思《おぼ》しきそれを手に取り、しげしげと眺めて確認した。間違いなかった。

「どうしたの」

不意に声をかけられて振り返ると、いつからそこにいたのか、酉乃が立っていた。反射的に、八反丸チョコを後ろ手に隠してしまう。

「え、あ、いや、えと……。なんか、よくわからないけど、たぶん、みんなのチョコが、その」

「チョコが?」彼女は澄まし顔のまま、首を傾《かし》げる。

「えっと……。どうしてかわかんないんだけど、みんなのチョコが、先生の机の上に」

教卓に視線を投げかけると、男子の一人がいかにも本命チョコといった装いの袋を、こそこそと後ろ手に隠して自分の机に戻っていくところを見てしまった。二年生の先輩と付き合っているともっぱらの噂だけれど本人は「恋愛なんて馬鹿くせー」と否定していて、「バレンタインとか、子供かよ」なんて前日に笑っていた御堂《みどう》くんだった。義理チョコならばともかく、自分のものだと名乗り出るのは恥ずかしかったのだろう。

「なんか、勝手にロッカーとかから盗まれて、あそこに集められちゃったみたいで……」

酉乃は何度かまばたきを繰り返した。さすがの彼女も、あまりに突拍子もないできごとに、理解が追い付かなかったのだろう。きょとんとした表情のまま、周囲の女の子が所持品をチェックする様子を見て、やっと把握したようだった。顔を青ざめさせると、慌てて身を翻《ひるがえ》して廊下へ走る。と、五秒もしないうちに戻ってきた。今度は自分の机へ一目散に駆けていくと、机の中を覗き込んだ。

「酉乃さん、大丈夫?」

彼女は机の中に手を入れて、ノートやペンケースを取り出し、それらを一つ一つ確認していった。表情は今は落ち着いている。彼女は机の中から、練乳いちごのチロルを取り出した。

「わたしのは、盗《と》られてないみたい」

「他の持ち物は？」

西乃はチロルを手に、こくりと頷く。

「廊下のロッカー、錠を付けてあるから。須川君は？」

「え、あ、いや、僕は」そういえば、八反丸チョコを勝手に盗られた——いや、この場合は、移動させられた、というべきだろうか——それ以外の被害は、慌てていたせいで確認していなかった。「えと……。これから、確かめるところ」ふと、彼女の眼が不審げに、背中に回ったままの腕を見ていることに気付いた。「あ、あれ、そういえば、西乃さん、それ、織田さんの？　返したんじゃなかったの？」

西乃はチロルチョコを手にしたまま、きょとんとして僕を見た。少しの間があった。

「これは——、今朝貰ったの。そういう須川君は？　八反丸さんの他にも、チョコレート貰えたのかしら？」

ぐさっとくる言葉だった。

「いや、あの、えっと、あ、ほら、西乃さん、一応、机、よく確認しておいた方がいいよ。僕も、うん、なにか盗られたものがないか、確かめてこないと……」

背中に八反丸チョコを隠したまま、ぎくしゃくと後退し、廊下にあるロッカーへ、あまりにも挙動不審な姿勢で向かう。

ふと目をやると、学級委員の畑中《はたなか》さんが、遅れてやってきた藤島先生に事態の詳細を話しているようだった。

ロッカーへ戻り、そそくさとチョコレートを仕舞い込む。他に盗られたものがないかどうかよくよく確かめたけれど、どうやらチョコレート以外は無事なようだった。僕らの高校のロッカーは、教室の中の他に廊下にも設置されていて、基本的に錠は付いていない。女子の中には自前で錠を付けている子もいるけれど、しょっちゅうばたんばたん開け閉めをするものだから、面倒がってそのままにしている子が大多数だろう。元より、貴重品なんて財布くらいだし、それくらいならば持ち歩ける。体育のときは、学級委員が貴重品を預かって職員室に保管するようになっているし。

廊下では、僕の他にも、何人かの女子が自分のロッカーを確かめているようだった。同じようにロッカーを覗き込んでいた慶永さんに、声をかける。

「慶永さん、大丈夫？」

「ええ」ロッカーを閉ざして、彼女は不思議そうに首を傾げた。「先輩に貰ったチョコレート、中に入れておいたんですけど、そのままでした」

「鍵してたの？」

「いえ、最近はしてません。なんか不思議ですね。他の子も、チョコレート以外は盗られてないのかな？」

教室に戻ると、事態を把握した藤島先生が、すぐに全員、席に着くようにと促した。

「それじゃ、このチョコレートに心当たりがあるやつは、いないのか？」

教卓の上には、まだたくさんの義理チョコと、いくつかの本命っぽいチョコが残っている。

言われたように席に着いて、みんなを見回す。もちろんのこと、クラスのみんなはざわざわと言葉を交わし合っていたけれど、先生の問いかけに答える子はいなかった。

「ということは、こりゃ、他のクラスのも交ざってるのか」藤島先生は、あからさまに顔を顰《しか》めた。「とりあえず、みんな、盗られたものがないかどうか、よく確認しておくように。ちょっと、俺は職員室に行ってくるから――」

先生は周囲を見渡して紙袋を見繕うと、それを広げて持ち主不明のチョコレートを仕舞い込んでいく。

「まだ帰るなよ、あとでホームルームやっから」

早足で、先生は教室を出て行った。教室中が騒がしくなっていく。

「えー、どういうこと、みんな他に盗られたものってあるの？」

「あたしはないけど」

「俺も大丈夫」

「てか、チョコレートだけ？」

「チョコだけ盗むって、どういうことよ？」

「いや、この場合、盗んだっていうの？　だって先生の机の上にあったわけでしょ？」

「ちゃんと全部ある？　チョコなくなっちゃってる子って、いる？」

どうやら犯人は、本当になにも盗まないで、クラスのみんなのチョコレートを、先生の机の上に移動させただけ、らしい。

いったい、なんでまた、そんなことを？

騒然とする中、僕はなんという気もなしに、窓際の席に座っている酉乃に視線を移した。

彼女は頬杖を突いて、ぼんやりと窓の外を見ていた。

6

結局、ホームルームの開始は遅れに遅れて、学年集会があったこともあり帰宅時間はいつもの土曜よりだいぶ遅くなってしまった。先生達は、盗難事件の可能性を考慮したようだった。各自持ち物を確認するように促す校内放送が流れたのだけれど、結局のところ貴重品を盗まれた生徒は一人もいないようだった。どうもただの悪趣味ないたずららしいとわかると、緊迫した空気は風に吹かれてどこかへ飛んでいってしまい、すぐに下校の許しが出た。

職員室に用事のあった小岩井くんがついでに仕入れてきた情報によると、チョコレートを持ち去られた被害者は、一年生のクラスから無作為に選ばれたようで、そのチョコレートは、すべて僕らのクラスの教卓に集められていたことになる。藤島先生は、チョコレートがなくなっているのに心当たりがある子は職員室まで取りにくるように、との校内放送を流していたけれど、いくら先生達がバレンタインチョコを黙認しているとはいえ、「俺が貰ったチョコがなくなってるんで取りにきました」とか、「それ、あたしの手作りチョコなんです！」っていうのは、言い出しにくそうだよね。案の定というべきか、ホームルーム後の教室で織田さんや小岩井くんとこのへんてこな事件に関して話し合っていたら、藤島先生が顔を見せた。

「お、いたいた。ちょっと、小岩井と織田、手伝ってくれないか？」

「なんですか？」

「いや、これなんだが」と、藤島先生は手に提げていた大きな紙袋を、とんと机の上に置いた。

「さっきのチョコレートなんだけどな、まだいくつか残ってて。校内放送で呼びかけても、取りにこないんだよ。なくなってることに気付かないっていうよりは、あれだろ、小岩井が言うように、取りにくるのが恥ずかしいってやつだろ？　まぁ、普通の落とし物なら、暫く預かっておくんだけど、食べ物だしなぁ」

「あ、なるほどなるほど！」と、元気よく挙手する織田さん。「それってつまるところ、あたし達に持ち主を探してこいってことでしょ！」

「そういうこと。小岩井は男子の信頼厚いし、織田は顔広いだろ。チョコレート、まだ六つ残ってるんだよ。もう帰っちまった子もいるかもしれないけど、まだ学校に残ってるやつの中から、これの持ち主、ちゃんと探してやってくれないか？　あ、須川は帰っていいよ」

椅子ごとひっくり返りそうになった。役立たずってことですかそうですか。「あ、いや、僕も暇だし、手伝いますよ」

「そうか。いや、悪いなぁ」

「センセー、結局、チョコ以外になんか盗られた子っていなかったの？」織田さんは、興味津々といったふうに眼を輝かせて聞いた。

「うん、まぁ、いないみたいだ。これで一安心と言いたいところだが、田代《たしろ》さんの視線が怖いんだよなぁ」

藤島先生はがくりと肩を落として深い溜息を漏らした。田代さん、というのは教頭先生のことだ。バレンタインを黙認した責任を取らされてしまうのかもしれない。

「でも、ホントになにも盗られてなければそれにこしたことはないんだ。単なるいたずらにしては妙だけども……。まぁ、そういうわけで、これ預けるから。持ち主見つけたら、このノートに名前書いてもらって、あと、チョコレートの特徴、ちゃんと聞いて確認してから返してな。嘘言われて持っていかれちゃっても困るし、どのチョコを誰が受け取ったか、きちんと記録を取るように」

「合点承知！」織田さんはノートをしかと受け取り、胸に抱いて立ち上がった。

「じゃ、さっさと教室巡りして、その次は文化系の部室廻《まわ》ってくか」小岩井くんも、紙袋を持って立ち上がる。

「そうだね。チョコの特徴確認しなきゃいけないから、分担するよりは、みんなで一緒に行った方が良さそうだね」

「すまんなぁ。できる限りで構わんから、頼むよ。俺は職員室にいるからさ」

先生は困惑の表情を浮かべたまま教室を出て行った。いつも飄々として明るく振る舞っている先生だけれども、その足取りはどこか重くて力ない。バレンタインを黙認していた責任を感じているのだろうし、この不可解な事件で、本当に貴重品を盗まれた子がいないかどうか心配しているのだろう。

小岩井くんが提げている紙袋を、ちらりと覗いてみる。

チョコレートは、チロルのような小さなものから、ジョークチョコのようなものまで様々だった。けれどその中に二つだけ、可愛らしいリボンでラッピングされた、小さなプレゼントボックスが残っていた。

普通の落とし物なら、暫く預かっておくんだけど。

たとえ僕らがチョコの持ち主を探し出そうとしたところで、見つけられない可能性もある。僕らが尋ねたって、言い出せない子だっていると思う。

それでも今日という特別の日のうちに、探し出して届けてあげたい。

いつもテストの問題は難しいものばかり出してくるけれども、藤島先生のそういうところ、僕は嫌いじゃない。それは織田さんも、小岩井くんも同じようだった。

7

チョコレート集合事件の被害者たる『持ち主不明チョコ』は、意外なことに、順調にその持ち主を探し出して返却することができた。交友関係の広い小岩井くんが、教室や部室に居残っている男子の中から、めざとくそれらしい子を見つけ出して声をかけていく。中には当然、「いや、たぶん俺のだけど、べつにいいよもう」なんて照れくさそうに言う男子もいた。そのチョコレートは綺麗にラッピングされたものだったから、返却を終えて廊下に出ると同時に、織田さんはぷんすかと腹を立てていた。

「なにあれ、べつにいいよもうって！　あれ、どう見たって手作りだよ？　世界に一個の特別なチョコなんだよ？　それを放置しとくって、どういうつもり？」

「まぁ、単なる照れ隠しだろ。本心じゃほっとしてるって。たぶん」

「それにしてもさ」僕は五人の名前が記録されたノートを見下ろし、先を進む二人のあとを追った。残すチョコはあと一つだった。「持ち主、全員、男子だったね。当然かもしれないけど」

「当然かもって？」と、小岩井くん。

「いや、ほら、既にプレゼントを受け取ったんだとしたら、持ち主は男子になるでしょ？」

「うーん、でも、女子の友チョコの可能性だって、あるわけだろ？　っていうか、そっちの方が数自体は多いはずじゃん」と、小岩井くん。「まぁ、でも、女子はジョークチョコを交換したりしないか」

「もしかしてさ」と、僕は疑問に思っていたことを口にした。「被害者って、全員、男子なんじゃない？」

「被害者って、なんか殺人事件みたいだな」

「えー、でもでも、あたしのチロルも、先生の机の上に移動してたよ？」

「あ、そっか……」

そういえば、そうだった。でも、西乃が机に入れてたっていうチロルは無事だったし、犯人はいったいどんな基準で被害者を選んで、チョコを移動させたんだろう？

「それに、あたしちょっと気になる子がいるんだよね。Ｃ組に戻ってみていい？」

もう文化系の部室はたいてい訪ね終わったし、残りのチョコレートは一つだけだった。どうやら、織田さんはその持ち主に心当たりがあるらしい。

「じゃ、戻ってみるか？」

異論はなかった。僕はいつの間にやら荷物持ち係になっていたので、軽くなった紙袋に記録用のノートを押し込んだ。紙袋に残っているのは、ラッピングされた小さなプレゼントボックスが一つだけだ。ふと見てみると、少しリボンがずれているのに気付いた。それを取り出し、リボンを引っ張って、ラッピングを直す。うん、我ながら完璧。いや、僕ってば、こういうの気になっちゃうんだよね。それにしても、これ、どんなチョコが入っているんだろ。プレゼントの箱って、中に入っているものを確かめたくなって、ついつい軽く振ってしまう。

「って、こらポッチー！　チョコで遊ぶなよ！」

織田さんにどつかれた。

「あ、ごめん、つい……」このチョコは軽く、中の様子はみじんもわからなかった。「でも、こういうのって、女の子は好きだよね。ラッピングとか色々と種類があってさ。今日見たチョコって、全部見た目が違ってたじゃん。手作りっぽいのはもちろん、市販品もさ、あんなにバリエーション豊かとは思わなかったよ」

「当たり前じゃん！」織田さんは僕を振り返り、後ろ向きに歩きながら力説する。「どうせ渡すなら、世界でたった一つのチョコにしたいじゃん？　手作りだったら、ラッピングまで心を込めるの。見た目が被ったら、もうそれだけで台無しでしょ？」

「でもさ、そうなると、今度は貰う方も困っちゃいそうだね。こういう包装紙とか箱を、捨てるときとかさ」

「ふごぉぉぉー！」織田さんの腕が伸びて僕のネクタイをぐいっと掴《つか》んだ。「捨てる？　捨てる？　貴様、捨てるだと？」

「え、あ、いや、だって、食べ終えたら」

「ばかもーん！」ネクタイを引っ張られた。思わず前につんのめる。「だからポッチーは女心わからないんだよー！　女子からKY気味だって言われてるんだよちょっとは反省しろこの野郎！」え、僕ってそんなこと言われてるんですか？　な、なんで？「そんなんだからいつまでもおニューがそっぽ向いているの！　今日だってどうせチョコ貰えなかったんでしょ！　セリカのあれ受け取っちゃうからだよもう！　このばかちん！　もうサイテー、いっぺん死んでこい！」

　ひどかった。散々な言われようだった。傷付いた。

「え、なになに、おニューって酉乃さんのこと？　おい須川、どういうことだ」小岩井くんが嬉々として詰め寄ってくる。

「それがさイワンの旦那。ポッチーってば、あの子にずっと夢中なんですよ。最近一緒に帰ったりして、仲良さそうでしょ？　でもぜんぜん進展なしで、今朝なんか、彼女の目の前でセリカのチョコ受け取っちゃうんだよ。朝イチでさ！」

「お、なに、まだコクってないの？」

「え、あ、いや、そうじゃなくて、その」

「まぁね、わかる。あたしだってわかるんだよ。好きだよって口にして、お互いに傷付くのっていやだよね。これまでの関係が壊れちゃうのって、すごく怖いよ。わかるわかる。でもさ、バレンタインにはさ、女の子だって用意周到に色々と計画して、そんでもってフラれちゃうかもしれないのに、勇気を振り絞って当たって砕けてるんだよ。それくらい女の子にできて、どうして男の子にできないわけ？　お前らもチョコが欲しけりゃそれくらいの努力はしろコンチクショー！」

廊下に織田さんの魂の叫びが響く。織田さんどうしたの。砕けてるって、バレンタインは玉砕前提ですか。ああ、そうか、織田さんってば、まだ失恋中なんだ。その気持ちがなんだかよく伝わってきた。そのぶん申し訳なくなる。

Ｃ組に戻ると、まだ教室に居残っている生徒が何人かいた。目についたのは脚本らしきコピー紙の束を掲げてうんうんと唸《うな》っている三好の姿だった。彼は隣の席の主が不在なのをいいことに、そこへ上履きの足をどんと鎮座させ、ぞんざいな姿で脚本を睨み付けていた。近くの席には、澄ました顔で小説を読んでいる八反丸さんの姿がある。おおかた彼女から脚本に関して無茶な注文を振られたのだろう。今日は演劇部の部活はないらしいけれど、小岩井くんも織田さんも演劇部だから、期せずしてここへ大集合してしまったことになる。

「ほっといてくれ」

「どうしたの?」と、一応、三好の傍《かたわ》らに寄って聞いてみる。

「いや」彼は台本を睨み続けたまま、制するように右手を持ち上げる。「ほっといてくれ」

「だって、どう考えても不自然でしょう?」と、八反丸さんがちらりと顔を上げた。「彼女、そこでは絶対に言い出せないはずなのよ。そんな大勢の前で、自分のことをさらりと言えるかしら? 確かに物語の都合としては、みんなにその事実を知ってもらう必要はあるけれど、でも、自分で言い出すのはおかしいでしょう?」

よくわからないけれど、やっぱり脚本の話らしかった。

「女王様の校正がまた始まったみたいだな」僕の背中で小岩井くんが囁く。

三好は黙り込んでしまった。なんの話なのか、僕にはさっぱりわからない。

「ポッチー! おい、カモン!」

教室の隅の方、一人の女子に話しかけていた織田さんが、ぴょこぴょこ飛び跳ねて、手を振っている。呼びかけられて小岩井くんと共に、彼女の元へ向かった。

織田さんが話しかけていたのは、広瀬《ひろせ》実梨《みのり》という女の子で、彼女もやはり演劇部の子だった。あれ、そういえばこのクラスって演劇部の子多くない? まぁ、友達に誘われて入部っていうパターンなのかもしれない。広瀬さんはどちらかというと大人しめの女の子で、練習以外の活動にはあまり顔を出したりせず、僕はほとんど会話をしたことがなかった。役者ではなく裏方、それも照明が好きという子で、始めて一年目にしては暗転のタイミングに信頼がおけると先輩達に評価されている。

さっき僕らがC組を訪ねたときも、そういえば広瀬さんはどことなくそわそわしていたけれど、なるほど、織田さんの言う『気になる子』というのは彼女のことらしい。チョコレートがなくなっていることに気付いたけれど、先生にも言い出せず、僕らにもなかなか言えないで、教室で悶々《もんもん》としていたに違いない。そんな彼女の心境を、織田さんはずばりと見抜いてチョコのことを聞き出したのだろう。

「はい、これ、ノート、ここにサインしてね」織田さんは僕の提げていた紙袋をひったくり、ノートを机に広げた。ついでに、可愛らしいプレゼントボックスをそっと差し出す。「まぁまぁ、なにも言うなよみのりんご！　誰にプレゼントするのかなんて、このあたしはそんな野暮なこと聞かないからさ！」

織田さん、もうちょっと小さな声で喋ってあげて！

広瀬さんは顔を赤くして、ノートに名前を書くと、ぺこりと頭を下げる。

「もうなくすなよ」離れたところで見ていた小岩井くんが笑う。「ちゃんと渡さないと」

「ファイトだ！　みのりんご！」

織田さんがガッツポーズを作り、その熱い瞳で広瀬さんになにかを訴えかけた。広瀬さんはひどく恥ずかしそうに肩を小さくし、机の上のハート形ボックスを手に取った。その瞬間、ぎゅっと肩を震わせて、初めて僕らの方を見上げた。

広瀬さんは深く息を吸い込むと、真っ赤な顔でこくんと頷いた。

8

帰宅すると、台所にコンビニのお弁当が置かれていて、『母は今日遅くなります。よろしく』とご丁寧にハートマークを添えた付箋が貼られていた。そういえば、今日は古いお友達と遊びに行ってくるとかなんとか、そういう話を聞いたような気がする。お弁当の隣にキットカットが一つ置いてあるのがいかにも母上らしい。

自室に戻り、カーテンを閉めた。既に外は真っ暗になっていて、冷たい冷気が窓から流れ込んでくるような気がした。まだまだ春は遠そうだ。

溜息と共に、ベッドに転がり込む。結局のところ、酉乃からチョコレートは貰えなかった。彼女がチョコレートを渡す相手は、僕じゃなかったということだ。そのチョコレートは、今頃はもう、彼女の大切な人にプレゼントされたんだろうか。考えると、胸が苦しくなる。耳を塞《ふさ》ぎたくなって、眠ってしまいたくなる。この世界から、どうにかして逃げ出したくなる。そんなふうに思うのって、大袈裟《おおげさ》だろうか。ネガティブな考えを追い払うように、帰宅したまま放りっぱなしにしてた上着や鞄を片付ける。そういえば、八反丸さんから貰ったチョコレートを鞄に入れたままだった。溶けちゃったりするともったいないし、冷蔵庫に入れておくと母や姉になにか言われてしまうし、今すぐ食べてしまった方がいいのかもしれない。

リボンをほどいて、箱を開ける。ご丁寧に保冷剤らしきものと一緒に、カラフルにＬＯＶＥ

と彩られたハート形のチョコレートが一つ収まっていた。

ある意味では、大収穫なのかもしれない。学年一の美少女からチョコレートを貰えるなんて、例年の僕からすれば、まったくもってありえないことだった。

それでも、本当に好きな子からは、貰えなかった。だから、今はどこか胸の奥が空虚な気持ちでいっぱいになっている。決して埋められない虚しさ。来年にもチャンスがあるなんて今更思えなかった。今日だけの、特別な一日。それはもう、過ぎてしまった。

織田さんや八反丸さんに義理チョコを貰っても、心の底からは喜べない。僕は、誰かからチョコレートを貰いたいわけじゃなくて、西乃からチョコレートを貰いたかったんだ。

溜息混じりに、八反丸さんから貰ったチョコレートを齧《かじ》った。ほんの少し硬い表面に歯が食い込んで、甘さが舌の上に広がっていく。その甘さを、しっかりと嚙みしめた。口中に広がるのは、僅かな苦みと、そして、なんだか懐かしい味。あれ、なんだろうこれ。変わった味のチョコだ。こういう味、たまに食べたことあるけど、えっと、そう、カレーパンの味だ。カレーパンの具を、もしゃもしゃと食べるときの食感と味にすごく似ている。って、カレーパン？

齧っていたチョコの欠片を、まじまじと見る。チョコレートでうっすらとコーティングされたその中に、カレールーがそのまま入ってた。

やられた。

意識したとたん、口の中にたまらない不味《まず》さが広がった。加えて、チョコの過剰な甘さがそれを混沌《こんとん》と深めていく。チョコを片手に、慌てて階段を降りて水道水をコップに注いだ。一気に冷水を飲み込む。

水を飲んでもチョコレートとカレーパンをミックスさせたような不思議な味は消えなかった。その凄《すさ》まじい苦さに耐えきれず、何度も水で口をすすぐ。

まったくもって手の込んだいたずらだった。八反丸さんの本気っぷりは、やっぱり笑えない。嬉々として計画し、台所に立つ彼女の姿が目に浮かぶようだった。女の子っていうのは、本当にそつがないと思う。なんだか織田さんの言っていたことを思い出してしまった。女の子は用意周到に色々と計画して、そして当たって砕けているんだって。

女の子にそれができるのに、どうして男の子にそれができないの？

考え込んでいたせいで流しっぱなしになっていた水道水を、ぼんやりと見つめる。口の中の苦みは消えそうになかった。八反丸チョコは、僅かに僕の胃の中に入ったけれど、胸中の虚しさを埋めてくれる気配はみじんもなかった。

女の子は、用意周到に計画して、そして、当たって砕けている。

僕にそれができるだろうかと思った。

もう一度水を飲んで、蛇口を閉ざした。テーブルに置いたままになっている齧りかけのチョコレートを、どうしたものかと見下ろす。このまま捨てるのもなんなので、食べるしかないだろう。ひどい拷問だった。とても残念な味が、舌の上でいつまでも転がっている。なんだか世の女性すべてからブーイングを受けているような気になった。

結局のところ、僕はバレンタインでの女の子達のようには、なんの準備もすることができず、当たって砕けるのに怯え、行動できないでいる。

好きなことを、好きなんだと、胸を張って言えないでいる。

まぁ、さすがに、チョコレートくださいなんて、押し付けがましいことはもちろん言えないけどさ……。でも、ここでこのままうじうじして、なにもしないでいるよりは、なにか行動を起こした方がいい。西乃に会ってどんな話ができるかはわからないけれど、そう思える。そう思えたんだ。

八反丸さんのチョコレートを、大量の水とともに、なんとか全部、口に押し込んだ。あまりの不味さに悶絶しながら、着替えを終えて、外へ飛び出す。自転車を走らせ、駅へ向かった。途中で、クールミントのガムを買おう。とりあえずは、それからだ。

9

今日もあの東大生マジシャンがサンドリヨンに来ていて、一つ一つのテーブルを廻ってマジックを見せていた。そうやって順にテーブルを巡ってマジックを見せるスタイルを、テーブル・ホッピングと言うらしい。以前、西乃にそう聞いたのを思い出した。その彼女は、桐生さんとは別のテーブルのお客さんにマジックを見せているようだった。土曜日の今日はずいぶん繁盛している。

「桐生君がバイトをしているマジック・バーが、改装作業をしていましてね。そこが営業再開するまで、ウチで働いてくれるというもので」と、十九波さんは誇らしげに語った。十九波さんの様子を見る限り、桐生さんのマジックの腕は相当なものなのだろう。けれど、それを聞いて少し安心もした。だってさ、ずっとサンドリヨンに居座られたら、たまったものじゃないよ。西乃のマジックを観る機会だって、減っちゃうかもしれないし。

西乃はまだ、僕が来店したことに気付いていないようだった。バイトの子は忙しそうにしていたけれど、十九波さんは手が空いたらしく、手持ちぶさたになっている僕に色々と声をかけてくれる。自然と学校の話になり、僕は今日、西乃が初めて教室でマジックをしたということを話した。

「それは、珍しいことですね。ハツはどんなマジックをしましたか?」

「えっと、チロルチョコが、こう、四個あったんですけど、テーブルの四隅に。それで、えーと、手をかざすだけで、移動しちゃうんです。あれって、どんな仕掛けなんですか?」

十九波さんは、にっこりと笑う。

「ハツならこう言うでしょうね。不思議は不思議のまま楽しんでおいた方がいいですよ」

「やっぱり」思わず苦笑してしまう。もちろん、本当にタネを教えてくれるとは思っていなかった。なにより、タネを知ったところで、マジックは簡単にできるものじゃない。そのことは、西乃に何度も教えられた。

「しかし、チンカチンクをチョコレートでやるとは、ハツらしいですね。教室でカードやコインを取り出すよりは、確かに、とても自然な流れです」

「チンカ……。チン——？」思わず放送禁止用語を口にするところだった。

「チンク・ア・チンク。そのマジックのタイトルですよ。硝子や金属がぶつかったときに鳴る擬音のことです。日本語で言うところの、カチンとか、チャリンとか、そういう意味ですね」

「なんでそんな名前なんですか？」

「そうですねぇ」十九波さんは白髭を撫で付けながら、暫《しば》し考え込んだ。「もともとは、金属の分銅かなにかを使っていたらしいんですがね。名前の由来は、正確にはわかりません。詳しい人なら知っているかもしれませんが」

「分銅、ですか」なんとなく、チロルチョコサイズの分銅をイメージしてしまった。そんなものがあるんだろうか。

「普通、あのマジックは角砂糖やコインを使って行われることが多いのです。チョコレートで演じている人は少ないでしょうね」そう言って十九波さんは笑う。「マジックは、うまくいきましたか？」

「それは、もちろん」どうしてそんなことを聞くのだろうと疑問に思った。「なんか、いつもより楽しそうな感じで」

「そうですか」十九波さんはにこやかな表情を浮かべて頷いた。「しかし、それにしては今日のハツは機嫌が悪いようです。おっと、手が空いたみたいですね」

十九波さんはそう言って、カウンターに戻ってきた酉乃に声をかけた。彼女は僕のことにも気付いたようで、切れ長の眼を大きく見開き、やや俯き加減になってこちらへ近付いてきた。

ごゆっくり、という言葉と共に、十九波さんが離れていく。

西乃はやや離れた位置で立ち止まり、硝子の仕切り壁の方へ顔を向けた。その横顔はなにを語るわけでもなく、教室で授業を受けているときのように澄ました顔のままで沈黙していた。

「あの——」声をかけるのには、いくらかの勇気が必要だった。そして、声を発したはいいけれど、どんなことを話せばいいのかが思い付かなかった。

「なに」

彼女は視線だけで、ちらりとこちらを一瞥する。確かに機嫌が悪そうだった。

「いや、その」

言葉に詰まる僕に対し、呆《あき》れたような溜息と共に、西乃が言う。

「八反丸さんと、デートでもしていたのかと思った」

「えっ?」思わず声が裏返った。「いや、え、なんで?」

「チョコレート、美味しかった?」

「あ、いや、それは、その」口の中にはまだあの苦みが残っている。これは歯磨きをしても取れそうになかった。「あれは、こう、なんていうの。義理チョコというか、八反丸さんのいたずらっていうか。すごいものが入ってて、ほ、ホントだよ?」

彼女は仕切り壁に反射するキャンドルの炎を見ながら、肩を竦める。

「カレールー?」

「え、あ、うん」

そこで、酉乃は初めて僕の方を見て、目を合わせた。哀れみの視線だった。

「それで？」

「え？」

「今日のご用件は？」彼女はまたそっぽを向く。「また謎解きのご相談？」

それは救いの手だった。僕はこくこくと何度も頷き、冷たい表情で横顔を向けている彼女を見上げる。

「そ、そう。そうなんだよ。僕、あのあとさ、えっと、持ち主不明のチョコレート、織田さん達と返して廻ったんだけど。でも、あのいたずらって、なんの意味があったのかなって。不思議で仕方なくって」

実際のところはいつもと違って、あのチョコレート集合事件を不思議に思うほどの余裕はなかった。咄嗟《とっさ》に出てきた見苦しい嘘。だって、用件なんて決まってる。なんのためにここに来たのかなんて、言葉にすれば、一言だった。

僕はきっと、当たって砕けるのが怖い。たった一言、そう答えるだけで自分の心が砕けてしまいそうで、女の子ほどの計画性も、勇気もなくて。

彼女が見つめる硝子板のように、僕の勇気はあっさり砕けてしまうほどに、とても脆《もろ》い。

たった一言。君に、酉乃さんに、会いにきたんだって。

そんなふうに、素直に言えるようになれればいいのに。

「それじゃ、話してみて。あのあとの、放課後のこと」

いつの間にか、彼女は僕を見つめていた。いつもの澄まし顔のようにも見えたし、どこか不機嫌そうにも見えた。僕は、今日のできごとを思い返しながら、ゆっくりと彼女に話を聞かせる。酉乃は徐々に真剣な表情になり、いくつか質問を挟みながら、僕の話を聞いてくれた。

「いったい、犯人ってば、なんのためにそんなことをしたんだと思う？」

彼女に話しているうちに、不思議は整理されていく。

チョコレートを狙われたのは、一年生ばかり。そして一年生は、学年集会で音楽ホールに集合していた。犯人はその隙を突いたのだろう。チョコレートを集めるなんて、いかにも子供っぽい考えだ。生徒のいたずらだと考えるのが妥当だろう。すべての教室を巡ってチョコレートを集めるのには、それなりの時間がかかるはずだ。犯人は一年生かもしれない。音楽ホールから抜け出すか、初めから出席しなかったか、どちらにせよ、不可能じゃないだろう。

今日は店内が賑やかだった。桐生さんの声もよく響いてくる。僕らは自然と互いの声に耳を澄ましながら、顔を寄せ合っていた。まるで内緒話でもするみたいに。そのことに遅れて気付いて、慌てて僕は顔を引いた。心臓が飛び跳ねるほどに近い距離だった。彼女はカウンターテーブルに肘を突き、僅かに身を乗り出すようにしていた。頬が赤くなるのを自覚しながら、思考の海に身を委ねている彼女を見つめる。酉乃は僕ではなく、店内のキャンドルの炎をじっと見ていた。

「どうしたの」

少し遅れて、彼女が言った。

「ううん」

ふるふると、かぶりを振る。体温を感じ取れそうなくらいの距離に、喜びと不安がない交ぜになった感情が湧き上がった。不快に思われたらどうしよう、嫌われたらどうしようと、恐れにも似た気持ちが拭いきれなかった。それでも、この距離が徐々に近付いていくことを、僕はやっぱり望んでいる。

「それで……。酉乃さんは、どう思う? もしさ、犯人の狙いは別にあったりして、それで、なにかが盗まれてたりしたら、藤島先生だって困っちゃうだろうし」

彼女は少し身を引いて、すっと背筋を伸ばした。僕の望みとは裏腹に、二人の距離が離れていく。考え込むときにいつも見せる、唇に人差し指を押し当てる仕草をして、酉乃は言った。

僕の方に視線を向ける。

「バレンタインの責任は、みんなで取らなきゃ」

「え?」

そこで、ちょっと間があった。僕の反応を窺うような沈黙だった。

「たぶん、今回は珍しく男の子の方が上手《うわて》だったのね」

意味がわからない。

「どういうこと?」

「もしかして」と、酉乃は首を傾げる。「小岩井君って、転校しちゃうの?」

「えっ」ひやりとした。その事実は演劇部の人間しか知らないはずだった。「いや、そうだけど、え、なんで酉乃さん知ってるの？　まだ知ってる子、少ないはずだけど」

西乃と小岩井くんが会話しているところなんて、欠片も見たことがない。

「べつに」桐生さんがマジックをしている方のテーブルに視線を向けて、こともなげに酉乃は言う。「彼、お父さんが単身赴任中なんでしょう？　それなのに、今度、一軒家で念願のレトリバーを飼うんだって言ってたわ。それって、お父さんがこっちへ戻ってくるか、あるいは、お父さんを追いかけて、引っ越しをするってことじゃない？」

「え、いや、でも、それだけで？」

「三好君って、小岩井君と同じ演劇部の子でしょう？」こちらを見て、澄まし顔で言う彼女。「同じ演劇部の子で、親しそうなのに、『今のうちにメアドを交換しないと、一生知らないままになる』って、お昼休みのとき、言ってなかった？」

相変わらずの地獄耳だった。恐れ入る。確かに、あのとき酉乃はちらりとこっちを見ていたっけ。

「最近はよく職員室にも通っていたみたいだから、来月にでも引っ越すんじゃないかしらって」

僕はもう、シャーロック・ホームズばりの推理を見せる酉乃に、笑うしかなかった。「酉乃さんのコールド・リーディングには敵《かな》わないよ」

彼女はちょっと笑って、肩を竦める。

「半分は、当てずっぽうだけれどね」

久しぶりの笑顔に安心しながらも、まだ疑問は残っている。

「それで、えっと、小岩井くんの転校が、なにか関係あるわけ？　えっと、いや、もしかして、あのいたずらの犯人って――」

「たぶん、小岩井君だと思う」

「な、なんで？」

「多すぎるのよ」彼女は右手の人差し指に、ストレートに伸びた黒髪をくるくると巻き付けながら言う。これも、彼女が物事を説明するときのくせだった。「わたし達が教室に戻ったとき、教卓の上にいくつか本命らしいチョコレートもあったでしょう？　その数が意外と多くて」

「え、どういうこと？」

「バレンタインって、今じゃもう、女の子同士でチョコレートを交換するイベントでしょう？男の子が本命チョコを貰うなんて、とてもレアなケースだと思うの。付き合っている女の子がいるのなら、当然チョコレートを貰うでしょうけれど、なんだか、そういう男の子ばかり狙ったような気がして。一年生のロッカーや机、一つ一つ調べて廻ってチョコレートを回収していくのって、すごく手間がかかるはずよ。対象を無作為に選んだんじゃ、あんなふうにチョコは集まらないと思う。あれは、明らかにチョコを貰ってそうな子にターゲットを絞った結果なんだと思う」

「えーっと……。まぁ、確かに、小岩井くんなら、顔が広いし、ある程度、そういう子を見繕うこともできる気がするけど……。え、そうだとして、なんでまたそんなことを？」

「みんなのチョコレートを一箇所に集めると、どうなると思う？」

「え？　う～んと、どのチョコが、誰のものか、わからなくなる？」

「でも、元に戻さないと」

「うん、まぁ、それで、僕ら、先生に頼まれて、戻してきたんだけど」

「つまり、そういうこと」

「え？」

「チョコレートを一箇所に集めたのは、たぶん、小岩井君だと思う。彼、鈴木さんって子から貰ったっていうチロルを、お昼休みにポケットから取り出してたでしょう？　それなのに、学年集会が終わってわたしが教室に戻ってきたとき、彼は机の中を覗き込んで、自分のチロルがないって言っていたの。今考えると、少しおかしいなって思って。ポケットにチロルを入れて、あのまま学年集会へ行ったとすると、犯人に盗まれるはずなんてないでしょう？　だから彼は、集めたチョコを教卓の上に置いたときに、自分のチロルも交ぜておいたのだと思う。教室に戻ったあのとき、みんなは混乱していて、わたしもなにが起きているのかなんてぜんぜんわからなかった。彼は教室でなにが起きているのかをみんなに把握させるために、自分のチロルがないって言って、教室のみんなを誘導したのよ」

彼女の説明を聞きながら、あのときの様子を思い返す。

「彼って、なんだかいたずらっぽい子じゃない？　それなのに、どこか愛嬌があって、許されてしまうような感じがして。一年生の男子からは親しまれているんでしょう？　須川君の話を聞いた限りじゃ、チョコレートを盗まれた子って、男子ばかりよ。わたしが織田さんから貰ったチロルは、机の中の手前、屈めばすぐ見えるところに置いてあったけれど、そのままだったの。たぶん、女の子の机やロッカーを覗くことはしなかったんじゃない?」

「え、でも」確かに、思い返せばチョコレート事件の被害者って、ほとんど男子だったけれど。

「織田さんは? それに、えっと、広瀬さんって子にも、チョコ、返したよ」

『あたしのチロルがない』って言ってたの。つまり、机の上に置きっぱなしで学年集会に出たんだと思う。無造作にぽんと置いてあれば、小岩井君も後ろめたさを感じなかったのよ」

彼女はさらりと言う。「彼女、机の中やロッカーを確かめもしないで、
彼女の推理に対する困惑は、次第に胸をわくわくさせるような、期待に膨らんだものに変わっていった。

「それじゃ、広瀬さんは?」

「それこそが、本命のチョコレートだったの」彼女は微かな笑みを浮かべて、頷いた。「小岩井君は、そのチョコレートの持ち主を知りたかったのよ。つまり、彼は広瀬さんからなんらかの方法でチョコレートを貰ったのだけれど……、でも、誰がくれたものなのか、わからなかったのね。ちょっと古風だけれど、早朝に、下駄箱の中にでも入れておいたのかしら? いずれにせよ、メッセージカードには、差出人の名前が書いてなかった。もし、それが手作りのチョコだったのだとしたら、絶対にメッセージが添えられていたと思うの。自分の気持ちを打ち明ける内容が、丁寧に書いてあったと思う。だって、なんのメッセージもない差出人不明のチョコレートって、食べるのは躊躇《ためら》っちゃうでしょう?」

「そりゃ、そうだけど……。え、じゃ、小岩井くんって、そんなことのために、あんなことしたってわけ？」

「そう。小岩井君は、どうしてもチョコレートの差出人を調べておきたかったのね。学内でそういう事件が起これば、広瀬さんは自分のチョコレートがきちんと小岩井君の元に渡ってるのか、それとも、チョコレート事件の被害にあって、小岩井君の元へ渡る前に盗まれてしまったのか、とても心配になったと思う。手作りの、世界に一つだけしかないチョコレートだとしたら、なおさらよ。でも、そんなときに、須川君達がチョコレートを返しにきたの。当の小岩井君が知らん顔をしていたから、広瀬さんはきっと、自分のチョコが彼の元に届く前に盗まれてしまったんだと思い込んだのでしょうね」

「それで、広瀬さんが自分のチョコだって名乗り出て……。そうか、それで小岩井くんはそのチョコの差出人を確認できたってことか。うわ、そんなことのために、そういうこと、する？」

「そんなことなんて言わないの。小岩井君、転校してしまうんでしょう？　匿名の差出人を探し出すなら、早い方がいいと思ったんじゃないの？　それこそお昼休みにはもう決断していたんじゃない？」

「あ、もしかして、広瀬さんのチョコが匿名だった理由って……」

「そこまではわからないけれど」と、酉乃はテーブルに手をおいて、ぼんやりと虚空を見上げる。「でも、そうね。たぶん、実らない恋だから、そうしたのかもしれない。小岩井君は転校してしまうし、自分の名前を伝えて告白して、それが受け入れられると、今度は遠距離恋愛になってしまう。名前を伝えないままなら、少なくとも自分を拒絶されることはないし、世界でたった一つのチョコレートを、好きな人に食べてもらうことができるかもしれない。そう、食べて欲しかったのね。離れ離れになる前に、もう会えなくなってしまう前に。好きっていう気持ち、せめてそれを伝えることができれば、それで良かったのかもしれない。バレンタインと、小岩井君の転校をきっかけに、広瀬さんは少しでも行動を起こそうとしたんだと思う」

それでも、広瀬さんには勇気が足りなかった。自分の心が砕けてしまうのが怖くて、匿名のチョコレートを渡すことしかできなかった。

「広瀬さんは、たぶん……。当たって砕けるのが、怖かったんだね」

「そうね。誰だって怖いもの。自分を拒絶されて、今までの関係が一変してしまう瞬間は、誰だって怖いと思う。そういうものから逃げてしまいたくなる気持ちも、わからなくもないわ。でも、躊躇《ちゆうちよ》している間にも、時間は過ぎていって、二人の距離は離れていってしまう」

酉乃の寂しげな言葉は、他人事《ひとごと》のようには思えなく聞こえる。

店内のざわめきは、いつの間にか静かになっていた。時間は、いつの間にか過ぎていく。当たって砕けるのが怖くて、時間に身を委ねるしかできなくて。それでも、広瀬さんのように、自分から動き出すそのきっかけをくれるのが、今日という特別な一日なのかもしれない。

小岩井くんは無邪気ないたずらに見せかけて、匿名チョコレートの差出人を見つけ出すことに成功した。そのことは広瀬さんの想定外だったに違いない。まったく、転校前にこんな破天荒な伝説を作るなんて、いかにも彼らしい。いずれは、彼がやったんじゃないだろうかって、噂が広がる可能性もあるだろうけれど——小岩井くんの愛嬌のある笑顔を思い浮かべると、なんだか笑って赦《ゆる》してしまえる。広瀬さんも、彼のそんなところに惹《ひ》かれたのかもしれない。

バレンタイン。きっかけをくれる、特別な一日。

「今日は、いろんなチョコレートがあったよね」何気なく、言葉が漏れた。今日という日を思い返しながら。「朝から、あんなにたくさんのチョコが行き交ってるなんて意外だったよ」

「そう?」西乃は言った。そっぽを向いて。「朝早くにチョコを渡したいって気持ち、わたしにはわかる。だって、特別なチョコレートよ。誰よりも先に、それこそ、どんな義理チョコより先に、いちばん最初に渡してあげたいもの」

その言葉は切実で、どうしてか身が竦んだ。織田さんの言葉を思い返す。まさかとは思った。思い上がりだとも思える。でも——。

「どうしたの、なに、バレンタインの話?」

ふと、会話に割って入る声があった。西乃の背後、カウンターの内側に佇《たたず》んでいるのは、あの東大生マジシャンだった。

西乃はきょとんとまばたきをしたあと、頬を紅潮させて彼を振り返った。

「え、あ、はい」

「こんばんは」桐生さんは僕に視線を向けて、丁寧に一礼した。演劇部のみんながカーテンコールをするときのような、しゃれた礼だった。「桐生純平です。はじめまして」

「え、あ、ども。す、須川と申します」

咄嗟のことで、なぜかどもってしまった。

彼は大仰に仰《の》け反《ぞ》った。いちいち芝居がかった仕草をする人だ。「ほうほう、聞いたことあるよ。ハッちゃんがよく話してる。ぼくが推測するところによれば、ハッちゃんの彼氏だね。なに、チョコレート貰ったの？」

椅子ごとひっくり返るかと思った。

「桐生さんったら、よしてください」酉乃は軽く笑って、さらりと受け流していた。え、あれ、こういう反応、気になるけど。「桐生さんは、チョコレート、どうでしたか？」

「ああ、ぼくね。ぼくはね、チョコレートとか、だめなんだよ。適性がないんだ」

「え、でも、彼女さんいらっしゃるでしょう？」酉乃は不思議そうにきょとんとした。

「まぁね。でも、チョコレートは貰えない」桐生さんは、なぜかえっへんと胸を張る。「ぼくはね、砂糖アレルギーなんだ」

「は？」

思わず、ぽかんと口が開いてしまった。

「砂糖アレルギー」丁寧にわかりやすく発音し直してくれた。「砂糖を食べるとね、それはもう、身体が大変なことになる。ほら、糖分ゼロのチョコレートとか、そういう市販品はあるけれど、バレンタインチョコで糖分ゼロっていうのは、なかなかないらしいんだ。手作りで美味しくするのも難しいだろ？　だからね、ぼくは毎年、バレンタインには、餃子を作ってもらってる」

「は？」

「餃子」また、丁寧にわかりやすく発音してくれた。「好きなんだよ」

「そういえば、以前仰《おつしや》っていましたね」酉乃はしげしげと、胸を張る桐生さんを観察していた。

「確かに、バレンタインチョコで、糖分ゼロっていうのは滅多にないかも。この前も、ロフトでチョコを見ていたんですけど——」

「お」桐生さんは、なぜか僕を見て眼を大きくした。酉乃に身体ごと向き直る。「プレゼント？」

「いえ、違います」彼女はきっぱりと言う。「たんに甘いものが大好きなんです。ほら、この時期になると、ふだん手に入らないものもたくさん並べられているでしょう？　だからついつい観察しちゃって……」

ぼんやりと、酉乃と桐生さんの様子を眺めた。いくつかの推測が飛び交って、消えていく。彼女が選んでいたというチョコレート。砂糖アレルギー。餃子。甘いものが好き。

「おっと、あそこのテーブル、食事が済んだね。ぼくが行こう」

桐生さんはそう言って、またホッピングへと戻っていく。それを横目に見ながら、僕は高鳴る心臓の鼓動を感じていた。耳を打つくらいに、どきどきと心が弾んでいる。

ちらりと見れば、彼女はなぜか気まずそうに黙り込んだまま、お店の戸口に視線を向けたり、硝子の壁に反射する炎を見たりと、視線を彷徨《さまよ》わせている。

関係が壊れてしまうのが怖いから。

当たって砕けるのが、とても怖いから。

どうして女の子にできるのに、男の子にそれができないの？

僕らの心はとても怖がりで、それは硝子《ガラス》細工のように、儚く脆く形作られている。ほんの僅かにぶつかっただけで、大きな音を立ててひび割れてしまいそうで、だから前に進むことができない。

けれど、割れない可能性だってある。澄んだ音を響かせて、ワイングラスがふれ合うときのように、共に祝福を願うことだってできるだろう。

ふと、思うことがあった。

「さっきの話だけどさ——。広瀬さんの恋は、実るんじゃないかな。僕、あのチョコレートの箱を触ったんだけど、他のより妙に軽かったんだよ。きっともう中身は全部、小岩井くんが食べちゃってたんじゃないかなって……。そうだとしたら、それって、オッケーってことだよね。なんか、小岩井くんのことだから、ホントは広瀬さんだって見当つけてて、それをどうしても確かめたくて、あんなことしたんじゃないかなって、なんとなく、そう思えてさ」

それに——。あのとき、小岩井くんは広瀬さんに言ったんだ。もうなくすなよって。ちゃんと渡さないとって——。広瀬さんは、チョコレートの箱を手にして、中身が空っぽだということにすぐ気付いたんだろう。小岩井くんの狙いや、言葉の意味にも、その瞬間に気が付いたのかもしれない。

あのとき、頬を真っ赤にして、小岩井くんの言葉に頷いた彼女——。それは二人の間だけで通じる、恋の告白だったのかもしれない。

もし、そうだとしたら——。

西乃はほんの少し眼を見開いて、僕を見た。

二人の心がふれ合って、それから壊れてしまうのか、それとも澄んだ音を響かせるのか、それはまだわからない。わからないけれど。

「あの、西乃さん。甘いもの、好きなんだよね」

「そう、だけど？」

不思議そうにする彼女を見上げた。

「それじゃ、その、もし良かったら……。今度、ケーキとか食べに行くの、どう？」

まばたきを繰り返す彼女を、息を呑んで見つめる。桐生さんのマジックに、お店のお客さん達が歓声を上げげた。きっとその魔法の余波だろう。僕と彼女は暫くの間、時間が止まる魔法にかかっていたみたいだった。やがて綻んでいく彼女の口元に、片方だけの可愛らしいえくぼが浮かぶのが見えた。遠くで、グラスがふれ合う音が鳴る。

それは、いつかのクリスマスの夜のときより、とてもありふれた言葉なのに。どうしてか、ここに辿《たど》り着くまで、とても時間がかかったように思えた。


"Chink-A-Chink" ends.

スペルバウンドに気をつけて

母親に見送られて、家を出た。もちろん、学校に行くつもりはない。両親や弟は、あたしが学校を休んでいることなんて欠片《かけら》も想像できていない。午後は雨が降るらしいから、傘を持っていきなさいと言われて、靴箱の上に載せられていた折りたたみ傘をスクールバッグに押し込んだ。

今朝はユカのことばかり考えている。あたしは先週、十六歳になった。ユカから毎年欠かさずに送られてくる可愛らしいデコメが、今年は来ない。携帯電話を片手に、駅までの道を歩きながら、新着メール問い合わせのボタンを繰り返し押した。あたしの携帯電話は、もちろん、なんのメールも受信しない。

当然だった。あんなひどいことを言って、あんなひどい仕打ちをして。それなのに、振り返る思い出は彼女のことばかり。歩道橋を渡り、いつも彼女と待ち合わせていた場所を通り過ぎる。少し歩いてから、べつに急ぐ必要もないと思って、立ち止まった。

あたし達の街を繋《つな》ぐこの橋の上で、どれくらいあなたと話をしただろう。眠れない夜にこっそりと家を抜け出して、この場所で待ち合わせたこともあった。メールでは伝えきれない気持ち、電話では不自由すぎる会話を、ここで遅くまで語り合った。近所の人に見つかって、怒られたこともあった。話していたことはたくさんある。部活での悩み、学校で感じていた閉塞感《へいそく》、試験勉強の情報交換。そして、空想の物語。この場所で、あなたの前で、あたしは不揃《ふぞろ》いな姿を曝《さら》すことができた。それは両親も学校の友達も知らない、あなただけが知っていてくれる、ありのままの自分だったと思う。

それなのに、どうして、あたし達を繋ぐこの橋で、こんなふうに立ち止まる機会が減っていったのだろう。部活が忙しかったから？　受験勉強のせい？　塾に通っていたから？　わからない。理由はいくつもあるような気がする。

生ぬるい電車の中に居座っているのは苦痛だった。途中の駅まで下ってから、思い立って上り電車に乗り換える。とっくに二時間目の授業が始まっている頃だった。ユカはなにをしているだろう。どんなことを考えているだろう。もしかしたら、このまま二度と彼女に会うことはないんじゃないかって、そんなふうに考えてしまう。それは全くありえないことじゃない。小学生のとき、どんなに仲が良かった子だって、今はほとんど会っていない。環境が変われば、自然と疎遠になって、距離は遠のいていく。

ユカはきっと、あたしを恨んでいる。あたしの言葉に傷付いて、あたしの態度に裏切られたと感じている。このまま、あたしの人生からユカの存在が消えてなくなったとしても、それはべつに驚くようなことじゃなかった。

べつに、いいじゃん。

友達なんて。

みんなして、あたしのこと、嗤《わら》ってるだけ。そんなの、もう要らない。あたしは一人でだって、生きていける。生きていけるんだ。

友達なんて、要らないよ。

大宮《おおみや》駅で降りて、街を歩いた。まだお店が空いていない時間で、少し失敗した。ただ熱を冷ますように、擦《こす》り汚れたローファーを履いた足を動かす。もう、この恰好で街を歩くことに抵抗はなかった。紺色のブレザー。チェックのマフラー。短いプリーツ。風に刃向かうように、抗うように、脚を曝して歩く。そういう子は、別にあたし一人じゃないんだし。

もうほっといて。誰も構わないで。友達なんて、うざったいだけ。

携帯電話の電源を切って、ポケットにねじ込む。開いていそうなお店を探して、知らない道を進んだ。ビニル袋とペットボトルのゴミが散らかる汚らしい通りを突っ切って、風に頬を打たれながら、ひたすらに歩く。

突然、大きな声がして、反射的に脚が止まった。

身体がおののいて、心臓が肋骨《ろっこつ》の奥で暴れる。いつの間にか住宅街に迷い込んだらしく、鉄柵から顔を覗《のぞ》かせた犬が凄《すさ》まじい勢いで唸《うな》り声を散らし、耳を劈《つんざ》くほどに吠え散らしていた。黒い体躯《たいく》の大型犬。たぶん、シェパード。唐突に怒鳴りつけられるような理不尽さに、息が震える。

なんだよ。あたしは憤然と犬を見返していた。なに。なんなの。あたしがいったい、なにをしたっていうの？　ここは公道じゃないの？　あたしが歩いていたって、べつになんの問題もないじゃん。あんたなんかに吠えられる憶《おぼ》えなんてないよ。あたしはなにも悪くないのに。本当に、なんにも悪くないのに。

脈打つ胸を手で押さえて、息を吐く。

「トモちゃん？」

自転車のブレーキと、スタンドが立てられる音がした。犬の吠え声を耳にしながら、呼びかけた声に振り向く。浅古さんだった。

「どうしたの、こんなところで。学校は？」

学校？

唇が震えた。

答えなきゃと思った。いつもみたいに、明るく笑って。

頭は真っ白だった。いい台本が作れない。組み立てるシナリオはすぐにばらばらに空中分解していく。自転車を置いて浅古さんが近付いてくる。顔が熱かった。あたしは俯《うつむ》いて、止まって、と念じる。お願いだから止まって。意に反して頬はどんどん熱くなる。どんどん。焦りとその熱は、あたしの瞳を沸騰させて水分を追い出そうとする。溢《あふ》れて零《こぼ》れたそれが視界を揺らめかせた。

浅古さんは、あたしの前に立って、じっと待っている。なにも言わないで、ただ答えを待ってくれていた。暴れるように吠えている犬は、あたしのことをなんだと思っているのだろう。

「行きたく、ない」

なにか答えなきゃ。なにか言わなきゃ。なにか笑わなきゃ。忙《せわ》しなくぐるぐると巡る焦りの末に辿《たど》り着いたのは、そんな幼くてわがままな感情だった。

そう。行きたく、ない。

学校なんて、行きたくない。

あそこには、あたしのことを嗤う人ばかり。

そしてなにより、あたしは、大切なひとを傷付けた。傷付けてしまった。平気な顔をして、笑っている。笑っているんだ。

けれど、学校に行かないからって、一人きりでいるからって、問題は解決しない。なんにも進まないんだ。

鉄のたがが欲しい。

もしこの胸が張り裂けたのなら、そこからなにが溢れ出すのだろう。どんなものが飛び散るのだろう。とても醜くおぞましいものが眠っているような気がした。つらさ悲しみ息苦しさ、黒くて哀《かな》しい感情ばかりが、獣のように蠢《うごめ》いていて、それはたぶん、とても汚いものなんだと思う。

開店前のお店の空気は冷たくて、卵と砂糖の焼ける甘い香りがする。硝子で仕切られた窓から見える厨房《ちゅうぼう》の景色は、白く長いコック帽がきびきびと動き、とても忙しそうだった。それなのに浅古さんは、あたしを店内に招いて、ハーブティーを淹れてくれた。

彼女に貸してもらったハンカチの手触りは柔らかく、握っていると安堵《あんど》した。あたしの涙を吸ったそれを、スカートの上で固く握りしめる。子供の頃、大好きだった手触りのタオルケットがあって、それの端を握って眠っていたことを思い出した。眠るとき、掌《てのひら》になにも感じられないのは空虚だ。それは、常に誰かと繋がっていたいという人間の本能なのかもしれない。今でも、あたしは携帯電話を握りしめて眠ることがある。電子の海を飛び越えて、いつだって誰かと繋がることのできる魔法の道具を。

浅古さんは、ポットを傾けて、カップにお茶を注いでくれる。

「すみません。お忙しい時間なのに」

微《かす》かに震える声で、ようやく言葉を口にできた。

「大丈夫。あたし一人でやっているわけじゃないから」浅古さんは厨房の方を振り返って、にこやかに言う。「これ飲んでね。少しは落ち着くと思うから」

浅古さんの淹れてくれたハーブティーからは、優しい青林檎《りんご》の薫りがする。

カップに手を伸ばすと、それだけで指先が温かくなる。胸いっぱいに、懐かしい香草の匂いを吸い込んだ。

「おばあちゃんも」いつの間にか、この前、彼女に伝えられなかった思い出を口にしていた。

「あたしが泣いているときに、よくカモミールのお茶を淹れてくれました」

それは不思議な魔法だった。

どんなにひどく理不尽な仕打ちを受けたとしても、祖母の淹れてくれるお茶を飲むと、心が安らいで落ち着いた。犬に吠えられたときだけじゃなくて。両親と喧嘩《けんか》したとき、友達に罵《ののし》られたとき、言いたいことが言えなくて、ひたすらに悔しかったとき。

「そう」浅古さんは目を細めた。「優しいおばあちゃんなんだね」

「けど、あたし、会わなかったんです。祖母が亡くなるときに」

祖母が亡くなったのは二年前の夏だった。蒸し暑い一日が続いていた。特に予定を入れていたわけではないのに、実家へ顔を出す母の誘いを、あたしは断った。祖母の家はそれほど遠い場所じゃない。けれど、そのときのあたしは夏休みのイベントに追われていて、ひとことで言えば、億劫《おっくう》だったのだ。祖母はとくに体調を悪くしていたわけじゃなかった。だから、もう二度と会えなくなるなんて、思いもしなかった。母の誘いを断った四日後に、祖母は脳卒中で倒れて、病院で亡くなった。あたしはそのとき、友達とプールに行っていた。肌がすぐに小麦色に染まるほど、暑い一日だった。

思い描いた夏の景色が、込み上げてくるもので滲《にじ》んでいく。

今更、いい子ぶったって遅いのに。

あのとき、あたしは祖母ではなく、真夏のプールを選んだ。それだけのことだった。

「あたしは、気が付くまでに随分かかったなぁ」

はっとして、顔を上げる。溜まった涙が弾けるようだった。あの夏の景色はかき消えて、見慣れたお店の内装が視界に映る。

浅古さんは、あたしがときどきそうするように、この可愛らしいお店の内装を見渡していた。

「生きていくって、取り返しの付かないことの連続なんだ」浅古さんは、あたしを見て笑った。

「時間って、ぼんやりとしていたら、あっという間に過ぎていっちゃう。あたしが十代の頃は、ぜんぜんわからなかったなぁ。毎日の一瞬一秒だって、もう二度と手に入らない、かけがえのないものなんだってこと」

自分の築き上げた城を愛《いと》おしみ、懐かしむような眼だと思った。

「つらかったね」それと同じような眼で、あたしを見詰めてくれる。「あたしは、父が亡くなったときにようやくわかったの。気付いたときには、なにもかも遅いのにね」

生きていると、取り返しの付かないことばかり。熱いハーブティーに唇を付けると、思い出したようにたくさんの後悔があたしを取り囲む。闇のように広がるそれは、あたしの行く手を遮る壁のようだった。このままでじゃ、先に進めない。歩けない。まっすぐ続く道の彼方には、いつだって、すれば良かったこと、自分とは違う自分、こんなはずじゃなかった未来が待っている。

濁った気持ちで、胸を縛り付けられるようだった。

「取り戻せるものなんて、ないのかな……」

あたしは呻《うめ》く。睨《にら》むように、じっとハーブティーの表面を見詰める。

「あるよ」

テーブルに、白いプレートが差し出される。茶色い雪の粉がまぶされたケーキ。ティラミスだった。このお店のケーキには、すべてドイツ語で名前が付けられている。確かこのティラミスは——。

「フラウ・ホレ。ティラミスって言葉も大好きなんだけれどね」

苦く濃いココア・パウダーの下には、甘くとろけそうなカスタードソースの層が見える。

「取り戻せることだってある。つらくて苦しいことばかりじゃない。自分の選択次第で、後悔しない道を選ぶこともできるんだよ。いつだって選ぶことができたはずだから、あたし達は後悔をするんだ」

後悔しない道。

「どれも、自分から望んだことなのに……。ぜんぜん、すっきりしない」

「それは、トモちゃんが本当に望んでいることじゃないからだよ」

浅古さんはそう言って、フォークを添える。異国の言葉が耳を擽《くすぐ》った。グーテン・アペティート。召し上がれ。

あたしが本当に望んでいることって、なんだろう?

震える手でフォークを取った。

本当に、叶えたい願い。

なんだろう。

わからない。わからないよ。

けれど、浅古さんは忙しい仕事を放って、じっとあたしのことを待っていてくれている。あたしの話を聞いて、伝えたい気持ちを受け止めてくれる。ユカはどうだろう。ユカは誰と一緒にいるんだろう。彼女には、自分の気持ちを聞いてくれる人が、そばにいるだろうか？　瞼《まぶた》に蘇《よみがえ》る。あの歩道橋で眺めたテールランプの残像。

ティラミスはとても苦くて冷たくて、そしてあとからやってくる溢れそうなほどの甘さが、優しく心に溶け込んで、あたしを包み込んでいくような気がした。

ユカと、一緒に食べたいと思った。

「あたし、友達に、謝らなきゃ……」

本当に、叶えたい願い。

決まってる。ユカと一緒にいたい。すべて元通りになりたい。あの窮屈で居心地の悪い教室から、抜け出したい。

ユカは特別なのに、あたしはユカを選ばなかった。あなたが欲しかったのに、あなたを選ばなかった。たくさんの方を、みんなの方を、嗤われない方を選んでしまった。

どうしてだろう。あの黄色いボールを思い出した。誰も来ないような暗い教室で、ひっそりと机に腰掛けていた彼女の顔を。

ねぇ、あたしの願いは、叶うと思う——？

1

案内されたのはいちばん奥、二人掛けの小さな席だった。セレクトショップにあるような木目調の円卓と椅子。それぞれのテーブル席は統一感を持たせながらも、細やかにデザインが異なっているようだった。硝子《ガラス》張りの小さな店内は、若い女性客でひしめいている。僕は前日にネットで読んでいた実践デートテクニック20に則《のっと》り、彼女を奥の座席にエスコートするため、びしっと右手で椅子を示す。

「と、酉乃さん奥にどうぞ！」

彼女は軽く首を傾《かし》げたあと、小さく頷《うなず》いた。ようしうまくいった！　第一関門クリア。けれど奥の席は窓際だから寒くないだろうかと不安になる。暖房が行き渡っていなかったり、どこからともなく隙間風が吹き込んでいたりとか！　ど、どうしよう。わざわざ寒いところへ彼女を導いてしまう男とか最低すぎる。けれど彼女はすでに白い肩掛けバッグを席において、着込んでいたミリタリーコートを脱ぐところだった。おおお！　と僕の心が条件反射的に感動の声を上げる。白い透明感のあるレース・チュニックに、手触りの心地よさそうなニット生地のカーディガン。コートの色とは対照的に、ふんわりとした女の子らしい雰囲気の服装は、激しく僕好みだった。そしてなにより、そのチュニックの胸元に揺れている、トランプのスートをあしらった小さなチャーム――。ああ、もう、写真に収めたい。待ち受けにしたい。ていうか、え、チュニックの裾、短くないですか？　短い裾から伸びる、露出した柔らかな太腿《ふともも》を、凝視。え、下、どうなってるの。もしかして、見えるの。見えちゃうの。どうしたら覗《のぞ》けるの。このお店、階段とかないの？　ここを出たら階段がある場所へ行かなくては。それで、彼女に先行してもらう理由を見つけなくては。あ、西乃さん、僕、靴紐《くつひも》がほどけちゃって、先、行っててよ。よし、いい作戦だ。西口の方へ行くときにでも実行できるぞ。

「須川君、コート脱がないの？」

彼女は不審そうに僕を眺めていた。すぐ傍《かたわ》らには女性の店員さんがメニューを抱えて待機している。

「え、あ、いや、脱ぎます。脱ぎますよ？」

お待たせしてすみません本当に。店員さんもごめんなさい。

コートを脱いで背もたれにかける。西乃は椅子を引いてそこに腰掛けた。その際に、短いチュニックの裾から、デニム生地のショートパンツがちらりと見えて僕の計画は頓挫《とんざ》してしまった。いやでもしかし、ショートパンツもなかなか良いのでは？　いつものプリーツスカートとは違って、太腿の露出範囲がだいぶ大きいぞ！　ああっ、でも、座られてしまうとテーブルの陰で見えないじゃん……。

「あ、メニュー、変わったんだね」

店員さんが差し出すメニューは、以前来たときのものとは変わっていた。ドイツ語で綴《つづ》られたケーキの名前に、小さくカタカナで読みが振られている。そこまでは前と同じだけれど、ケーキの説明は丁寧だったし、なにより写真が添えられているので、どんな味がするのかイメージを膨らませやすい。

「前は簡単な説明しかなかったから、僕、結局普通のショートケーキにしちゃったんだよね。こうして見ると美味《おい》しそうなのたくさんあるなぁ」

そう言ってから、前回は八反丸さんと一緒に来たのだということを思い出す。ひやりとしながら酉乃の様子を窺《うかが》うと、彼女はメニューのページを捲《めく》って熱心に眺めているところだった。

僕としては前回のことがあるので、ここへ来るのはできれば避けたいと思っていた。けれど、僕のデートプランに組み込んでいたケーキ屋さんは、なんということだろう、無情にも定休日だった。酉乃を連れて意気揚々とお店の前まで乗り込んだ僕は頬が熱くなる思いで挽回策を練った。口コミサイトに書いてあるのと定休日違うじゃん！　とケータイでイートインのできるケーキ屋さんを探すも、なかなか見つからない。と、とと、酉乃さん、ちょっと待っててね。すぐ見つけるから。ほんとすぐ見つけるからね。けれども検索に引っかかるケーキ屋さんは、イートインスペースがないものばかり。そんな僕を見かねたのか、酉乃は首を傾げて言った。

須川君、良かったら、アシェンプデルに行ってみない？

「ケーキの名前の意味も、説明が付いているわ。ほら」彼女がメニューをこちらに向けてくれた。写真サイズの用紙に躍る柔らかな文字。その脇に描かれた可愛らしいイラスト。「これは、ロートケプシェンっていうの。赤ずきんって意味」

「へぇ、そうなんだ」不思議なカタカナの並び。あれ、どこかで見たような？　次のページを捲る。くりっとした瞳のお姫様が、大きな林檎を手にしていた。シュネイウィットシェンと書かれている。「シェンって付く名前がいくつかあるけど、どういう意味なんだろう」

「それは縮小辞で、ちゃんなどの愛称の意味なんです」

そっと入り込んでくる声は、耳に心地よかった。いつの間にか、テーブルの傍らに、白いパティシエの制服を着た女性が立っている。女の人の年齢ってよくわからないけれど、たぶん三十代くらい。目元に微かないたずらっぽい輝きを湛《たた》えていて、学生のような若々しさを強調していた。

「浅古さん」

顔を上げて、酉乃が言う。

「お話し中のところ、お邪魔しちゃってごめんなさい。酉乃さんだってすぐには気付かなかった。お友達を連れてきてくれるなんて、嬉しいなぁ」そう言って、僕の方に向き直ると丁寧にお辞儀をしてくれた。手にはコック帽が握られている。「店長の浅古です。この度はご来店、誠にありがとうございます」

「あ、えと、す、須川と申します。と、酉乃さんとは……。その、お友達で」

「そうですか」浅古さんはにこやかに笑う。

酉乃を見ると、彼女は少し気恥ずかしそうに頬を赤く染めていた。

「あの」と、僕は聞く。「しゅくしょうじ、って、なんですか？」

「縮小辞は、名詞や形容詞に付く接辞なんです。小さいとか、少しとか、そういう意味。ほら、日本語だと、小綺麗とか、小一時間とか言いますでしょう？　あれも、縮小辞です。たとえば、ロートケプシェンを直訳すると、小さい赤いずきんという意味になりますね」

「あ、なるほど」

「ドイツ語のシェンは、ほとんど愛称の意味で使われています。あ、カタカナで表記した場合は、ヒェンが正しいようなんですけれど」

「ヒェン？」

「一口にドイツと言っても、広いですから。当然、地方によって発音に差異があります。私は長いこと向こうで勉強していたので、住んでいたところの癖が付いていて。その白雪姫も、シュネイウィットシェンではなく、シュネーヴィットヒェンと表記するのが一般的かもしれませんね」浅古さんは、メニューに書かれているカタカナの文字を指さした。「あまり長くお邪魔してもいけませんから、私はこれで。ごゆっくりなさってくださいね」

丁寧にお辞儀をして、浅古さんはテーブルから離れた。ほとんど黙っていた酉乃を見ると、彼女は熱でもあるみたいに頬を赤くしていた。

「あの、今の人は……？」

　そう尋ねると酉乃はまばたきを繰り返し、慌てて言葉を紡ぐ。

「今のは、浅古さん。前も話したと思うけれど、十九波さんのお友達なの。わたしも、たまに、ここへケーキを取りにくるから」

「えっ、あの人が？」僕はケーキが並んでいるショーケースの向こうに視線を向ける。その奥に厨房があるようで、硝子越しに、何人かのパティシエさんが見える。「なんか、すごいね。十九波さんの友達って聞いていたから、もっと、こう……」

「若い人で驚いた？」酉乃は澄まし顔を取り戻したようだった。背筋を伸ばし、軽く首を傾げて言う。「もともと、浅古さんのお父さんが、十九波さんと親しかったらしいの。ここも、昔はお父さんがやっていたパン屋さんだったんですって」

「あ、そうなんだ」

　僕は周囲を見渡した。休日のお昼過ぎということもあって、店内は大賑《おおにぎ》わい。若くしてこれだけのお店を出すには、大変なこともあったのだろう。

　会話はそこで途切れてしまった。僕は緊張して彼女の顔を見ることができなくなる。こんなおしゃれなお店で、大好きな女の子と二人きりだなんて。沈黙のまま目が合ったら、僕の顔は絶対ににやけてしまう。僕らは暫《しばら》くメニューとにらめっこを続けていた。

「須川君、決めた？」

「いや、迷っちゃって。おすすめとかある？」

「白雪姫は、生クリームが絶品なんだけれど、男の子にはちょっと甘すぎるって感じちゃうかも」

「西乃さんは、それが好きなの？」

「そう。でも、今日は違う気分。この前たくさんチョコレートを眺めたから、チョコレートケーキがいいかな。『ロッテ』は、苺《いちご》の酸っぱさと、チョコレートの苦みがすごくマッチしていて、ときどき食べちゃうの」

そう言いながらメニューを覗き込む彼女は、瞳をきらきらさせていて、なんだか僕の知らない彼女を、また新しく発見できたような気がして。

結局、西乃は宣言通り、ロートケプシェン。僕はラプンツェルというフルーツタルト。添えられた写真の色鮮やかな見た目に負けてしまった。ケーキが来るまでの間、彼女は俯いたままテーブルの上でそっと組んでいる指先を見下ろしている。ニットの袖が手の甲を半ばまで覆っていて、その華奢《きやしや》な手の可愛らしさを存分に引き立てていた。

ケーキとタルトが運ばれてきた。店員さんがそれを並べている間、僕らは互いに目を合わせることもできないまま、終始無言だった。ご注文の品はお揃いでしょうか。はい、と答える僕の声は掠《かす》れていてちょっと変だった。ひらがなに起こすと、ひゃい、って感じ。恥ずかしい。

「紅茶、入れるね」

彼女はそう呟《つぶや》いて、二人で注文した紅茶を注いでくれる。

言葉はあまり増えなかった。どんな話をしよう。どんな会話なら、彼女が喜んでくれるだろう。そう繰り返し考えては話題が出てこなくて、二人して、いつの間にかフォークを運んでいた。美味しい、という言葉を口にするべきかどうか、それですら迷って、考えあぐねてしまう。寒いねって、女の子に天気の話をするときみたいに、それしか話題がないって思われてしまわないかって。

「美味しい？」

結局、彼女に聞いた。

顔を上げた彼女は、唇の端にチョコレートをくっつけたままこくんと頷く。

「須川君は？」

「うん、美味しい」

なんて、他愛のない会話だろう。

それなのに、滅多に笑わない彼女は、ちょっと口元を綻ばせ、えくぼを作る。それがとてもうれしくて、僕も頬が緩んでしまった。タルトの美味しさが、ほっぺを落っことそうとしているみたいに。

「あのね」少しして酉乃は表情を変えた。その瞳に微かな悩みを浮かべて、そっと聞いてくる。

「演劇部の送別会に、須川君も行くって、本当？」

「え？」演劇部の送別会って、小岩井君や三年生の先輩達を送り出すちょっとしたパーティーのこと？　「行くけど、え、酉乃さん、なんで知ってるの？」

「織田さんに、頼まれたの。その……。送別会で、マジックをして欲しいって」

「えっ」織田さんグッジョブ！「それじゃ、酉乃さん、マジックしてくれるの？」

「それが、どうするべきか、迷っているの」

彼女はそう応えて、僕から視線を背けた。

「え、どうして？」

「だって……。わたしって、演劇部とはほとんど関わりがないし、知り合いだって須川君や織田さんくらいよ。それなのに、いきなり出しゃばるみたいにマジックなんかして……」

「そんなことないって。関係がないなら作っちゃえばいいよ。それをきっかけに、みんなと仲良くなっちゃえばさ」

「そうかもしれないけれど」彼女は紅茶のカップを口元に近付けて、瞼を閉ざす。「どんなマジックを期待されているのか、よくわからなくって」

「どういうこと？」

自分の考えを整理するように、酉乃は眼を瞑《つむ》ったまま悩ましげに吐息を漏らした。その表情が妙に艶《つや》っぽくて、僕は自分の身体の芯が震えたような気がした。いけないいけない。こんなときに邪念を抱くなんて。

彼女は瞼を開けて、紅茶のカップの縁に人差し指を滑らせながら説明する。

「織田さんの話だとね。わたしがこの前、教室でマジックをしたときのことが耳に入ったみたいで、部長さんがすごく期待しているらしいの。けれど、もしハトが出てくるようなものを想像しているのだとしたら、わたしのちっぽけなマジックだと、夢を壊してしまうことになるもの」

「え、そうかな……」

「普通の人がマジックって言葉で連想するのって、主にステージ・マジックのことでしょう？　マジシャンなら誰だってハトを出せると思ってる人はたくさんいるのよ。だから、ステージみたいに派手なことを期待されていたら、悪いなと思って」

「けれど、クロースアップ・マジックだって充分魅力的だよ。みんなだって、目の前でマジックを観たことないと思うし」

「それがね」と、彼女はもう一つの問題を語った。「送別会に集まる人達の人数が把握できなくて。織田さんが言うには、少なくとも二十人くらいになるんじゃないかって。須川君、演劇部って、何人いるの？」

「え……。う――んと、確か、名簿にある名前だけで、十七人か、十八人かな。幽霊部員も交じってるし、僕みたいにつるんでるだけって人間も、まぁ他にいるし、あとは映研の子とかを含めると……。確かに、送別会、何人集まるのかなぁ」

「もし二十人も集まるのだったら、そんな大人数にクロースアップを見せるのって、無理なのよ。わかるでしょう？」

「あ、なるほど、それはそうか……」

　酉乃が得意なクロースアップは、カードやコインを使うマジックだ。けれど、小さな道具では、遠くの人に観てもらうことができない。

「テーブルホッピングは？　一度に見せる人数を分けて、何組かに見せて廻《まわ》れば……」

「それは、わたしも考えたのだけれど……。送別会の全体像がつかめなくて。きちんとプログラムがあってそれに合わせて進行するのか、それとも、みんなで集まってただおしゃべりをして終わるだけなのか……。場所は演劇部の部室らしいけれど、テーブルも、まだ決まっていないみたいだし」

確かにそう考えると、クロースアップ・マジックも演じる場面を選ぶものなのかもしれない。僕は今まで、クロースアップは、いつ、どんなときでも見せることのできる万能なマジックなのだと思い込んでいた。

「マジックをして欲しいって頼まれた以上は、きちんと準備をして、なるべくみんなに楽しんでもらえるようにしたいの」

食べかけのチョコレートケーキ。綺麗に半身を削り取られたその黒い煉瓦《れんが》の欠片。広いデザートプレートにフォークを置いて、彼女は俯く。

「それじゃ……。少し待っててよ、西乃さん。きっと、織田さん達も、マジックをする人の事情ってよくわからないし、そういうところまで気が回らなかったんだと思う。でも、みんなが西乃さんのマジックを観たいって思ってるのは本当だと思うよ。この前の、みんなにマジックを見せていた西乃さん、すごく楽しそうだった。だからさ、そういう機会があるなら挑戦してみるべきだって思うし、僕らの方でなんとかできる部分があるなら、きちんとやるよ。部長や織田さんと話して、そういう細かいところの打ち合わせ、きちんとしてみる。僕はマジックのことはわからないから、もし酉乃さんから聞きたいことがあるなら、一緒に聞きに行こうよ。明日のお昼休みにでもさ」

「でも」

彼女は躊躇《ためら》って、目を伏せた。

新しいことへの挑戦って、いつもそう。

たくさんの期待以上に、大きな不安が立ちふさがって、いつも僕らの歩く道を阻んでいる。それは茨《いばら》の道だ。進めば進むほどに、頬を切り裂いて、痛みに涙し、苦痛に歯を食いしばる。不快な思いをして、自分を否定される恐れに怯《おび》えながら、それでも、僕らはどうしてか、先に進みたくてたまらない。

俯く彼女に、僕は聞いた。

「酉乃さんはどう思ってるの？　いやなの？　それとも、挑戦してみたい？」

「わたしは……。嬉しいよ。みんなに、マジックを見てもらえるのは、嬉しい。それで、喜んでもらえるなら、もっと嬉しい」

そう言って、少し照れくさそうに微笑む彼女の姿に、胸の奥が温かくなる。

君が嬉しいって思うことのためになら、僕はなんだってできる。なんだってできるよ。

「それじゃ、一緒に頑張ろうよ。部長さんに会って、きちんと打ち合わせしてみよう」

「うん……。ありがと」

視線が合って、真正面から、互いに見詰め合う。煌《きら》めくような黒い宝石の双眸《そうぼう》。そこに自分が映っていることを意識して、思わず息を吞《の》む。

突然、ウルトラセブンのテーマソングが流れた。

「あ、ごめん西乃さん、ちょっ、ちょっと待って」着信音を消しておけば良かった。ああもう誰だよいい雰囲気だったのにもう！　着信したメールを開く。設楽くんだった。

『全学年、全クラスの名簿を作ったが、上条《かみじょう》茜《あかね》なんて名前はどこにもない。なにかの間違いではないか？』

「メール？」

「え、あ、うん。設楽くん。ちょっと調べ物をお願いしてて」

「ふぅん」

「あ、そうだ」一応、念には念を入れておこう。「西乃さんは、上条茜さんって子、知ってる？」

「カミジョウ、アカネさん？」

「そう。今ね、友達に頼まれてて……。ややこしい話なんだけど、その上条茜って子が何年何組なのか調べてるんだ。でも、誰に聞いてもそんな子知らないっていうんだよね」

彼女はフォークを置いて、僕の話にじっと耳を傾けていた。なんとなく、こういうときの彼女は話に興味を持ってくれているというのが、実感として理解できる。たとえ同じ澄まし顔でも、退屈そうなときと、そうでないときの判別がつくようになってきた。

「それで設楽くんに頼んだら、住所や電話番号は無理だけど、在校生の名前リストなら作れるかもしれないって言ってて、その結果がいま来たんだけど。どうもそんな名前の子、うちの学校にいないみたいなんだよ」

「カミジョウアカネって、漢字は？　今のところ一通りしか思い浮かばないけれど、念のため」

「ほら、これ」

説明するよりもメールの画面を見せた方が早いだろうと思って、彼女に携帯電話を渡す。

「それで、酉乃さん、心当たり、ある？」

「一人だけ。でも、それが正解かどうかはわからない。須川君の友達は、どうして上条茜さんを探しているの？」

予想外の答えだった。ポケットに携帯電話を押し込む姿勢のまま、僕は少し固まってしまう。

「え、酉乃さん、知ってるの？　上条茜さん」

「わからない。知っているとは言えないかもしれない。だから、須川君に話を聞きたいの。誰が、どうして上条さんを探しているのか」

僕はもう空っぽになっているデザートプレートを見下ろした。どうしよう。本人には口止めされているけれど、酉乃に知られて困ることでもない。情報を得るためなら、きっと彼も納得してくれるだろう。

「僕の地元の友達に、児玉《こだま》っていうやつがいてさ。そいつ、わりと熱を上げやすいタイプっていうか、素直すぎるところがあるっていうか。バイト先の女の子に、一目惚《ひとめぼ》れしたそうで」

わりと突拍子もない話を、彼女は真剣な表情で聞いている。

「ファミレスでバイトしてるんだけど、その子とはシフトが合わないらしくて、あんまり話をしたことってなかったらしいんだけれどね。その女の子っていうのが、上条茜さん。うちの学校に通ってるらしいんだ。ただ、彼女、最近急に辞めちゃったらしくて」

「それで、その子を探しているの？」

「うん、まぁ……。いや、ホント、いいやつだし、別に危ない考えを持っているわけじゃないと思うよ？」最初に話を聞いたときは、それはいささかストーカーっぽい行動なのではと思ってしまったのだけれど、同じく一目惚れから本気の恋に発展していった僕が言える立場でもない。「だから、できる範囲なら手伝ってあげようかなって思って。恥を忍んで相談してきたわけだし、僕も断れなくって」

「須川君って、意外と人から頼られるのね」

意外とってどういうこと。頼りなさそうってことですか？

「それじゃ、心当たりを一つ教えてあげる」

そう言って、彼女は意外な人物の名前を告げた。

「それは、たぶん、井上さんのことだと思う」

2

赤ずきんは、狼に食べられた。

教室の黒板にそう書き残し、学校に来なくなったその女の子の名前を、僕はときどき耳にする。

彼女のことを考えると、微かに胸が痛んだ。どうしてなのかはよくわからない。会ったこともなければ話したこともない女の子。違うクラスで、けれど、どこかですれ違っていたかもしれない女の子。

帰宅して気持ちも落ち着いた頃に、本棚に押し込んでいた数冊の冊子を取り出した。僕が尊い犠牲と引き替えに手に入れた文芸部の冊子、『十字路』だった。さらりと読み流してそのままにしていた冊子の中から、適当に一つ見繕ってページを送る。あった。それは、『霧の向こうのロートケプシエン』というタイトルの短い一編。一度読んでいたので内容は憶えている。孤独を抱えた主人公の女の子が、夜の街で『ロッテ』と名乗る女の子と出会う。素性も名前も不確かな『ロッテ』とは夜の間しか出会うことができないけれど、主人公にとって『ロッテ』は唯一無二の親友になっていく。それらを基本的な設定にして、一話完結の形式で展開していく、ちょっと童話的雰囲気を感じる不思議なストーリー。他の冊子にも、『ピンの道のロートケプシェン』『森の中のロートケプシェン』などのタイトルで物語が展開している。各話とも分量はそれほどでもないけれど、主人公の寂しさ、ロッテの優しさ、気持ちのすれ違いの痛々しさがよく描かれている作品だ。

その主人公の名前が、上条茜。

井上さんのサイトが嘲笑の対象となって女の子達の間に広がっていくと、誰かが『十字路』

の中にある小説との類似性に気付いた。登場人物の名前や設定、文体から、同じ世界観で描かれた『ロッテ』の話であることが判明したらしい。『十字路』に掲載されている小説の作者は、『あかずきんこ』というペンネームを使っていたのだけれど、それが井上さんのことだとみんな気付いてしまった。

ネットの小説も、『十字路』の中にある短編も、みんな嘲笑の対象になった。

その話は、笹本さんとの会話や女の子達の噂から窺い知ることができた。酉乃も同じ情報を持っていた。

「聞いた話だけれど、両親や学校にばれないように偽名を使ってアルバイトをする子もいるみたい。バイト先が理解を示してくれる場合は、制服に付ける名札を変えてくれることもあるそうよ。学校側をごまかすのはもちろん、ストーカー対策にもなるんですって」

井上さんの小説を読み返していると、おいポチ子、風呂ー、と階下から姉に呼ばれた。冊子を本棚に仕舞い込んで、ぼんやりとした頭のまま、階段を降りる。

ストーカー対策か……。児玉のやつ、大丈夫か？　もしかして、井上さんに警戒されていたりして。

バイトを辞めてしまった彼女と連絡を取りたいと考えて、僕に連絡先を探らせるのって、ストーカー的な行動なんだろうか？　好意は、どこまでが許されるんだろう。僕も人のことを言えなかった。親しくなるまで、いつだって酉乃の姿を視線で追い求めていたし、彼女と話しかけるチャンスを作ろうとしては失敗していた。初めてまともに会話をしたときだって、彼女が図書室へ行こうとしているところを尾行していたようなものだ。

ぼんやりしていたらのぼせてしまった。茹《ゆ》だった状態で風呂から這い上がり、ふらふらしながらアクエリアスを喉に流し込むと、テレビを見ていた姉に笑われた。ストーカーじゃーん、と嗤われたような気がして、二階の自室へ上がる。

ウルトラセブンのテーマが流れていた。僕の携帯電話の着メロは、電話もメールも同じそれだった。この長さはきっと電話。この時間に、電話だなんて！　慌ただしく部屋を見渡す。どこ、携帯、どこ？　放りっぱなしの鞄や部屋着をかき分けて、電話を探し出す。見つけた！　切れないで！

「はい、もしもしっ」

『おー、出た出た。寝たかと思ったよー』

「なんだ、児玉か……」

期待していた声とは遠くかけ離れたものだった。

『なんだとはなんだよー。そうそう、それよりさー、スガッチ、聞いてくれよ。お前には、やっぱちゃんと報告しようと思ってたんだ』

電話向こうの児玉の声は喜びの色に弾んでいた。

『実は一昨日《おととい》、金曜日のことなんですが。とうとう、上条茜さんに会うことができました！』

「えっ？」

『メアドもゲットしたし！　いやホント、スガッチ、ありがとなー。そういうわけで、こっからは俺一人でなんとかしてみるから』

「メアドって……。え、いつの間に？」

『やっぱさー、スガッチが探しても見つからないわけだよ。上条って、偽名なんだって。やっぱ学校にばれると困るからって』

「そ、そうなんだ……。でも、どうやってその子を見つけたの？」

『あまり大きな声では言えないが……』テンション高めのまま、児玉は少し口ごもった。『張り込みました！』

「マジかそれってストーカーじゃん！」って僕が言える台詞《せりふ》じゃないけどさ！

『いや、だってそうするしかないじゃん。初日は勇気が出なかったんだけどさ、二日目でいったね！　駅で待ち構えていたら、彼女が友達と歩いているところを見つけまして』

二日間も張り込んだのか。

「それで……。その子の名前は？」

『イノウエトモコさん。えっとどんな字なのかはわからんけど、友達のトモとかかな？　一年生だってさ。お前と同じクラスじゃないよな？』

「えっと……。井上さん？　本当に？」

西乃の推理は正しかった。

けれど、それはおかしい。

「井上さんが学校から帰るところを、見つけたわけ？」

『そうだけど。それが、どうかしたん？』

「いや、ううん。そうなんだ。ふぅん……」

井上さんは、学校に来ていないはずだった。もしかして、僕の知らない間にまた通うようになったんだろうか？　それならそれでいいんだけれど。

能天気そうな児玉の話を軽く聞き流して、電話を切る。

さすがに二日間も張り込んじゃうのは、ストーカーすぎる。僕がそう思うくらいだから、女の子が知ったら引かれてしまうだろう。姉が聞いたら、きもちわるーっ、と声を上げるに違いない。井上さんも、待ち伏せされていたなんて知ったら、きっと引いちゃうよなぁ。

本当に、難しいし、わからない。

好きっていう気持ちは本物のはずだった。だから、なんとかして声をかけたくて、精一杯、空回りしてでも仲良くなるきっかけを作ろうとして。

気持ちを伝えるのって、どうしてこんなに難しいんだろう。

ベッドに倒れ込んだまま瞼を閉ざしていると、またウルトラセブンのテーマが鳴った。手にした携帯電話が震えて、そしてすぐに止む。画面を開きながら、着信したメールを表示させた。

『今日はありがとう。とても楽しかったです。また明日ね。おやすみなさい』

絵文字は一つも使われていなくて、ともすれば素っ気なくも見えるそのメールは、でも、たぶん、すごく君らしい文章で。

ねぇ、こういうとき、今までのもやもやした気持ちがすべて吹っ飛んで、思わず顔がにやけてしまう僕って、やっぱり女の子からしたら、引いてしまうんだろうか？

慌ててキーを打つ僕の親指は、興奮でちょっと震えていて、早く返事をしなきゃと考える度に、焦《じ》れったく気持ちが急《せ》いて、やっぱり、うまくこの喜びを表現することができないでいる。

3

「それじゃ、井上さん、学校に通うようになったの？」

「うーん、たぶんね」

なぜか廊下でスリーパーホールドもどきを仕掛けている男子達を迂回《うかい》しながら、後ろを歩く彼女を振り返る。西乃は俯いたまま廊下を歩み、長い髪を耳にかけ直した。

「けれど、体育の授業には出ていなかったわ」

「そうなると……。保健室とかに通ってるのかなぁ」

この学校には、保健室の他にも生徒指導室なんていう部屋があって、不登校気味の生徒がそこに通うこともあるらしい。普通授業には出ていない可能性もある。

目指す教室は、C組だ。西乃と二人で市ノ瀬《いちのせ》先輩を訪ねて演劇部の部室に行ったら、「一年生のトコ行ったよ。たぶんヨシ君の教室」と言われてしまった。市ノ瀬先輩は演劇部の部長さんだ。

僕は歩調を緩めて、再び肩越しに西乃を振り返った。視線が合ったような気がしたのに、次の瞬間にはもう、彼女は俯いている。試しに、いつもよりだいぶ歩みを遅くしてみる。けれど西乃が横に並んでくれる気配はいっこうにない。いつも一緒に帰るとき、僕らは肩を並べて歩いている。ほとんど喋っているのは僕ばっかりで、彼女は頷くか短く質問するかのどちらかだった。もしかして、僕の話ってつまらないかなって、そう不安になって横顔を盗み見ることが何度もあった。それなのに今日は、肩越しに振り返らないと彼女の顔を見ることができない。どうしたんだろう。意図的に僕の後ろを歩こうとしているのは明白だった。今朝から、まるで逃げようとするみたいにすぐに視線を背けようとして、妙によそよそしい。

もしかして、僕ってば、昨日、なにか致命的な失敗をしてしまった？ そ、そういえば、昨日のメールにはおやすみなさいって書いてあった。ネットで調べた恋のテクニックベスト18によると、それは暗にメールのやりとりを終了させるための文句として使われるらしかった。確かに、おやすみなさいって書かれちゃうと、その日はもう、別の話題でメールを続けたりすることができなくなってしまう……。昨日、一緒に観に行った映画、つまらなかった？ それとも、本屋さんで一時間も互いの好きな本を紹介し合うの、彼女にとっては退屈だった？ 彼女を振り返る。また、目が合った。そう、一瞬なんだけど、目が合う。そして、急に視線を背けられてしまって……。

「どうしたの？」

長い髪をいじりながら、横顔を向けた西乃が聞く。

「な、なんでもないよ」

僕は慌てて首を振ると、歩みを再開した。いつの間にか、二人して立ち止まっていたのだ。

C組の戸口で、笹本さんとすれ違った。彼女は、あっという顔をして立ち止まると、何冊も抱えていた冊子を一つ、僕に差し出す。

「須川くん、良かったらこれ読んで」

猫のイラストの冊子。『十字路』だった。

「新しいやつ？」

「そうだよ。できたて。ちょっと作りすぎちゃったから、いま演劇部の人達にも押し付けてきたところ」

「あ、なるほど」

どうも以前から、演劇部の人達は笹本さんから『十字路』を配ってもらっているらしい。ぺらぺらとページを捲っていくと、中はいつものように三段組みで文字がびっしりだった。

「笹本さん」

唐突に、酉乃が声を上げた。笹本さんはぎょっとしたように眼を見開いて、彼女に向き直る。

「え、あ、はい？」

微かに唇を開いた酉乃は、とても難しい台詞を選んで話すように、時間をかけて言った。

「わたしにも、それ、貰える？」

「あ、なんだ、そんなこと。もちろん、はい、酉乃さんもどうぞ」

ありがとう、と小さな声で応えて、彼女はその冊子を受け取る。「笹本さんの……。小説も、載っているの？」廊下の騒がしさにかき消されそうな声で酉乃が聞くと、笹本さんは照れくさそうに笑った。

ぜんぜん共通点のない、二人の女の子。少しぎこちない会話と、ちょっと恥ずかしそうな笑み。歯車がうまく嚙み合って、徐々に動き出していく感覚。ゆっくり、じっくりと。

「あ、ねぇ、笹本さん」開いたページの文字に、思わず指が止まる。「井上さんって、来てる？」

「え、井上さん？　来てないけど、どうして？」

僕と酉乃は、思わず顔を見合わせた。

「あれから、一度も来てないよ」

「そっか……。学校、ぜんぜん来てないんだ」

「うん」居心地悪そうに視線を落として、笹本さんは言う。「それじゃ、あたし、部室に用事があるから」

「あ、引き止めちゃってごめんね」

「ううん。『十字路』貰ってくれてありがと。酉乃さんも、またね」

冊子を抱えたまま片手をひょいと上げて、笹本さんは去っていく。酉乃は小さく、また、と唇を動かしたけれど、ウサギほどの聴力がなければ聞き逃してしまったことだろう。

「やっぱり、教室には来ていないみたいだね」

彼女は笹本さんが去っていった方を眺めたまま、こくりと頷く。

C組に入ると、案の定、市ノ瀬先輩も織田さんも、自分の教室じゃないっていうのに空いている椅子に腰掛けて三好達と話し合いをしていた。部室使えばいいじゃん、部室を。けれど、部室は机が少ないから、お昼ごはんを食べながら会議するには向かないのかもしれない。幸運なことに、酉乃の天敵、というか、僕にとっても天敵である八反丸さんの姿が見当たらない。これなら酉乃も教室に入りやすいだろう。

「あ、ポッチー」

最初に気付いたのは織田さんだった。誰の席なのかは知らないけれど、空っぽになったお弁当箱をその上に広げている。

「先輩になら、話通しておいたよー。今日、放課後オッケーだって。ね、先輩」

「え、なに。あ、もしか、この子が酉乃さん？」

髪をポニーテールでアップにし、メタルフレームの赤眼鏡をかけた市ノ瀬先輩は、ゲームや漫画に出てくるクラス委員長みたいな風貌をしている。

「あ、そんなふうにからんじゃだめだって先輩ったらー、おニューってば繊細なんだから！」

わざと眼鏡のフレームを摘《つま》んで持ち上げる仕草をしながら、酉乃の姿を上から下まで眺める市ノ瀬先輩。酉乃は立ち尽くしていた。

「えっとね、おニュー。大丈夫だよー。ちゃんとね、三人で考えよ。わかんないことは、なんでも聞いてね」

「ねぇねぇ、今なにかやってみせてよ。ハトとか出せるの？」

「あ、でも、今はほら、道具とかないので」

マネージャーっぽくNGを出しながら二人の間に割って入る僕。すると西乃は一歩前に進んで、手にしていた『十字路』を僕に渡す。「須川君、ちょっと持ってて」彼女は微かに笑みを浮かべて、市ノ瀬先輩の視線に応える。

「先輩のヘアピン」静かに、西乃の声が響いた。「可愛いですね」

「え？」先輩は自分の髪に手を触れる。銀色のヘアピンだった。「あ、これ？　そうかな。ありがと」

「ちょっといいですか？」

そう言って、西乃が手を伸ばす。先輩はきょとんとしたまま、自分に伸びる彼女の手を見つめていた。

西乃の指先が、先輩のヘアピンに触れる。けれど、触れるだけだった。なにかを摘むような仕草をして腕を引いた彼女は、指先の間にある見えないなにかを見下ろした。

「きっと綺麗な銀色になりますよ」

それを掲げて、指先に先輩の視線を集める。

小さな吐息。ささやかな魔法。指先が煌めく。それから、出現。そんな錯覚、あるいは本物の魔法？　本当に、いつの間にか、彼女は銀色のコインを指先に摘んでいた。まばゆい銀の煌めきが教室の電灯をその表面に反射させて、一瞬にして生まれたように見えた。

「おわ出てきた！」

先輩が口元を手で覆った。

「須川君、ちょっと向こうに行って。そこからだと観えにくいと思うから」

彼女の囁《ささや》きに導かれて、僕も先輩や織田さんに並んで、彼女を振り返る。

「まだ不安定なんです。油断すると錆《さ》びちゃう」

綺麗に輝く銀のコインを、右手から左手に渡したりして弄《もてあそ》んでいる。なんのことかと思う間に、コインの色が変化した。錆び付いたような茶色のコイン。たぶん、銅だ。いつだったか、イギリスの一ペニーだということを教えてもらった。でも、いつの間に変わったの？ いつだったか、右手から、左手に渡す瞬間だろうか？ それとも、一瞬、彼女の指がコインの表面を撫《な》で上げたとき？ たちどころに起こった変化に、僕らの意識はなかなか追い付いてくれない。

掌に載せられた銅貨を、右手で軽く払う。するとコインに銀色の輝きが戻った。本当に、一瞬。まばたきをする間に。けれど、彼女の両手はとてもゆったりと柔らかく動いている。速さでごまかしているような気配はみじんもなかった。愛《め》でるような動きなのに、変化は一瞬だ。僕らは、「ふぉっ」とか、「ほぁっ」とかいう間の抜けた声を上げることしかできない。

コインを摘んだ瞬間に、また銅貨に変化する。人差し指でコインの両面が見えるように転がしながら、彼女は顔を上げた。

「今度は少し、速いですよ」

放る。右手の銅貨が、舞い上がる。空中を舞うそれは一瞬で銀貨に変化していた。煌めく銀を、彼女の右手が素早く摑《つか》み取る。

最後に、彼女はコインを左手の中に握り込んで、息を吹きかけ消してしまった。空っぽの両手を示して、ちょこんと膝を曲げるお辞儀をする。

「おおー」

半ば呆然《ぼうぜん》としたまま、市ノ瀬先輩と織田さんが拍手。ノリのいい二人はきゃーきゃー騒ぎ始めた。

「すごいすごい。なにこれ、CG？ めちゃくちゃすごいじゃんどうなってんの？ 手触ってもいい？ ていうかなに、どういう仕掛け？ ホログラムとか？」

先輩は早くも酉乃の腕を摑んで袖の辺りを勝手にいじっている。酉乃は無抵抗できょとんとしていたので問題ないのだろうけれど……。ああ、そこは。あ、え、そんなとこまで触っちゃうの？ ぼ、僕もいいですか？

「おい」後ろから引っ張られる。振り返ると、机から離れないまま、三好が腕を伸ばしていた。『十字路』のページを開いている。途中から顔を上げて観ていたのかもしれない。「なにあれ。手品なの？」

「あ、うん。先輩が、噂《うわさ》を聞きつけて。今度送別会でなんかやって欲しいって」

「へぇ、マジか、すげぇな」三好はそう言って口笛を吹く。「名前、酉乃だっけ。お前、仲いいよね、最近」

「えっ、あ、ま、まぁね」

三好はニヤついている。うわ、なんかマジむかつくその表情。けれどそれ以上言葉を並べないでくれるのはありがたかった。からかうのは表情だけに留めておいてくれたらしい。

「なー、ヨシ君観てた？　マジすごくなかった？　超絶ＣＧじゃんもう。今度動画撮らせてもらおうぜ」先輩は三好を振り返って言う。「オイ、ちゃんと観てた？　もー、そんなもん読んでるから！　お前ら、あれだなー、シロートの活字読めない症候群のあたしになにか当てつけてるのか？」

先輩はそんな病を患《わずら》っていたのか。いつも三好の脚本を馬鹿にしていると思ったら。

「三好、なに読んでるの？」

僕は彼が開いているページを覗き込んだ。

「ああ？」

面倒そうな顔をして、タイトルのあるページを指で示す。恥ずかしかったのか、読み上げることはしなかった。『暗闇の中のロートケプシェン』と書かれている。

「これって、井上さんの？」

「ああ、まぁ、ちょっと気になっただけ」

「あ、その変な名前知ってる。わりと評判いいよね。みのりんごとかユカリが褒めてたじゃん。オリヒメ知ってる？」

織田さんは、どこからともなく『十字路』を取り出した。さっき笹本さんから貰ったやつだろう。「読んでないのは先輩くらいじゃないですかー」いくらなんでもそんなことはないだろうけれど、織田さんにそう笑われて、先輩もなにやら思うところがあったらしい。「うわ、なんかムカツクー」と言いながら、三好の持っていた冊子をひょいと摘み上げた。「じゃ、あたしも読んでみる。これって、原稿用紙何枚くらい？　あんま長いとムリです」先輩の決意は緩《ゆる》かった。

「さぁ」返してくれ、という表情を浮かべて三好が応える。

「たぶん、三十枚くらいだと思いますけど」

織田さんはぺらぺらとページを捲って確認していた。

「三十かー。そんだけコンパクトに書くってのも大変だよなぁ」三好は感心したようだった。

「お、それぐらいならたぶんいける。言っておくけど、あたしはシロートには厳しいから」先輩は三好から強奪して丸めた冊子をポケットに突っ込んだ。「あ、あたしそろそろ戻る。西乃さん、また放課後ねー。あとでメアド交換しよ」

西乃は珍しく、軽く片手を上げて市ノ瀬先輩を見送っていた。あれ、波長が合ったのかな。意外と織田さんや先輩みたいに騒がしくて押しの強い人と相性がいいのかも。

「盗《と》られたし……」

三好は溜息《ためいき》を漏らして、机の上で頬杖を突く。

僕は手にしている『十字路』の最新号を開いた。掲載されている作品は三つ。あとは詩がいくつか。ほとんどが女の子の名前だった。たぶん、文芸部自体、女子の方が多いのだろう。

本名で載せている子もいるし、『あかずきんこ』のようにペンネームを使っている子もいる。

僕らは、井上さんのいない教室で、こんなふうに輪を作り、そして彼女の作品のことを口にする。この場には、彼女の作品を悪く言う子はいなかった。誰も彼もが、陰で彼女を嗤って、ネットで汚い言葉を並べているわけじゃない。ただ面白いってみんなが言っているから、だから、じゃ、あたしも読んでみようかって、そんな当たり前の景色が流れているだけ。

「須川君」少し離れたところで、織田さんと会話をしていた酉乃が声を上げる。「そろそろ、お昼を食べないと」

織田さんはまだC組に残るみたいだった。またあとでね、と笑顔を浮かべて言葉を交わし、酉乃は小さく手を振る。たぶん、うまく繋がることだってある。この二人みたいに、いつか自然と距離が近付いていって、朝になればおはようと挨拶を交わす関係になるといい。酉乃が『十字路』を通して笹本さんに声をかけたときのように、笹本さんも、またねって、再会の言葉を気軽に言えるようになるといい。

どうしてか、僕はまだ会ったこともない井上さんのことを考えてしまう。

彼女は今、どんなことを想っているのだろう。

4

『日直忘れてた。三十分くらい遅れる。ごめんぴょい』

市ノ瀬先輩からのメールには、末尾にハートマークが付いていた。あまり時間に厳しいとは言えないのが、部長としてどうなのよと憂慮してしまうところだ。

僕も酉乃も、井上さんのことが気がかりだった。酉乃は井上さんと話をしたことがあるみたいだったから、気にかけるのは当然だと思う。僕は、どうしてだろう。なんで彼女のことが気になるのか、うまく説明できそうにない。児玉が好きになったから？　密《ひそ》やかに学校に来ているから？　どれも妥当な理由とは思えなかった。

空いた三十分を使って、西乃と一緒に保健室、生徒指導室などを訪ねたけれど、結果は空振りだった。職員室で藤島先生に尋ねると、先生はかぶりを振って応えた。

「いや、鶴見先生からそんな話は聞いていないよ。ていうか、なんだ、お前達、井上と友達だったのか？」

「連絡先は、わからないんですけれど」

「そっか。いや、俺は担任ってわけじゃないから詳しいことはわからんけど、たぶん、あの子、そろそろ出てこないと進級できなくなるぞ。誰か連絡つく子知ってるのか？」

僕と西乃は顔を見合わせ、互いにかぶりを振った。児玉が彼女のメアドをゲットしているはずだけれど、彼の名前を出しても仕方がない。結局、職員室で得られた情報といえばそれくらいのものだった。

「どういうことだろ？　保健室にも通ってないんだとしたら、井上さんは、なにをしに学校に来たんだと思う？」

廊下を歩く道すがら、西乃は俯いて考え込んでいた。

次の目的地は文芸部の部室だった。僕はポケットに丸めて突っ込んでいた『十字路』を取り出し、歩きながらページを開く。相変わらず西乃は、僕の少しあとを歩いている。暗闇の中のロートケプシェン。井上さんの短編のタイトルが、目に飛び込んできた。

「ロートケプシェンって、赤ずきんのことなんだよね」

　ふと、隣に気配を感じて顔を上げる。酉乃が冊子を覗き込むように、僕の肩に身を寄せていた。僕は身体をこわばらせながら、言葉が震えないように考えていたことを精一杯口にする。

「赤ずきんは狼に食べられたって、どういう意味なんだろう？　赤ずきんって、井上さんのことだよね。そうだとしたら、狼って……」

　僕はページを閉ざした。酉乃は暫く黙したあと、聞いた。

「須川君は、赤ずきんの話を知っている？」

「え、まぁ、そりゃ」僕は慌てて頷いた。「細かいことは憶えていないけれど……。赤ずきんが、森に住んでるおばあさんのところへ行こうとして……。で、待ち伏せしてた狼に食べられちゃうって流れでしょ？　どうしてそんなに大きな口をしているのって聞いて」

「それは、お前を食べるためだ！」そう発せられた声音は、少し低いものだった。僕は少し驚いて、彼女を見返す。いたずらっぽい笑みを浮かべて、酉乃はその台詞を口にしていた。「有名なやりとりね。須川君が読んだ話だと、そのあとはどうなるの？」

「えっ」僕は彼女のキュートな表情に暫く見とれたあと、慌ただしく記憶を引っ張り出した。「えっと、食べられちゃって、それで猟師に助けられるんだよね。狼のお腹には代わりに石を詰めて」

「それはきっと、グリムの話ね」

「え？」僕らはいつの間にか立ち止まっていた。「赤ずきんって、他にバリエーションがあるの？」

「もちろん」彼女は、澄まし顔に戻って頷く。「ペローだって書いているわ。もともとはヨーロッパの民話なのよ。その原話では、赤ずきんは狼に食べられてしまうだけじゃないの。狼に唆《そそのか》されて、そうとは知らずにおばあさんを食べてしまうのよ」

「えっ」そんなのは初耳だった。やだ童話ってこわい。「ほ、ホントに？」

「ワインと乾し肉だって偽って、赤ずきんに食べさせるの。おばあさんの血と肉をね」

西乃は珍しく顔をしかめた。そのグロテスクな描写を想像してしまったのだろう。

「だから、赤ずきんは、食べられる話であるのと同時に、食べてしまう話でもあるの。誰だって抱く、誰かに呑み込まれてしまう不安と、他人を知らずに呑み込んでしまうかもしれない恐怖――。その二つが描かれているのよ」

食べる物語。

食べられる物語。

「狼っていうのは……。その、えっと、暴力的なものの暗喩って意味で、いいんだよね」

女の子には聞きづらい。けれど、西乃は気にしたふうもなく首を傾げた。

「そう解釈するのが一般的ね。赤ずきんは、圧倒的な暴力を前に、抵抗することができない。無力な少女達の象徴なのよ」

圧倒的な暴力。それに呑み込まれてしまう闇の中。

井上さんを食べたのは、いったいなんだったのだろう。

僕らはどちらからともなく歩みを再開し、文芸部の部室を目指した。いつの間にか、揺れる彼女の黒髪が、視界の端に映るようになっていた。


初めて訪れるそこは、人が五人もいたら窮屈に感じられそうな狭苦しい空間だった。たくさんのプリント用紙や冊子、印刷ミスの原稿なんかが山積みになっていくつものタワーを築き上げている。ごめんね、掃除してないんだ。部長ってば、勝手にいじると怒るんだもん。笹本さんは恥ずかしそうに笑った。

窓からは黄金色の光が差し込んでいて、夕暮れの図書館を思わせる静謐《せいひつ》さがある。奥の机でノートにシャーペンを走らせている部員がいる他は、笹本さんだけだった。上履きが散らばった文字を踏む。たくさんの文章が綴られたプリント用紙。捨てられない言葉。忘れられない一節。彼女達の愛した物語が、この小さな空間に溢れていると思った。

笹本さんは机の上にソフトサラダを並べてくれた。早速で悪いけれど、あまり寛《くつろ》いでいると、逆に市ノ瀬先輩を待たせてしまうことになりそうだった。本題を切り出す。

「あのさ……。えっと、井上さんのことなんだけど」

きょとんとする笹本さん。

「さっき、学校には来てないって言ってたでしょ。でも、さっき貰った、新しい『十字路』には、あかずきんこの新作が載ってて」

「ああ」と、笹本さんは納得したようだった。

「あかずきんこって、本人の希望があって、最初は部長しか知らない覆面作家だったんだよね。原稿は、基本的に部長のところにメールで来てるみたいなの。そもそも、井上さん——じゃなくって、あかずきんこの中の人がね、なんか恥ずかしがっちゃってるというか、ま、あたしも気持ちはわかるんだけど」

話を聞く間、西乃は椅子に腰掛けないで、まるで部屋の中に散乱している文字を眺めるように、この部屋を観察している。

「じゃ、今回の新しい原稿も、部長さんがメールで貰ったってこと？」

「たぶんね」と、笹本さんは居心地悪そうに視線をさまよわせる。「だって、本人学校に来てないんだもん」

僕と西乃は顔を見合わせた。やっぱり、井上さんは学校に来ていない。となると、児玉が会ったという井上さんは、誰だ？

部室の奥でペンを走らせている子は、集中しているのか一度もこちらを見なかった。

「須川くん達は、井上さんになにか用事があるの？」

笹本さんの疑問に、言葉が詰まる。西乃に目を向けると、彼女は黙ったまま、奥にいる女の子に視線を向けていた。西乃ってば、さっきからあまり会話に参加していない。仕方なく、僕は正直な理由を笹本さんに告げた。

「実は、用があるのは僕じゃないんだ。えっと、僕の友達がね、バイト先で井上さんと知り合ったらしくて。それで、なんていうの、井上さんのこと、少し気にかけていたっていうか」一目惚れしちゃったんだよね、とは言いづらかった。けれど笹本さんもそこは察したのだろう。眼を見開いて大きく頷く。「井上さんが学校から帰るところを見かけたっていうんだ。だから、てっきりもう学校に来ているのかなぁって」

　笹本さんは、ふぅんと頷いて、引き攣《つ》ったような笑顔を浮かべる。「それで井上さんを探してるの？　なんか、ちょっとストーカーっぽいね」あ、やっぱ引いちゃいますかそうなんですか。正直な感想を述べた笹本さんは慌てて付け加える。「あ、大丈夫。須川くんのことじゃなくて、そのバイトしてる子の方ね」

　僕は乾いた笑いを零して弁解する。

「いや、でも、けっこういいやつなんだよ」

「けど、学校の帰りに会うなんて偶然にしてはできすぎじゃない？　きゃーこわい」

たまたま西乃と同じ電車に乗ろうとする僕にとっては耳が痛かった。このままでは児玉を叩かれつつ僕まで間接的にフルボッコにされてしまう。

「笹本さんは……。井上さんの連絡先、知ってる？」

　ふと西乃が声を上げた。

「え」

　彼女はそれだけ言って、言葉を途切れさせた。なんだろう。絶句、という表現が近いかもしれない。そんなに驚くような質問だったただろうか。

「さっき先生に聞いたのだけれど、井上さん、そろそろ学校に来ないと単位が危ないらしいの。それで、誰か連絡がつく人はいないのかって聞かれて」

「あ、そっかぁ。そうなんだ、やっぱり」気まずそうに表情を暗くさせ、笹本さんは首の後ろに手を当てる。「それがね……。うーんと、えっと」彼女はちょっと考え込んだ。見つめる先、黄金色の光が差し込む空間は、ときおり塵《ちり》が光を反射させて幻想的に煌めいている。「なんかね、メアド変えちゃったみたいなんだ」

「メール、したんだ」

柿木園さん達が井上さんを無視するようになってから、笹本さんも彼女と疎遠になったはずだった。

「うん。まぁ、ね」と彼女は言葉を濁した。テーブルや床に散らばったプリントの一つから、言葉を探し出そうとするみたいに、視線をさまよわせる。「あたし、最低かな……。カッキーと一緒にいるときは敵なのに、メールじゃ心配したふりをして。今もそうかもしれないけど。なんか、ぜんぶ終わっちゃってから、あとになって気にかけるとか。やっぱ、そりゃ、むかつくよね……」

「笹本さんは」

酉乃が言った。

どこか冷たく見定めるような眼差しで、彼女を覗き込むようにして。

「井上さんに、会いたい？」

「……わかんない」

少しの間を置いて、笹本さんはそう答えた。

「会いたい気持ちはあるけれど、会っていいものなのか、わからない。話したいことはたくさんあるし、謝らなきゃいけないこともたくさん。フツーに考えて、あたしなんかとは口利きたくないっしょ？　でも、なんだろう。もう二度と会えないってのは、いやかな……」

　文芸部を去るとき、笹本さんは照れくさそうに笑って、また遊びにきてねと僕達を廊下まで見送ってくれた。

「井上さんと連絡がつくなら……」廊下を歩きながら、独り言のように言う。けれどその言葉は、少しあとを付いてくる彼女に聞いてもらいたかった。「笹本さんの気持ちを、伝えてあげたいって思うのは、余計なお節介だよね」

　酉乃はなにも言わなかった。階段を降りる途中、暫く経《た》ってから、ぽつりと言う。

「わたしは、井上さんが笹本さんをどう思っているのか、わからないから」でも、と彼女は続ける。「少しは想像がつく」

　彼女を振り返る。静かな足取りで、階段を降りてくる彼女。背中から差し込む柔らかな光。僕はなにも言えなくなる。酉乃は中学生のとき、一人きりだった。独りを望んだのではなくて、一人きりにさせられていたのだ。

　やっぱり、会いたくないのかもしれない。自分に対して敵意を持っていた子達になんて、きっと会いたくないだろう。

けれど、と西乃は続けた。俯きながら、最後まで階段を降りて、それから僕を見上げた。

「でも、須川君は、笹本さんの友達なんでしょう？　なら、助けてあげるのは不思議なことじゃないと思う」

僕はなにも言えなかった。

助けるなんて、そんな高尚な気持ちを抱いているわけじゃないんだ。笹本さんだって、それほど親しい友達とは言えないかもしれない。それなのに僕はひどく居心地が悪いんだ。この気持ちの正体はまだわからない。ただ、どうして僕らは他人と関わるのに、こんなに臆病なんだろうって考えてしまう。

見えなかったもの。気付けなかったもの。それらを垣間見たとき、僕らにいったいなにができるっていうんだろう？

僕の憧れる推理小説の探偵は、謎を解いて犯人を追い詰める。正義を突きつけ、罪に罰を与える。陥る不安を解消し、日常に平穏を取り戻す。

けれど、僕らの日常に、犯人はいない。振りかざすべき正義もない。

たとえ、深い闇を抱えている子の存在に気付いていても、なにもできずに居心地の悪い思いをするだけだ。

西乃さん、君は、どうなんだろう？

5

目論見《もくろみ》はあっさりと打ち砕かれた。朝の授業中、眠い眼を擦りながら新しい公式を眺めていたら、ポケットでケータイが震え出した。教室が静かだったので、携帯電話のバイブレーションすら周囲に気付かれてしまいそうだ。こういうとき、女子が手紙でやりとりする理由がよくわかる。授業が終わってメールを開くと、それは児玉からだった。

『失恋した』

はやっ。ていうか、えっ、もうアタックしたの？　どうしたと聞き返すと、すぐさま返信が来た。

『メアド変えられてしまった。俺オワタ』

次の授業の用意をしながら、メールで児玉に詳しい事情を聞く。

児玉は、井上さんと順調にメールのやりとりを続けていた。それが今朝になって、急に宛先不明でメールが返ってきてしまった。理由はまったく不明だという。

お昼休み、西乃は珍しく女子の輪に交ざってお昼を食べていた。この前、マジックを見せていたグループだ。誰かがマジックをリクエストして、そのまま一緒に机を突き合わせてお弁当を囲んでいる。僕はというと、彼女の様子を横目に眺めながら、久しぶりに設楽くんとサシでお弁当を食べていた。彼女達の輪を羨《うらや》ましげに見ていたせいだろうか、設楽くんは無言で厚焼き卵を一つ譲ってくれた。情報通の織田さんは、今日は風邪で欠席。今月は体調がよろしくないようで、少し前からぽつりぽつりと欠席している。学校ではインフルエンザと風邪が大流行していて、他にも何人かの欠席者が出ていた。

お弁当を片付けると、教室の戸口から顔を覗かせている女の子の姿に気付く。中に入るのを躊躇っているらしかった。

「広瀬さん、どうしたの」

廊下に出て、去ろうとしていた彼女の背中に声をかける。小さな彼女は髪を翻《ひるがえ》して驚いた表情を向けた。

「小岩井くんなら食堂だよ」

「えっ、あ、なんでっ。じゃなくて、その」わかりやすい反応だ。「べ、べつに、なんでもないの」

「あ、そうだ、広瀬さんって、井上さんのメアド知ってる？」

「えっ、井上さん？」

彼女はC組だし、どちらかというと八反丸さん達と仲良くしているから、井上さんを嫌っている可能性は少ない。

「えっと……知ってるけど、なんで？」

彼女は訝《いぶか》しげな表情を浮かべた。そう聞き返されると困ってしまう。自分でもよくわからなかった。児玉のためだろうか？　それとも、出席日数が足りなくなるってことを、伝えるため？　けれど、そんなのは既に先生が伝えているだろうし……。

「あ、いや、学校に来てないから、心配だなーなんて」

「須川くん、井上さんと知り合いだったんだ」

「いや、その、なんかね、井上さん、メアド変えたらしくてさ。こう、メアド変えましたメールとか、来てない？」

「来たよ」

「ホント？」

「あ、でも、結構前だけど。えっと、一月くらいだよ、確か」

「えっ」一月？　今はもう二月の終わりですよ？「あ、そうなんだ」

どういうこと？　井上さんは、今年に入って、二度メールアドレスを変更したってことなんだろうか？　メアドって、そんなにころころと変えるもの？

不審そうに僕を眺めている広瀬さんは、なにか気付いたようだった。視線を追って振り返ると、そこにいたのは八反丸さんだった。彼女は身体を斜めに傾けて広瀬さんの様子を窺った。

珍しく、ばつの悪そうな表情で言う。

「ごめんね、ミノリ。須川くんに話があるんだけれど、お邪魔だった？」

広瀬さんはふるふるとかぶりを振る。

「そう、良かった」八反丸さんは笑顔になる。胸元を撫で下ろすような仕草をしたあとで、僕らを見遣った。「でも、二人きりで、なんの話をしていたの？」

広瀬さんは助けを求めるように僕を見た。ちょうどいいかもしれない。

「えっと、僕も八反丸さんに聞きたいことがあって」

「本当？」どうしてか、彼女は瞳を大きくした。軽く首を傾げ、柔らかな髪を後ろに流しながら無邪気な声を出す。あれ、八反丸さんってこんなキャラだっけ。「なになに？　なんでも聞いて」

「あの……。僕に用事というのは？」

なんとなく不穏な予感がした。

彼女は人目を気にするように廊下の騒がしさを一瞥《いちべつ》して、視線を落とす。

「ここじゃ、ちょっと……。先に、須川くんの用事、聞かせて」

「えーと……」今日はなんでこんなに儚《はかな》げなオーラを纏《まと》っているのだろうと疑問に思いつつ、僕は彼女に聞いた。「八反丸さんって、井上さんの連絡先知ってます？」

「どうして？」

八反丸さんは不思議そうに首を傾げた。当然の反応だろう。

「えーっと、ここのところ、ずっと学校休んでいるみたいだから、ちょっと心配だなって思って」

「ふぅん」彼女は微かに目を細めた。「須川くんって、井上さんと友達だったんだ」

「あ、いや、そういうわけじゃないんですが……」

「それじゃ、どうして？」一歩を近付いて、八反丸さんは顔を覗き込んでくる。彼女の匂いを感じられる距離だった。「あんまり、そういうこと嗅ぎ回るの、よくないと思うよ。彼女のことって、わたし達のクラスの問題だし、須川くんとは関係のない話でしょ？」

彼女は、僕と西乃が余計なお節介を働こうとしているのを見抜いているのかもしれなかった。柔らかな語尾に窘《たしな》めるような響きが混ざっている。

「あまり口出しされるのも、迷惑だから。もう終わったことなんだし」

八反丸さんは、ね、という軽い口調で広瀬さんに同意を求めた。広瀬さんはまばたきを繰り返している。

迷惑。確かに、部外者の僕が首を突っ込んでいい問題じゃ、ないのかもしれないけれど——。

「あの、用事があるなら、メールしようか？」

広瀬さんが携帯電話を掲げて、助け船を出してくれる。けれど僕はかぶりを振って、井上さんが今朝方、メアドを変更してしまったらしいことを伝えた。

話を聞いて、八反丸さんはポケットから携帯電話を取り出す。素早くキーを操作して、じっとディスプレイを眺めた。すぐさま、バイブレータが震える。

「宛先不明ですって」

どうやら、井上さんにメールを送ったらしい。この人の行動は本当に素早く躊躇いを知らない。

「井上さん、一月くらいにメアド変えたらしいですけれど」

「そうね。だから、今回で二回目になるのかしら。一回目はみんなに連絡をくれたけれど、今回はなしってことね」

「どうしてでしょう?」

聞くと、八反丸さんは人差し指を顎先に押し当てて、思い出したように言った。

「彼女、みんなの連絡先を知らないのかもしれないわ」

「どういうことです?」

「一月だったかしら。あの子、教室で携帯電話をなくしたって言っていたの。次の日にロッカーで見つかったのだけれど、そのとき、なにかされたのかもしれない。本人は壊れちゃったみたいなんて言っていたけれど、いたずらされてデータが消されていたとしてもおかしくないでしょう? それからすぐに学校に来なくなったから、真偽はわからないけれど」

広瀬さんは、眉根を寄せた難しい表情で彼女の言葉を聞いていた。そんなひどいことまでされていたなんて、僕は想像もしていなかった。

八反丸さんは明るい声を上げる。

「それじゃ、ミノリ。須川くん、借りるからね」

いつの間にか、制服の袖を摑まれた。引っ張られる。あれ、ちょっと? 八反丸さん? 呆然としている広瀬さんを肩越しに振り返る。

歩調を合わせて、八反丸さんは傍らを歩くようになる。下から覗き込むように身を屈めて、彼女は微笑んだ。

「今日は天気もいいし、外に行きましょう」

まだ、袖を摑まれている。

歩く度に揺れる手首が、彼女の白く細い指に触れそうで、そこに視線を移す度に息が止まりそうになった。

僕はなにも言えずに、黙って歩いた。どういうわけか、隣を歩いている彼女も同じだった。

気まずげに沈黙したまま、僕の袖を摑んで放さない。様子を探るように彼女を見ると、目が合ってしまって慌てて視線を逸らす。彼女の手は、昇降口でローファーに履き替えるときだけ、僕から離れた。

新校舎のすぐそば、第一グラウンドがよく見えるベンチに、二人並んで腰掛ける。「あそこに座ろう?」そう提案する彼女の声は、心なしかいつもより弾んでいた。

お昼休みの時間はそろそろ終盤を迎えている。グラウンドではサッカーで遊んでいる男子達の掛け声が途切れることなく響いていた。校舎の表側ということもあって、何人かの生徒達がベンチの前を横切っては、二人並んで黙り込んでいる僕らを一瞥していった。

もう一度、探るように彼女の表情を窺う。八反丸さんの白く柔らかな頰に、淡くウェーブを描いた髪が流れている。風と同時に、清潔感のある清らかな髪の薫りが広がった。彼女は短いプリーツの上できゅっと結んだ二つの拳に視線を落としている。

「あのね」

ようやく、という時間を経て、八反丸さんが言う。

「な、なんでしょう」

僕は背筋を伸ばし、彼女の横顔を見る。八反丸さんは俯いたままだった。

「すごく、聞きづらくて。ごめんね、わたし、なんだかヘンで」いつものような意志の強さを、みじんも感じられない声だった。「バレンタインの、チョコなんだけれど……。須川くん、食べてくれた？　わたしの気持ち、受け取ってくれたんだよね？」

「えっ」その話題？　そりゃ、え、た、食べましたけど。「えっと、うん、一応、食べた、というか……」き、気持ち、だなんて。なんて答えればいいのだろう。とりあえず素直に降参を認めることにした。「まさかカレールーとは予測もできず、やられました」

少し、沈黙があった。

「カレールー？」彼女は顔を上げた。眼を見開く。「え、うそ、やだ、どうしよう」

口元を手で覆って、八反丸さんは大きな瞳を瞬《また》いている。わけがわからず、僕は彼女を見返した。

「ごめんなさい」彼女は挙動不審に陥った。自身の腕を抱いて、グラウンドに視線を向けたり、俯いたりして、頬を微かに赤くしている。「違うの。そんな……。えっ、じゃ、入れ間違えたってこと？」

「え？」

「あのね、違うの」腕を掴まれた。僕は息を呑んで、身を硬直させる。懇願するように、上目遣いの潤《うる》んだ瞳で八反丸さんが言う。「そっか、だから、須川くん、最近冷たかったんだ……」

「え、あの、間違えたって……？」

「他の子にあげるジョークチョコと、間違えちゃったみたい」彼女は肩を落として俯いた。深く吐息を漏らす。「わたし……。一生懸命、作ったのに……。須川くんに、手作りのチョコ、あげようと思って」

「え、あ、そ、そうだったの？」入れ間違い？　そうなると、あのカレールー入りのチョコは、いったい誰にあげる予定だったのだろう。確かに、いくらなんでも非人道的すぎるとは思っていた。あんなもの、よっぽど憎むべき相手じゃないと、冗談では済まない破壊力すぎて渡せないよね。「なんだ、そうだったんだ」

「ごめんなさい」彼女は僕の腕を摑んで項垂《うなだ》れたまま、か細い声で言った。「須川くんのには、きちんとジョロキアを丸ごと入れて作ったのに」

「ジョロキア？」よく聞き取れなかった。なんだろう。隠し味？

「でも、食べてくれたんだ」八反丸さんは、そう呟いた。「なんか、嬉しい」

「え、あ、いや」

そう言われると、照れる。頰が熱くなった。八反丸さんが、ちゃんとした手作りチョコを用意していてくれたなんて……。

彼女は僕の腕を摑んでいることに遅れて気付いたのか、顔を上げると慌てて手を引っ込めた。その動作は愛らしく、普段の彼女からは絶対に窺えない新しい一面が見えたような気がした。

「その、美味しかったよ。全部食べたし」

凄《すさ》まじい不味《まず》さだったはずなのに、あの苦さすら、どこか愛しげに感じられる。全部食べたのは本当だったし、翌日にお腹を激しく壊してしまったけれど、そのことをわざわざ告げて彼女を傷付ける必要もないだろうと思った。

「そうなんだ……」

彼女は、またスカートの上に拳を作って、肩を小さくする。

「ね……。須川くんって、ハツのこと、好きなの？」

それは、前にも聞かれた質問だった。ふわふわとした柔らかな髪が垂れていて、彼女の表情はほとんど見えなかった。胸の鼓動が、強く鳴る。八反丸さんはプリーツの端をぎゅっと握りしめていた。柔らかな太腿が露出する範囲が、僅《わず》かに大きくなる。それを見て、わけもわからずに胸が高鳴った。二人の間にある微妙な空気を感じると、その高鳴りがどんどんと加速していく。

「いや、あの、それは……」

「言わないで」八反丸さんは囁く。「言わないでいいよ」

僕は身じろぎ一つできなかった。

「ハツにあって、わたしに足りないものって、なにかな」

西乃にあって、八反丸さんに足りないもの？

それは、スフィンクスの出題に似ていて、ひどく難解な謎かけのように聞こえた。

なんだろう？

どういう、意味だろう？

「最近、須川くん、ハッと仲良さそうだよね」

「え……」

「もしかして、もう付き合ってるの？　デートとか、した？」

「あ、いや、その」頬が熱くなる。デート？　デートと言えるのだろうか？　そもそも、僕と彼女は付き合っているんだろうか？「その、付き合っては、いない、というか、あれも、デートというほどじゃ……」

「やっぱり？」彼女は顔を上げた。花が咲くような笑顔だった。「そっか。付き合ってもいないし、デートもしてないんだよね？　良かった。てっきりもうキスまでしちゃってる仲なのかと思って、心配しちゃった」

「え、あ、いや、え？」

「でも、そっか、デートじゃなかったんだ。そうよね、初めてのデートって、記念日になるもの。映画とか、ケーキ屋さんとか、そういうのって、センスなくて適当な感じがするし、女子的には、手を抜かれてるなって思うもん。デートっていうには、ちょっとありえない選択よね」

　映画、ケーキ屋さん。どこへ彼女を連れていけばいいのかわからなくて、悩みに悩んだ末に決めた、ごくありふれた場所。八反丸さんは、酉乃を人工衛星かなにかで監視しているのだろうか。そうでなければ、僕が選びそうなデートスポットを列挙しているのだろう。ようやく、彼女の意図に気付いた。

「やっぱりディズニーランドとか、水族館とか、そういうところじゃないとね。須川くん、ハツがウミウシ好きなの知ってる？　あ、ごめん、当然、知ってるわよね。あの子、変なものが好きなんだから」

楽しそうに語る八反丸さんの言葉は、その一語一語がすべて鋭い矛先となって、僕の心に突き刺さってくる。センスなくて、適当。手を、抜かれてるって思う？　ウミウシって、なんだろう。魚？　僕の知らない、西乃の秘密。

「でも、良かった。付き合ってるわけじゃないんだ。ハツって、そういうところ間違って受け止めやすいから、傷付く前に教えてあげないと」

「え、あ、いや」

ま、間違ってない。間違ってないです。

けれど八反丸さんは、安堵したようににこやかな笑みを浮かべている。

「そうだ」思い出したように、彼女が言う。顔を寄せて、秘密を囁くように。「須川くん、ハツの服は褒めてあげた？」

耳元で囁く吐息は、僕の思考をかき乱す。キスの距離。彼女の匂い。西乃と同じ薫り。顔が熱くなる。僕は西乃の洋服を思い返していた。可愛らしいニットのカーディガンとふんわりとしたチュニック。可愛いって。感じた言葉、告げていない。

「可愛かったでしょう」八反丸さんは囁く。「あの服、わたしが選んであげたのよ」それはとても誇らしげな言葉だった。「須川くん、褒めてあげなかったの？　もう、だめね。大人しいハツが、どれだけ勇気を出してあの服を着たと思っているの？」

なにも言い返せなかった。頬は熱く、僕は困惑と屈辱を感じていた。

「でも、デートじゃないなら、別にいいわよね。あの子が勘違いしちゃったら、可哀想だもの」

デートじゃない。デートじゃない？

それから、八反丸さんは立ち上がった。

「そうそう」思い出したように呟いて、無邪気に笑う。それは、いつかのあのときのように、僕の頬を強く打つ言葉だった。「わたしは、ハツとキスしてるわよ」

6

ほとんど機械的に手を動かして、水道の蛇口から流れるお湯をじっと見つめていた。

どうしてなにも言い返せなかったんだろう。

あれはデートなんだって、そう答えれば済んだはずだった。けれど、僕はそれを肯定するだけの勇気も根拠も、なんにも持ち合わせていなくって。酉乃はどう思っていただろう。楽しくなかっただろうか？　不満だったろうか？　映画や喫茶店なんて、手を抜いたような場所に連れて行ってしまって。そうなのかもしれないって考えたら、止まらなかった。ブレーキの利かない自転車が、急斜面を猛スピードで突き進むみたいに。激しい勢いで不安が膨れあがっていく。

結局、それは自信のなさの表れだったんだと思う。

キッチンにあるテレビのチャンネルはいつの間にか変わっていた。夜の渋谷《しぶや》を舞台にしたドキュメンタリーらしくて、家や学校に居場所のない少女達、というテロップが画面の右上に飾られている。最後のお皿の水滴を拭き取って、食器棚に戻す。今日は姉と二人きりだった。話しかけても会話が弾まなかった僕を見て、姉は少し不思議そうにしていた。彼女はテーブルの上で頬杖を突いて、ぼんやりとテレビを眺めている。

「今は漫画喫茶とかあるから、家出もしやすいんだなぁ」

姉はそう呟いて、コップを突き出す。ポチ子、お茶ちょうだい。

テレビ画面には、夜の街を背景に、モザイクで顔を隠した制服姿の女の子がマイクを向けられて、なにかを喋っている。親の期待が大きくて。学校はつまらないし。あたし、教室のはぐれものだから、居づらくて。

「姉さんも、家出とかしたことあるの」

ウーロン茶を注いで、彼女に渡す。姉とは年が離れているから、彼女が高校生だったときのことはあまり憶えていない。

「そりゃ、あるよ。学校にだって行かなかった時期もあるなぁ」

ちょっと意外だった。洗い物で手が冷えたので、なんで、と聞きながら椅子に腰掛ける。ストーブにそっと掌をかざした。じんわりと指先に熱が行き渡っていく。

「そりゃ、色々とあるだろ。恋愛とか人間関係とか、行きづらくなること、あたしにだってあった。あんたの知るよしもない」

姉は飽きてしまったのか、チャンネルを変えてしまった。

「そういうときは」僕はテレビ画面から流れる笑い声を耳にしながら、自分の手を見下ろす。ストーブにかざした小さくて弱々しい手。頼りない手。なにができるわけでもない、その無力な指先。「誰かに助けて欲しいって、思う？」

はぁ？　と呆《あき》れたような声を漏らして、姉は少し黙った。

「うーん。ホントに独りのときは、誰かが助けてくれるなんて、欠片も想像できないからなぁ。だってさ、すんごい重大なことに悩んでて、そのことを誰にも言えないでいるのに……。突然、誰かが現れて、その問題を解決してくれるなんてこと、あるわけないでしょ？　ウルトラマンかよ」

「だよね」

確かに、そんなこと、普通はない。

でも、助けてくれるなら、嬉しいかなぁ……。姉はそう呟いた。だって独りなんだもん。味方になってくれる人がいるなら、嬉しいんじゃない？　あ、でもでも、と姉は続ける。

「でも、誰でもいいってわけじゃないんだよな。誰でもいいわけじゃなくて、誰か特定の人に助けてもらいたい気がする。好きな人とか、親友とか、そういう人。通りすがりのおっさんに助けられても、なんか、うん、まぁ、ちょっとは嬉しいだろうけれど、なんか違う」

その言葉は、なんとなく理解できた。

僕には関係のない、よそのクラスの問題。首を突っ込んだところで、井上さんは喜ばないだろう。

「そういえば、デート、どうだった？」

思わず背筋が伸びた。千里眼でも持ってるの。

「べ、べつに。そんな、デートなんて、してないし？」

「ふぅん。日曜、やたら髪型セットしてたじゃん。なんかそれで落ち込んでるとかじゃないの？」

「べつに落ち込んでないです！」

変な汗が出てきた。慌てて冷蔵庫からウーロン茶を取り出して、コップに注ぐ。顔が熱かった。からかわれると思った。早くしなきゃ、早くしなきゃと焦るとペットボトルを手にした指が小刻みに震えた。どうせふられたんだろ。お前ダサイからなー。デートどこ行ったの、うっわ、映画とかありえなさすぎー、とか。そういう言葉を、たくさんぶつけられるような気がして。

どうせ。

どうせ、僕って。そりゃ、気が利かなくて。面白い話もできなくて。服も褒めてあげられなくて。

悔しかった。

手が震えて、注がれるお茶がコップから零れた。テーブルが濡《ぬ》れる。唇が戦慄《わなな》く。姉さん。お願いだから、なにも言わないで。なにも言わないでよ。僕だって、落ち込むときだって。つらいときだって、ある。

姉はなにも言わなかった。ただ、黙って布巾でテーブルを拭いてくれた。それから、僕を椅子に座らせて、どうした、とだけ言う。

瞼が熱かった。俯いて、震える息を深く吐き出す。

「べつに」溢れ出す、言葉。女々しさ。自分の情けなさ。「どうせ、僕は。女の子を楽しませることが、できないやつだなぁって」恥ずかしい言葉だった。顔が熱くなった。

「相手にそう言われたの？」

僕は黙ってかぶりを振る。だめだ、と思った。こんなことを姉に話して。それこそ、本当にだめで情けないやつであると、気付かされるようで。

「じゃ、なんでそんなこと気にするの」

「言わなくても……。そう思われてるかも、しれないし」僕はウーロン茶のコップに口を付ける。冷たい。「ていうか、そう思われても、仕方ないっていうか、確かに落ち度はいくらでもあったわけで。僕って、ホント、役に立たないし、カッコ悪いしで」

「お前ほんと女々しいやつだなぁ」姉はウーロン茶のペットボトルを片付けながらそう言った。笑ったようでもあったし、憤ってもいるような口調だった。あるいは、呆れているような。

「ていうかさぁ、なにそれ。相手に言われたわけじゃないんでしょ？　それで、自分がそう思われてたらどうしようって落ち込んでるの？　なんかそれ、自分のことばっかじゃね？」

反撥《はんぱつ》するように姉に視線を向けると、彼女が浮かべている奇妙な笑みに、心の中の棘《とげ》が呆気《あっけ》なくもげて落ちていく。僕は肩の力を抜いて、まったく仕方ないやつだなぁと微笑んでいる彼女を眺めた。

「自分がどう思われているかとか、自分が役に立ってないとか、自分のことばっかじゃん。相手のことぜんぜん考えてないよね。あんたのその考えの中に、あの子の気持ちはあるの？　あの子がどう思っているのかって、きちんと考えてる？」

「それがわかんないから、落ち込んでるんです」

俯く。テーブルの木目。微かに残る水滴の跡。いつの間にかテレビは消えていた。その静寂は、姉の優しさなんだろうか。

「だったら、聞けばいいじゃん。面と向かって」

自分が、どう思われているのかばっかり。

そればっかりを気にしていて、彼女がどう思っているのか、それをきちんと考えたことが、ある？

どうだろう。

わからない。

西乃は、僕と一緒にいて、楽しんでくれただろうか？

同じだった。いつも、結局、同じことで繰り返し躓《つまず》いて、ちっとも成長できない。気持ちを伝えられず、疑心暗鬼のまま、自分が砕けて傷付くことばかり考えている。

わからないなら、聞くしかないのに。

ポケットから取り出す携帯電話。

メールの履歴。

とても楽しかったです。また明日ね。

聞きたいと思った。

文字じゃなくて。

電波を通した声じゃなくて。

彼女から、直接、聞きたかった。

今すぐ。今すぐに。

立ち上がる。

「ごめん、姉さん、ちょっと、僕、出かける。母さんにはよろしく言っといて」

テーブルに頬杖を突いて僕を眺めていた姉は、小さく頷いて笑った。

「あんたってさ」キッチンを出ると、肩越しに、姉の声。「やっぱ、あたしの弟なんだね」

「は？」

振り返ると、姉はもうテレビに向き直り、リモコンを掲げていた。

「べつに。遅くなる前に帰って来いよ」

7

駆け足でサンドリヨンのステップを降りて、冷や汗のようなものが背筋をすっと這い上がるのを感じる。店内が暗かった。看板にかかっているクローズドの文字。そうだった、火曜日って定休日じゃん！　なんて大ボケ！　わりとカッコよく飛び出してきたつもりだったのに、来たら休みだったなんて！

扉の前で立ち尽くし、ぐったりと項垂れる。電話すれば良かったかな。けれど直接会いたかったんだよ……。

厳しい寒さに薙《な》がれて、手に持っていたマフラーを首に巻き付けた。ずっと自転車を漕《こ》いでいたので身体は熱かった。しかし、定休日ってオチはなんとも僕らしい。阿呆《あほう》だなぁ。

「お、須川君じゃないか」

明るい声が上がった。慌てて振り向くと、手にビニル袋を提げた桐生さんが、軽快な足取りでステップを降りてくるところだった。

「あ、ど、ども」

「今日は休みだよ。それとも、ハッちゃんに会いにきたの？」

トレンチコートのポケットを探りながら、爽やかに尋ねてくる。

「えっと、酉乃さん、いるんですか？」

「いるよ。奥で練習してるんだ。今度、学校で大事な見せ場があるらしくてね」

「えっ……」

それって、もしかして送別会のこと？

桐生さんはポケットから取り出した鍵を使って扉を開ける。

「なにしてんの。入りなよ。寒いだろう?」

店内は真っ暗で、厨房の方に続くカウンター奥に小さな明かりが点《とも》っているだけだった。暖房は効いていないようで空気は冷たい。

「十九波さんはね、リングの名手なんだ」

「リング?」

「ハッちゃん、ポケットリングに決めたんだよ。普段はサロンとかやらないから、なにを演じるか迷っていたようだけれど、リングなら特別な準備も要らないし、ある程度の人数に観てもらうことができるからね」

「えっと、十九波さんに、習ってる、ってことですか?」

「そうそう。ぼくはたまたま、預けていた道具があったから寄ったんだけどね。今は、ちょうど百均に用事があって買い出しに行ってたところ」

と、ビニル袋を掲げる。中身がうっすらと透けて見えた。ずいぶんと大量の……。

「フォーク、ですか、それ」

「まぁね」

え、フォークなんて買い占めてなにに使うの?

「ハッちゃん呼んでくるよ。ちょっと、奥は狭いからここで待ってて」

桐生さんはへたくそな口笛を吹きながらカウンターの奥へと消えていく。

僕は少し居心地の悪さを感じながら、暗く静まりかえった店内に佇《たたず》んでいた。

いつもは賑やかな装いを見せる店内は、百年の眠りの魔法にかかったように深閑《しんかん》としていた。

カウンターの奥、僕の知らない世界の向こう。

僕には、西乃がどんなことをしているのかはわからない。わからないけれど。

頑張ってるんだ。

送別会のために、練習、してるんだ。

西乃は、頑張ってるのに。

僕は、いつも、なかなか前に進めなくて。

冷たい両手。手袋をしないでずっと自転車を漕いでいたから、悴《かじか》んでこわばったそれを見下ろし、口元に近付けた。息を吹きかける。弱々しい手。なんにもできない僕の、この両手に、なにか力があればいいのに。

「須川君」

顔を上げると、厨房の戸口から西乃が顔を覗かせた。いつものブレザー姿だった。彼女は眼を大きくして、不思議そうに僕を見つめる。

「どうしたの」

そう、聞かれた。

どうしたんだろう。本当に、僕って、どうしたんだろう。

なんでもない。なんでもないよ。本当に、なんでもない。

ただ、今日は。

君のマジックを観にきたわけじゃなくて。

不思議な謎の相談をしたいわけでもなくて。

ただ。

「西乃さんに」

顔を見ることはできなかった。だから俯いて、僕はあまりうまく動かない両手をポケットにねじ込んだ。こんな指先じゃ、マジシャンはうまくマジックを演じることができないだろうなと思う。けれど、僕に求められているのはマジックをすることじゃなくて、気持ちを伝えることだった。だから、指先がうまく動いてくれないのは、言い訳にならない。だから。

「西乃さんに——。会いに、来たんだ」

言葉、震えてしまった。

まっすぐ、彼女を見ることができない。

西乃はなにも言わなかった。ただ、一歩だけ僕の方に近付いて、それから何度かゆっくりと、焦れったいくらいに長い時間をかけて、唇を開いて。また閉じて。

ようやく、答えてくれた。

「嬉しい」

僕は馬鹿だから。

それで、それ以上に、君を信じていたいから。

だから、その言葉と、その気持ちを、まっすぐに受け取りたい。

「須川君、寒くない？　コーヒーとか、飲む？」

「あ。うん、できれば」

彼女は奥に引っ込む。代わりに十九波さんが厨房から顔を覗かせて、にこやかな表情を見せて言った。

「やぁ、須川君。いらっしゃい」

8

「それじゃ、たまにはぼくがマジックを見せよう」

暖房が入り、微かな電灯に照らされたいつものサンドリヨン。蠟燭《ろうそく》の炎はなかったけれど、丁寧に掃除された店内は居心地よくて、すっかり座り慣れたカウンター席もいつも通りだった。隣には、酉乃がちょこんと腰掛けている。首を傾げたり、こちらを向いたりする度に動く長く綺麗な髪の先。それをぼうっと見つめていたら、カウンター向こうの桐生さんがそう言ってトランプを広げた。

「そういえば、桐生さんのマジックを間近で観るのははじめてです」

「そうだろうそうだろう。それじゃ、今日はぼくの超絶技巧を観て阿鼻叫喚《あびきょうかん》するといいよ」

阿鼻叫喚するマジックってどんなんだよ。

「まぁ、これからやるのは、マジックというよりは、指先の技術のデモンストレーションなんだ。修業するとこんなことができるようになるっていう」桐生さんはカードを切り交ぜながら言う。あ、西乃とは交ぜ方がちょっと違う。軽く道具を弄ぶような動き。「カジノのディーラーや凄腕《すごうで》のギャンブラーなんかは、カードの束をちょっと触っただけで、それが何枚あるのかわかるんだよ。それをマジックに応用したら楽ができそうだろう？」

カードの束を触っただけで、枚数がわかる？　そんなこと、本当にできるんだろうか？

「そういうわけで、一週間かけて練習してみた」桐生さんはけろりと言う。カードを交ぜながら僕に言った。「須川君、十から二十の間で好きな数を言って」

「えっ？」えーと……。じゃ、「十五」

「よし、それじゃ、十五枚だ」

桐生さんは山札をテーブルの上に置いた。確か、山札のことはデックっていうんだっけ。それから人差し指を立てて、置いたデックをデコピンみたいに弾く。山札の何枚かが人差し指に弾き飛ばされて、ぱたんとこちら側にカードのフェイス——マークと数字のある表側を見せて飛んできた。

「十五枚だ」

「えっ」

驚きの声を上げたのは、僕よりもむしろ西乃の方だった。

「本当に？」

人差し指ではね飛ばされたカードの束を見て、酉乃が訝しげに言う。

「須川君、数えてごらん」

「はい」

その束を手に取って、カードを数える。慎重に。一枚、二枚、三枚……。

「十三、十四、十五！　すごい、十五枚ぴったり」

酉乃を見ると、彼女は信じられないというふうに眼を見開いている。

桐生さんは続けて、酉乃に好きな数を言わせて、またぴったりその枚数のぶんだけ、人差し指でデックを分けた。

「す、すごい！」

こ、こんな、てきとーに人差し指を弾いているだけにしか見えないのに、こんな超絶技巧を披露するなんて、このひと、ほんとはすごいマジシャンなんじゃない？

「酉乃さんも、わからないの？」

彼女は黙ったまま頷く。好奇心に満ちた視線でデックを眺めていた。

「桐生さん。これ、触らせてもらっていいですか？」

「構わないよ」

十九波さんがカウンターに戻ってきて、コーヒーを並べてくれる。もしかしたら少し前にできていたのかもしれないけれど、そこは十九波さんのことだから、マジックの終わるタイミングを待っていたのだろう。

酉乃は物珍しそうな表情でトランプを手にしていた。首を傾げている。

僕は桐生さんの超絶技巧に感嘆の声を上げていた。

「すごいですね。やっぱり、ギャンブラーとか、ディーラーとか、本場のカジノのテクニックって。ううん、それもすごいけど、なんていうか、それを一週間で身に付けちゃう桐生さんもすごいっていうか！」

僕の熱心な眼差しに、桐生さんはちょっと面食らったようだった。

カウンターの奥で洗い物をしている十九波さんが、おやおやと声を上げる。

「桐生君、それは失敗ですねぇ」

失敗？　なにが？

僕も酉乃も顔を見合わせた。桐生さんは気付いたようで、ああ、しまったと自分の額をぺしゃりと叩く。

「いや、ちょっと調子に乗りすぎたなぁ。確かに、ぼくの考えからすると、こりゃ失敗だ」

「え、どういうことですか？」

マスターは、にこやかな顔を覗かせて言った。

「桐生君は、嘘をつかないマジックを心がけているのです」

「嘘を、つかないマジック？」

桐生さんは苦笑いを浮かべて、わけのわからない顔をしているだろう僕を見る。

「いや、これはね、テクニックじゃないんだ。マジックなんだよ。だから、ぼく自身が一週間かけてギャンブル・テクニックを身に付けたっていうのは嘘なんだ。けれど、今のぼくの演じ方だと、お客さんは信じ込んでしまうよね。そういう演出は気をつけようって、今年から決めてたんだけどなぁ」

「今の、タネがあるんですか？」

人差し指の超絶技巧じゃないの？

「そこは秘密だよ」こともなげに桐生さんは言う。「いやぁ、ごめんごめん」

「なんだ……」ちょっとガッカリだ。そうか、マジックだったのか。「でも、どうして失敗なんですか？　えっと、嘘をつかないマジックって、どういうことです？」

桐生さんは優しい笑みを浮かべて、僕を見詰め返す。「つまりは、そういうことだよ」と、人差し指を掲げて、それで、まるでトンボを相手にするかのように、くるくると円を描きながら僕を示した。

「嘘をついてマジックをすると、本当のところが知れてしまったときに、お客さんが大きく落胆するからさ。それは、普段からこれは魔法なんだってマジックを演じている、僕達マジシャンにとっての永遠の課題と言っていい」

桐生さんは目を細める。飄々《ひょうひょう》とした顔立ちの彼が、初めてちょっと真剣な表情を見せてくれた。

「魔法を信じ込ませてしまうことは、ある意味ではとても危険なんだ。僕らには、お客さんをそう錯覚させてしまう力がある。それは責任でもあるんだよ」

過剰に信じ込ませてしまうと、それが嘘だと知られたときに、とても落差が大きくなってしまう。桐生さんは、ぜんぶ十九波さんの教えなんだけどね、と言って続けた。「だから、僕らはなるべく嘘をつかないようにマジックをしないといけない。少なくとも、僕はそういうふうに心がけているんだ」

「でも酉乃さんは、よく、これは魔法だよって言ってますけど……」

彼女に視線を向ける。酉乃は真剣な眼差しで桐生さんを見上げていた。

「そこは難しい問題ですねぇ」と言ったのは、またカウンターの奥から立ち上がって姿を見せた十九波さんだった。「たとえば、誰が見てもフィクションであるとわかるなら、魔法であると言い張っても構わないでしょう。お客さんが本当に信じてしまっても問題のない場合だってあります。さっきのギャンブル・テクニックだって、須川君を騙《だま》しているという負い目がマジシャンに生まれるだけで、憂慮するほどのことはないかもしれません。けれど、相手が幼い子供だったりしたら、注意が必要です。極端な話ですが、子供の前で、これは魔法であると言い切って人体切断のイリュージョンをするのは、危ないですねぇ」

ああ、なるほど、ちょっとわかったような気がする。人体切断。たまにテレビで観たりする、剣で箱に入った美女を串刺しにするマジックもそうだろう。幼くて、素直で、魔法を信じ込んでしまうような子供に、そういうマジックを見せたら。これは魔法で、タネなんてないんだよって、そういうふうに演じてしまったら。

まねをしない、とは限らない。

「ハツの演技は、基本的に魔法だという演出をしていますね。これは本当に難しい問題です。もしかしたら、いつかはそのことがきっかけで、自分のスタイルに疑問を抱くときがくるかもしれませんが」

彼女を見詰めてそう言う十九波さんは、けれどにこやかな表情を浮かべている。

「ま、これぱっかりは、答えなんてないだろうね」桐生さんも気楽そうに言った。「相手に過剰な幻想を抱かせてしまったら、いつかツケが回ってくるかもしれない。嘘で嘘を塗り固めるのはつらいだけだからね。だから、ときには嘘なんだって認めることも必要なんだ。でも、そこからが始まりな気がする。魔法なんてない。だから終わりじゃなくて。ないからこそ生み出せるものだってあるだろう?」

9

急に電話がかかってきて、桐生さんは帰ってしまった。「怖い彼女が待ってるんだ」と芝居がかった表情で怯え顔を作っていた。

「僕……。もしかして、邪魔だったかなぁ」

誰もいないカウンターテーブル。そこに二人並んで腰掛けて、隣でトランプを弄ぶ彼女に、そっと聞いてみる。桐生さんが使っていたカードだ。返しそびれてしまったのだろう。酉乃は長い髪をそっと揺らして答えた。

「そんなことないよ。もう基本的な流れは教えてもらったし、それに、十九波さん、どこか行っちゃったもの」

少し留守番していてください。そう言って十九波さんは消えてしまった。酉乃の練習を尊重して帰ろうにも、彼女を一人きりにするわけにはいかない。

「それじゃ、もう少し、ここにいていい？」

彼女はいつもの澄まし顔で、こくんと頷く。

暫く、なにも喋らなかった。

僕はじっと、酉乃の手元を眺める。彼女が片手で撫でる度に、表面のカードが変化していくその魔法を。赤いカードが黒いカードに。数字のカードが絵札に。一瞬で、めまぐるしく変わっていく。市ノ瀬先輩の言葉を思い出す。ＣＧ。ホログラム。どんな方法なら、説明が付けられるだろう。

僕は視線を上げて、俯いている彼女の唇を見た。桜色に色付いて、水に濡れたように蠱惑《こわく》的な唇だった。八反丸さんの言葉を思い返して、頬が熱くなる。してるわよ、って現在進行形？想像は、どこまでも膨らんでしまった。本当だろうかと胸がざわめく。放課後の校舎の陰で、寄り添う二人の華奢な身体。陽の光を知らないような白い首筋に、迫る鼻先——。ハッ、と囁く唇が、彼女のそこに触れて——。

「須川君」

酉乃が言った。

「は、はいっ？」

僕は慌てて姿勢を正した。

「井上さんと、連絡、つけられた？」

「あ、それがね、えっと……」

彼女には、今日手に入れた情報をまだ話していなかった。

「なにかわかったのなら、教えて」

妄想は萎《しぼ》んでいく。あまり考えたくない問題でもあるので、頭から追い払った。

僕はなるべく彼女の唇を見ないようにして、手に入れた情報を話した。

井上さんのこと。メールアドレスのこと。

「井上さんは、なにをしに学校に来ていたんだろう」

めまぐるしく、次々と名前やメアドを変えていく彼女。

まだ出会ったことのない彼女の姿は、とらえどころがなく、不透明で、不安定だった。

「須川君の友達が会ったのは、井上さんじゃないのかもしれないわ」

「けれど、上条茜って名前を使ってアルバイトをして、その上で、わざわざ井上さんの名前を名乗るなんて……。いたずらにしては、なんか……。ちょっと、変だよね」

「そうね。上条茜という名前に、よっぽど愛着がない限り難しいと思う」

西乃は人差し指にストレートの髪を巻き付けながら、空っぽになったコーヒーカップを見下ろしている。まばたきを繰り返す彼女の黒い瞳は、なにかを見つけ出すことができるのだろうか。

「こうやって、考えてもさ」僕は、僅かに残っていた珈琲《コーヒー》を啜《すす》って、力なく言う。正直、自信があまりなかった。「井上さんの連絡先がわかるって保証は、ないんだよね。確かに、児玉が井上さんに会ったっていう話は、ちょっと不思議だけれど……。本当は、大した問題じゃなくて、僕が勝手に不思議だって思って、騒いでいるだけで……。解決の保証なんてないし、謎が解けたところで、井上さんと連絡がつくかどうかもわからない。連絡がついたところで、なにかできるかっていうと……」

「そんなことない」

西乃は顔を上げて言う。

「今まで、須川君は、色々なことを見逃さなかった。小さな問題だからって気にしていなかったら、わたし達、きっとたくさんのことを見逃してきたと思う。去年の事件だってそう」

全部。と、西乃は言った。須川君が、どうしたんだろう、なんでだろうって、小さなことでも、真剣に疑問に思ったから。だから、みんなの色々なサインに気付くことができたんだよ。

「だから、考えよう。そうしたら、井上さんと連絡のつく方法がわかるかもしれない。わたし達にできることが、あるかもしれない」

僕は頷く。

西乃がそう言ってくれると、そうかもしれないって、思えるようになる。

なにかできることが、あるかもしれない。

その可能性を放っておいて、なにも考えないでいたくはない。

「須川君の友達が、井上さんと出会ったときのこと……。須川君、そのときの様子とか、聞いている？」

「友達と一緒に帰るところを見つけたって言っていたよ。最初は勇気が出なくて、次の日にやっと声をかけたって。それから……。そう、イノウエトモコさんってどういう字なのかなって。児玉のやつ、彼女の名前、漢字がわからなかったみたいだけれど。まぁ、口頭で名乗ったのなら、不思議なことじゃないか……」

だめだ。あまり手がかりになりそうなことは思い付かなかった。

「ごめんね。西乃さん。もしなにか聞きたいことがあるなら、児玉に電話して――」

けれど、彼女は黒髪をその指で巻き取ったまま、黙していた。じっと桐生さんの青いトランプを見下ろして、静止している。

「西乃さん？」

そうか、と彼女の唇が呟く。

手が黒髪から離れ、その指先が青いトランプに伸びる。人差し指。その指が、桐生さんのデックを弾いた。桐生さんが見せてくれたマジックと同じように、十数枚のトランプが、開いて落ちる。

「エスティメーションだわ」

彼女はそう呟いて瞼を閉じた。

「エスティメーション?」

彼女は暫くなにも言わなかった。静止した時間の中で、人形のように白い彼女の表情が、微細に変化する。それは発見と苦悶だった。

「酉乃さん……」

「須川君」彼女は顔を上げて僕を見る。唇を微かに噛んだ焦りの表情。「わたし、笹本さんに聞かなきゃいけないことがあるの」

10

あたしは優しいお話が好きかなぁ。ページを捲る度に、学校で過ごしていて満たされなかった心の隙間が、ちょっとずつ埋まっていくような気がするの。退屈でいやなことばっかりの生活から抜け出して、違った人生を体験して、それでね、お話の中に優しい言葉を見つけると、なんだか嬉しくなっちゃう。読書って、そういうのがあるから、止められないんだよね。

人数のわりには広すぎるカラオケルームの隅っこで、かき消されまいと必死に声を上げる彼女。僕は耳を澄まして、その叫びを拾い上げる。楽しそうに aiko の曲を歌っている織田さんを眺めながら、笹本さんはそう語ってくれた。あんまりこういう話しなくって、つい語っちゃった。ごめんねー、須川くんは、どういう本読むの?

あのカラオケルームの隅とは違って、この場所はとても窮屈だった。居心地の悪さや佇まいの気まずさを敏感に感じ取れるくらいに、僕達の距離は物理的にとても近くなる。

小さな窓から差し込む茜色の日差しを眺めていると、どうしてか、以前にテレビで見た小さな教会の景色を思い出す。柔らかで優しい光が照らす場所。

俯き、唇を噛みしめている笹本さんは、酉乃の言葉にかぶりを振った。酉乃はなにも言わずに彼女の反応を待つ。その時間は痛かった。耳と眼を塞《ふさ》いでいたくなるくらいに。

五分も経ったろうか、酉乃は続けた。彼女は椅子に腰掛けている笹本さんの脇に立っている。優しい眼差しは、彼女を慰めているようにも見えるし、いつまでも視線を逸らさない厳しさは、彼女を告発しているかのようでもあった。

「最初に引っかかったのは、須川君の説明が不足しているのに、会話がうまく噛み合っているのに気付いたとき。須川君は児玉君のことを、僕の友達とだけ言っていたの。それなのに、笹本さんはすぐに児玉君の行動をストーカーみたいと言っていた。須川君は、児玉君のことを男の子だって言っていないのよ。須川君に女の子の友達が多いのは、笹本さんだってわかっているのに」

笹本さんは俯いたまま、かぶりを振る。また同じ言葉を繰り返した。そんなの、知らない。あたし、関係ない。

酉乃は、もう待つことを止めたようだった。

責め立てるような言葉の羅列は、僕が今まで小説の中で見てきた名探偵のような正義も恰好良さもどこにもなかった。そこにあるのは、ひたすら苦しく、無力に、けれども真実を聞き出そうとするしかない酉乃の苦悩だった。

「他にも同じように説明が不足しているはずなのに、成り立っている箇所がいくつも重なっていたわ。笹本さんの言っていた、『それで井上さんを探してるの?』という言葉は、考えてみると少し変だと思ったの。だって、須川君は、井上さんがバイトを辞めてしまったということを、あの場では話していなかったんだもの。バイトを辞めているという情報がなければ、探しているなんて言葉は出てこないでしょう。だって、バイト先で出会えるのなら探す必要なんてないもの」

お願いだから、これ以上は、言わないで。

その言葉、たぶん、この場にいる三人が願っている気持ち。

けれど、笹本さんが頷くまで、酉乃は追及を止めることができない。

何度も言う。何度も言うよ。笹本さんが話してくれるまで、わたし、何度でも言うよ。

訥々《とつとつ》と力なく呟いて、酉乃は続ける。

「学校の帰りに会うのは偶然にしてはできすぎ、というのもそう。須川君は、児玉君のことを友達とだけ言っていた。他校の男子だとはひとことも言っていない。同じ学校の生徒なら、帰りに会うのは偶然でもなんでもないでしょう?」

そんなの。と俯いたままで彼女は言った。そんなの、偶然じゃん。たまたまじゃん。だって、あたし、なんもしてない。なんも悪いことしてない。どうしてそんなこと言うの。酉乃さん、どうして、そんなこと、言うの。

肩を震わせる彼女の顔を覗き込むように身体を屈めて、酉乃は言う。

「うまく、言えないの」彼女は歯がゆそうに言った。「どうしてなのか、わたしにもわからない。けれど、どうすれば、今のわたしの気持ちを、ちゃんと笹本さんに伝えられるか、考えたけれど……。やっぱり、わたし、こういうふうに気持ちを伝えるの、すごく苦手で」

マジックで語ることもなく、論理を筋道立てて説明するわけでもない彼女の言葉は、いつものように少し頼りなくて、稚拙《ちせつ》なものなのかもしれなかった。けれど、酉乃は続ける。伝えるために。

わたしは、笹本さんの後悔を、本当だと思ったから。笹本さんが、井上さんに会いたいって言ってくれた言葉、本当だって思ったから。そのこと、信じていたいから。だから。

時間をかけて、言葉を選んで。どの言葉が正しいか、唇が躊躇って。何度も息を吸い込んで、それで、ようやく気持ちは言葉になる。

「おねがい。笹本さん、話して。井上さんにしたこと。きっと、まだ取り返しがつくと思うから」

指先が、笹本さんの肩に触れる。笹本さんは小さく肩を撥《は》ねさせて、それからかぶりを振った。肩までの髪が乱れて揺れる。だって。と続く言葉は悔しさとか後悔とか、僕が想像もできないような気持ちで震えていて、その迸《ほとばし》りは、本物なのだと思った。

「だって……。だって、みんなしてたんだもん！　あたしも、あたしもしなきゃいけなくなって。だって、そうじゃなきゃ、今度はあたしがハブかれちゃう。そんなの、だって……。だって……」

　屈んだまま、俯く笹本さんの顔を覗き込むように見上げて、酉乃が言う。

「笹本さんは……。上条茜が、好きだったのね」

　笹本さんは、暫く押し黙る。溢れ出る感情を制御しようと必死に歯を食いしばろうとしているみたいに。止めどなく出てくる言葉を、一つ呟いたら、きっと涙が零れてしまうから。

　じっくりと、時間をかけて、笹本さんが言う。

「ごめんね。気持ち悪いよね。でもね……。でもね、最初に、あかずきんこの小説、読んだとき。あたし、なんだか胸が熱くなって、ああ、これは、本当にあたしのことが書いてあるって。あたしがこうなりたいってこと、全部書いてあって。だから……。あたし、あかずきんこのこと、すごく好きになって。彼女の作品で描かれる上条茜は、本当に、あたしの理想だったんだ」

　ごめん。ごめんね。あたし、なに言ってるのか、ぜんぜんわかんないよね？

　啜《すす》り泣く彼女から、僕は目を背けた。頬をぽろぽろと伝う彼女の涙を見てはいけないような気がした。

「わかる」酉乃は言った。優しく。「わたしも、物語の中の人物に、恋をすることだってある。そして、物語の人物に感銘を受けて、自分もそうなりたいって、強く思ったことがある。その気持ち、わたしは今もずっと持っている。だから、わかるよ」

　サンドリヨン。本当は寂しがり屋の灰かむり。彼女を救った魔法使いの妖精。フェイ。

肩を落ち着かせて、笹本さんは静かに語ってくれた。

あたし、高校デビュー、頑張ったツモリだったんだ。暗くて地味な恰好はやめて、読書とかも控えて、もっと外で遊ぶようにして、それで、明るい子になろうって思って。教室で目立つような、そんな人になりたかった。でも、実際はムリ。あたしは小説を捨てられなかったし、なんだかんだでカッキーのそばにくっついているだけしかできなかった。でもね、『十字路』の小説を読んで思ったんだ。上条茜は、あたしの理想の存在そのものなんだって。寂しくて、孤独で、それでも明るくやっていけるんだってこと、その物語からぐんぐん伝わってきて。

手の甲で涙を拭いながら、彼女は話す。黒髪から覗く小さな耳は熱に赤く染まっていた。

「バイトするとき、偽名なににしようかなって思って。それで、上条茜って名前、借りたんだ。バイト先なら、学校のあたしを知っている人、誰もいないから。そこでなら、本当のあたしになれるような気がした」

ただ、嗤われないように生きていたかった。

クラスのみんなに、陰口を囁かれるような存在で三年間を耐えるのは、もう我慢できないよ。苦しい、という魂の叫び。それを耳にして、僕と酉乃は黙り込む。

だいたいの事情は理解できた。児玉がバイト先で一目惚れしたっていう女の子は、笹本さんだった。そこまでは、ここに来るまでに酉乃から大ざっぱに話を聞いていた。けれど。

「バイト、突然辞めちゃったのって」

「あたしって本当に最低。井上さん、心配するフリしてひどいことしたの、あたしなんだよ」

どうして、と聞く前に、笹本さんは叫んでいた。

「だって、あたしが憧れていた上条茜って、それを作り出したあかずきんこの正体って……。井上さん、だったんだよ。みんなからいいように使われて、ハブかれてるのにも気付かないでへらへら笑ってて、男子に媚《こび》売って、空気読めないところあって。そりゃ、みんなからウザがられちゃうよねって、そういう子。クラスの隅っこがお似合いで、お情けでみんなから構ってもらっているような、そういう子が、あたしの憧れてたものの正体だったんだよ」

魔法が解ける、その瞬間。

桐生さんは言っていた。

過剰に信じ込ませてしまうと、それが嘘だと知られたときに、とても落差が大きくなってしまう。

「あたし、知らないうちに、あたしが憧れていた人をシカトして、陰で嗤ってたんだよ……」

創作上の人物である上条茜への憧れ。その理想が崩れたときの心境は。

居たたまれなくなっただろう。その場にいることが、つらくなっただろう。

だから、アルバイト先で、上条という名前を使うことが、その名前で呼ばれることが、耐えきれなくなった。

「でも」まだ疑問はいくつか残っている。「児玉に、井上友子って名乗ったのはどうして?」

「あたし」と、彼女は告白した。声は震えていたし、唇は何度も躊躇った。これ以上泣かないように、途中で何度も頰に力を入れる。それでも、彼女は最後まで話してくれた。「井上さんに、ひどいことしたの。彼女が使っていたケータイ、たまたま置きっぱなしになってるのを見て、それで、色々と思い付いたの。あたし、どっちかっていうと、井上さんを庇《かば》うようなこと、よくしてたから、みんなから、ちょっとよく思われてなかったし、カッキーは、あたしが文芸部にいるってこと知ってるし、『十字路』に載ってる井上さんの作品を褒めて演劇部の人達とかに広めていたのも知ってたから。だから、あたし、カッキー達の味方にならなきゃって焦ってた。みんなと同じように、井上さんをひどい目にあわせて嗤ってやらなきゃって」

カッキー達は、井上さんが男の子と仲良くしてるのが気にくわなくて。だから、どうにかして孤立させてやろうと思ってた。あたし達のクラスのグループだけじゃなくて、クラスから、学年から、どうにかして、孤立させようと思ってたの。

だから、井上さんの携帯電話を手に入れたとき、いいアイデアを思い付いた。そんな残酷な仕打ちを考える自分がとても怖かったよ。アドレス帳、ぜんぶ消しちゃえって。それだけじゃ、まだ生ぬるい。だから、消す前のアドレス帳のデータをカードに書き出して、盗み出したの。それで、もう一つ持っている携帯電話のメールアドレスは使っていなかったから、そっちで新しくアドレスを作って、盗んだアドレス帳の人達、全員に偽物のメアド変更メールを送った。

アドレスはそれっぽく、トモコイノウエってアルファベットを交ぜた。井上です。ケータイメアド変えました。電話番号はこれです。メールを受け取った人達は、なにも疑わないで、自分のアドレス帳のデータを偽物のメアドと電話番号で上書きしちゃったと思う。本物のメールアドレスも勝手に変えてしまったから、誰も井上さんにメールを送れなくなる……。

自分が行った仕打ちを話す間、笹本さんは両手で顔を覆っていた。長い長い説明で、途中、何度も机にしずくが零れて跡を作った。

酉乃は僕を見て頷く。

「児玉君は、井上さんの名前を聞いたとき、どういう字なのかわからなかったと言っていたのでしょう? 須川君の言う通り、口頭で名前を伝えたのなら、その可能性もある。けれど、二人はメールアドレスを交換しているのよ。連絡先の交換には赤外線通信みたいな方法を使うのが簡単だけれど、それだと自分自身の情報が、名前の漢字も含めてきちんと伝わるのが一般的なの。でも、そうはならなかった」

そうか、とようやく納得する。

「それで、どちらかがメアドを聞いて送り返して、互いに情報を登録したのだと思ったの。そのとき、児玉君は笹本さんのもう一つのメールアドレスに含まれていた、トモコイノウエってアルファベットを見て、それが本名だと勘違いしてしまったんじゃない?」

黙っていた笹本さんは小さく頷いた。

「普段使っている方のメアドを教えなかったのは?」もしかしてと思いながら僕は聞く。

「いきなり学校の帰りに会って、ちょっと怖かったの……。でも、あたしがバイト先に置きっぱなしにしてる忘れ物、届けるからって言うし、メアド教えるの、断りづらくて」

それで、名前を勘違いされても、井上友子で通したのか。

「あたし、べつに好きでやったわけじゃない。だって、みんなやってるじゃん。カッキーなんて、もっともっとひどいことしてるのに、それなのに、なんで。なんで、あたしのときだけ、井上さん、学校に来なくなるの……。どうして、あたしのときだけ……」

たぶん、そこには、自分も除け者にされるかもしれないっていう、疑心暗鬼の気持ち以外にも、きっと違うなにかがあったのだと思う。

幻想への裏切りと失望。笹本さんは、あかずきんこの正体を知ったとき、彼女に共感することを選択しなかった。裏切られたと感じて、屈辱を覚えて、きっとその怒りはどんどん膨れあがったのだろう。

それらが、爆発して。

「でも」

だからって。だからって。

ごめん。笹本さん。

「それは、やっぱり、いけないことだよ。やっちゃいけないことだよ」

言葉にするのはつらかった。けれど、言わずにはいられなかった。責めずにはいられなかった。

僕は、友達を責めて、まだ出会ったこともない井上さんを庇《かば》う。そのことを悔しく思ったし、こんなとき、笹本さんにどんな言葉をかけるべきなのか思い付かない自分があまりにも情けなく感じる。

優しい言葉なんて、なにがある?

暫く黙っていた西乃が、唐突に声を上げた。手を伸ばし、笹本さんの肩を優しく抱きながら。

「笹本さんは、後悔、してる？」

笹本さんは、頷く。

「謝りたいって言ってた気持ち、あれは、本当？」

笹本さんは、頷く。

「なら、謝ろう？」西乃は言った。励ますように。「ごめんなさいって、謝ろう？」

無理だよ。だめだよ。聞いてくれるわけないよ。赦《ゆる》してくれるはずないよ。笹本さんはそう言いながらかぶりを振った。

「そうかもしれないけれど。でも、謝ろう」

わたしも、と、彼女は続けた。

「一緒に謝るから。なにも気付いてあげられなくて、ごめんなさいって、わたしも井上さんに伝えたい気持ち、たくさんある。だから、一緒に謝ろうよ」

気付いてあげられなくてごめんなさい。こんなにも近くにいて、こんなにもそばにいたのに。

わたしは、あなたの叫びに気が付かなかった。

一緒に、謝ろうよ。

もし、その後悔が本物で、もし、彼女のことを本当に心配しているのなら。

会いたい気持ちはあるけれど、会っていいものなのか、わからない。話したいことはたくさんあるし、謝らなきゃいけないこともたくさん。

たくさん。たくさんある。

「あたしだって、あたしだって……」初めて笹本さんは顔を上げた。涙に濡れた頬を隠すこともなく、西乃の顔を見詰め返して、叫ぶように伝えた。「会いたいよ！　謝りたいよ！　でも、でも、だって、だって会う方法がないんだもん！　もう学校に来ないんだもん！　連絡先も知らないんだもん！　誰も、誰も知らないんだもん！」

涙が、零れ落ちる。

「笹本さんは、井上さんの連絡先、知らないの？」

彼女の手を握りながら、西乃が聞く。

笹本さんはかぶりを振った。

「消しちゃった……」後悔ばかりが募って、膨らんで。絶望にも似た表情を浮かべ、笹本さんは答えた。「怖くなって、消しちゃったの……。あたし、消しちゃったんだ、消しちゃったんだよ……」

西乃は初めて、困惑の表情を浮かべた。笹本さんが井上さんとその周囲の人達にした細工が成功していたと仮定するなら、井上さんのメールアドレスや電話番号を知っている人は学校にほとんどいないということになる。唯一の例外が、その細工を施した笹本さんだった。だからこそ、西乃は笹本さんから井上さんの連絡先を聞き出すつもりだったのだろう。

けれど。

「柿木園さん達は？」西乃は聞いた。

笹本さんは項垂れる。

「みんなも、消しちゃったって。そうしないと、なんか、もやもやするからって」

西乃は言葉に詰まる。

だから、無理なんだよ。無駄なんだよ。もうおしまいなんだ。あたしのせいで、井上さん、進級できなくなるし、きっともう学校に来ないよ。来なくなるよ。あたしがいけないんだ。

おかしいなぁ、と彼女は言った。

あたし、わかるはずだったのに。嗤われる子の気持ち。いじめられる子の気持ち。どれだけつらくて、どれだけ屈辱で、どれだけ苦しいか。どれだけ死にたくなるか。わかるはずだったのに。

気が付いたら、あたしが井上さんに、そういうことしていた。

本当に、馬鹿みたい。

「どうしてだろう」頭を抱えるようにして俯く。西乃は彼女の手を優しく摑んで、屈み込んだまま、じっと彼女の話を聞いていた。「ただ、好きなことを、好きって言えるように。そういうふうに、生きていたかっただけなのに」

あたし、小説が好きなんだぁ。

文芸部にいるの、みんなには内緒ね。

たまらない。もう、なにもかも、たまらなく、やりきれなくて。だから、無責任かもしれないけれど、後先考えない発言だって罵られるかもしれないけれど。

「大丈夫だよ」僕は言っていた。どうしてか、悔しくて目頭が燃えるように熱い。寂しさ苦しさ愛しさが感染するというのなら、僕の心は笹本さんに深く共感していたし、彼女を冷たく突き放すこともできそうになかった。だから。「大丈夫、井上さんは、僕が見つける」

「須川君」

西乃が顔を上げた。それは、どうやってと責めるようでもあった。

「先生に頭下げて、なんとか住所か家の電話番号を教えてもらう。それがだめなら、井上さんの電話番号を知っている人を片っ端から捕まえて聞く。もしかしたら、まだ上書きしないでそのままにしてる子がいるかもしれない。だから、とにかく……。とにかく方法はあるから。だから、大丈夫。待ってて」

項垂れる笹本さんの表情は見ることができなかった。西乃は唇をそっと噛みしめ、暫くの沈黙を挟んだあと、静かに頷いた。

一緒に謝ろうよ。

伝えたいことがある。

もし、助けを呼ぶ声が聞こえなくても、会ったことも話したこともない相手だとしても、たまらないもどかしさを抱えた西乃や笹本さんのためになら、僕は走れる気がした。息が切れても、どんなに無駄だってわかっていても、やらなきゃいけないことがあるんだ。

"Spellbound" ends.

ひびくリンキング・リング

あなたの元へ走っていく。

靡《なび》くマフラーを押さえながら駅へ向かう道を歩いた。大通りに出るまでの、ろくに街灯のない田舎道。生い茂る雑木林が生み出す真っ暗な影は、大きな魔物の顎《あご》に見えた。あたしはその道を早足で通り抜ける。風に逆らうように、前へ前へと進んだ。身体よりも気持ちが前に進もうとして、息が切れそうになる。心臓から送り出される血のうねり。心は締め付けられるように、言いようのない不安に支配されていた。どんなふうに謝っても、どんなふうに後悔しても、ユカはあたしを赦《ゆる》してくれないかもしれない。

それでも、前に進まなきゃいけないんだ。あたしが心の底から求めていることは、学校へ行くことでも、カッキー達と仲良くなることでも、家に閉じこもって泣いていることでもない。

あなたに会いたかった。

大通りに出る。国道へ向かう道を、車のテールランプがいくつも横切っていく。重低音を響かせて、信号で停止する赤い車。電線を激しく揺らめかせる強風。エンジンの唸《うな》り。

歩道橋を駆け上がる。息が切れそうなくらいに、走る。ユカと待ち合わせた歩道橋。ユカと手を繋《つな》いだその場所。誰も待っていないそこを駆け抜けて、橋の向こう側を目指す。ユカ。あなたの名前を呟《つぶや》けば、胸は鋭く痛みを発するだけ。本当は、あなたの名前を呟く度に、心は優しく温まるはずなのに。空っぽの胸で再現される楽しかった思い出が、幸せではなくて、鋭い棘《とげ》を持っているかのよう。あなたに謝りたい。殴られても、罵《ののし》られてもいいから。

ユカの家、訪ねるのは何年ぶりだろう。中学に入ってから、遊びに行った記憶はない。三年以上前の記憶をたぐり寄せ、歩道橋を越えた先、滅多に行かない駅の向こうの道を歩いた。剝《む》き出しになった排水溝が覗《のぞ》く狭い道だった。小学生のとき、ここでザリガニかなんかを捕まえなかったっけ？　子供の頃の記憶を思い出しながら、うねるように曲がりくねった道を歩く。

思い出の場所に、辿《たど》り着いた。

胸の中、冷たい風が吹き抜ける。立ち止まった脚は棒のように硬直していた。

何度も何度も、街灯の小さな明かりに照らされたその光景を確かめた。遅くまでユカの家で遊んで、母が迎えにきたことがあった。叱られながら手を引いて、見送ってくれるユカと彼女の母親を振り返った。そのときのことを思い返す。確かにこの場所で正しいはずなのに、ユカの家はここにはない。くたびれたロープが張り巡らされた敷地は、大きなタイヤの跡が残る更地になっている。門も塀も跡形もなく消えていて、ただ吹きすさぶ冷たい風が、立ちすくむあたしを切り刻んでいた。

かじかむ手でロープに触れる。拒むように、守るように残されたそれ。薄くてちっぽけな防御壁を前に、あたしはなんにもできないで唇を震わせる。凍えるような空気に肩は小さく、老婆のように身を屈めて、自然と込み上げる嗚咽《おえつ》を必死に堪《こら》えた。なにもない。本当になにもない。ユカはどこかへ行ってしまった。いつだったか、借家から近所のマンションに引っ越したんだと言っていた彼女の言葉を思い出す。前よりは少し狭いんだけれど、なかなかおしゃれなんだよ。トモ、遊びにきてね。本当に、あたしはいつの間にかユカを遠ざけていた。いつの間にか距離を保とうとしていた。結局、ユカの新しい家に行くなんて話は、今の今まで、本当に忘れていた。

電話番号、わからない。年賀状、今年は来ていない。転居届とか、そういうのは、どこで調べられる？ わからない。学校に問い合わせる？ 個人情報保護っていう分厚い壁と規則。どうすればいい？ どうすれば、ユカに会えるの？

あまり時間は残されていなかった。学校で会う以外に、彼女と言葉を交わす方法はなにもない。ほんと、どうしようもない。だって、仕方ない。仕方ないじゃん。連絡、つかないんだもん。謝りたくても、謝れないんだもん。仕方ないじゃん。

言いたい言葉が言えない。聞きたい言葉が聞けない。

いつもそうだ。

自分の趣味でもいい。自分の意見でもいい。自分の本音でもいい。それを言いたいのに、言えなくて。

口にしたとたん、みんなから、弾かれてしまうような気がして。

なんて、不自由なんだろう。

お願い、誰か助けて。

誰か。

誰か？　なんて笑える願いだろう。だって、誰が助けてくれるっていうの？　あたしの抱える虚《うつ》ろ。狼と名付けたそれ。理解して、共感して、大丈夫だよって、優しい言葉をかけてくれる人なんて、どこにいる？　わかってくれる人なんて、どこにいるの？　誰もが互いに無関心でいるあの教室の、どこに？

結局のところ、あたしはどこへ行っても独り。

暗闇の中、湧き出るように滴る胃液が、あたしを侵食していく。皮膚を爛《ただ》れさせ、肉を炙《あぶ》り、血を沸騰させ、骨を溶かす。いつかは心まで歪《いびつ》になって、元の形を忘れてしまう。あたしは、どんな形をしていたっけ。食べられる前は、どんな顔をしていたかな？

この世の中に、助けてくれる人なんて誰もいない。

いつまで待っても、王子様はやってこない。猟師は戦ってはくれない。

食べられたまま。あたしは食べられたまま。このままひっそりと、密《ひそ》やかに死んでいく。誰にも気付かれないままで。

ユカ、ごめん。

あたしはもう無理だよ。

key

オルゴールの音色に合わせ、優美な手付きで銀色の輪を掲げる。一本の丸い輪は、大きく広げた掌《てのひら》よりは微《かす》かに小さい。テーブルに置かれた木箱が奏でる淑《たお》やかな楽曲と共に、彼女の指先が躍る。輪は四つ。繋ぎ目のないそれらが、一つ、また一つと繋がっていく。柔らかに縁を擦《こす》り合わせただけで。そっと息を吹きかけただけで。いつの間にか輪は繋がってしまい、一本、二本、三本、四本……と、左手に掲げた輪から下まで順に垂れ下がる。

言葉はない。ただオルゴールの調べに耳を傾けながら、銀のように煌《きら》めいて響く輪の澄んだ音色に、心を酔わせる。普段はやかましい演劇部のみんなは、息を呑《の》んでその魔法を見つめていた。目をこらして、耳を澄まして、切れ目のない輪と輪が溶けるように繋がっていくその一瞬を目に焼き付けていく。

拍手を浴びて、膝を小さく折る可愛らしいお辞儀。それを見届けてから、僕はまたわっと騒がしくなった演劇部の部室を見渡した。ほとんどの部員が顔を出している中で、八反丸さんの姿がない。彼女は用事があって送別会には出ないと宣言していた。

井上さんと連絡をつけるための鍵は、まだ見つからないままだった。結局のところ、井上さんの現住所にせよ電話番号にせよ、どんなに頭を下げたところで、規則だからと教えてもらうことはできなかった。それは当然だろう。だからといって、うまく事情を話して先生を説得することもできない。鶴見先生は、そんなに心配なら伝言くらいはしてあげるよと言ってくれた。笹本さんの名前を出すと話がややこしくなってしまいそうだったので、酉乃さんが心配しているとだけ先生に言付けてもらうことにした。

文芸部の谷口先輩からは、あかずきんこの連絡先は誰にも教えられない約束なんだと断られてしまった。井上さんのサイトを経由して連絡が取れないかどうかを考えたけれど、彼女は既にそのサイトを消してしまったらしく、他に手がかりは得られなかった。

せめて、井上さんと親しい子がわかればと思って、SNSなどを使って呼びかけたけれど、今のところめぼしい情報はなに一つない。

酉乃が心配しているから、笹本さんが謝りたいから。だから学校に出てきて欲しいなんて、虫のいい話なのかもしれない。井上さんの気持ちを考えれば、そんなのは学校に戻ってくる理由にはならない。僕だったら、と考える。ふさぎ込んで、部屋に籠《こも》って、学校に行けなくなったとして。ふざけるなって感じるだろう。なにを今更って。そんなことで、学校に戻ったところで、また同じことの繰り返しになるってことくらい、すぐに想像がつくはずなのに。

それでも、なにも感じないでなんていられない。言葉にならないもどかしい気持ちが胸の奥で膨れあがって、なにか形を成そうと必死でもがいている。生まれ出ようとするそれの正体がわからないまま、僕は自分になにができるのかを考えていた。

席に戻る酉乃に対して質問が飛び交う中、僕はトイレを我慢できなくなって、部室を抜け出した。酉乃の近くに席を取った以上、一瞬でもそこを離れるのがもったいなくて耐えていたのだけれど、いいかげんそろそろ限界だった。あまりもじもじしていると不審な目で見られてしまう。

廊下に出ると、馴染《なじ》みある心地よい薫りが鼻を掠《かす》めた。送別会の騒々しさとは別に、隣の空き教室で小さな物音がした。微かに開いた戸に、もしかしてと予感を覚えながら、僕は扉を開けて中を覗いた。

「八反丸さん？」

当たりだった。彼女は廊下側の壁に背を預け、腕を組んだまま瞼《まぶた》を閉ざしていた。苛立たしげに顎を上げ、うっすらと開いた瞼の隙間から、きつい瞳で僕を見る。拒絶に似た氷の眼差しを皮膚に感じながら、僕は呼びかける。

「八反丸さん？」

「なぁに」

肌を刺す痛みはあっという間に氷解して、薄い花びらのように柔らかく、八反丸さんが笑う。

「えと……。今日は、来ないんじゃなかったんですか」

僕は恐る恐る聞いた。

「それが、忘れ物しちゃって」

暗い教室の中で、八反丸さんはちろりと舌を出した。意識的にやっている仕草なんだろうけれど、いちいち絵になる表情だった。

「そうですか」

西乃がマジックをしている間、こっそり覗いていたんだろうなぁ。僕は教室の戸口に立ったまま廊下を振り返った。蛍光灯の光が眩《まぶ》しく眼に突き刺さる。おニューちゃんすごーい！　と鈴木さんの声が上がった。早くも西乃は鈴木さんに気に入られたようだった。

「ちゃんと観てあげれば良かったのに」明かりの届かない室内に、視線を戻す。「西乃だって、八反丸さんに観てもらいたかったんだと思いますよ」

八反丸さんは西乃と犬猿の仲のようにも見える。けれど、この人は西乃のことを溺愛しているのだ。彼女の晴れ舞台を観たくないはずがなかった。

「そうね、でも、さっき戻ってきたばかりだから」

なんでもないことのように笑って、八反丸さんは残念そうに吐息を漏らす。

そんなの、嘘に決まっている。それなら、こんな空き教室に隠れる必要なんてない。いつも、上手に嘘を塗り固めている彼女のほころびを、見つけてしまったような気がした。少なくとももしかしたら、そのことが表情に出てしまったのかもしれない。僕の顔を見て、八反丸さんはなにかを読み取ったようだった。

「でもね、須川くん。あんまり勝手なことされると、困っちゃうのよね」いたずらを叱る幼稚園の先生みたいに、甘く優しい声音だった。彼女が近付いて、顔を覗き込んでくる。「わたしのハツを、目立たせるようなこと、されちゃうと。須川くんのことだから、また考えなしに、ハツを巻き込んだんでしょう？」

「べつに、僕は」その言葉は少し心外なものだった。「ただ、西乃が……。みんなが喜んでくれるなら挑戦してみたいって」

「ふぅん」八反丸さんは笑った。人差し指を唇に添えた、どこかで見たような仕草で、僕の瞳を覗き込んでくる。「未《いま》だに、しつこく井上さんのことを嗅ぎ回っているのも、同じ理由なの？　誰かが喜んでくれるからなんて、甘ったるい考えで首を突っ込んでいるのかしら？」

桜色の唇が紡ぐ言葉は甘く柔らかかったけれど、血を溶かすような熱さを持っていて、僕の身体を撫《な》でながら痛め付けていく。

「それは……」

「言っておくけれど、あなた達のしていることって、ただの自己満足よ。今更になって彼女と連絡をつけたところで、いったいなにが変わるっていうの？」

秘密を打ち明けるように添えられていた指先が、僕の胸に触れる。彼女の言葉は針のように僕を突き刺していった。

「もうハツを巻き込まないで」

「巻き込んでいるつもりなんて……」

僕を責め立てる言葉。悪だと罵るような言い草に、唇を嚙みしめる。巻き込んでるわけじゃない。ただ、西乃がしたいことと、僕がしたいことが、たまたま重なっているだけで。

「いつもそうなんでしょう？　困ったときにはハツを頼ってばかり。自分じゃなんにもできないくせに、見せかけの正義感を振り回して」

「そんな、つもりじゃ……」

「あなたのやっていることは、自己満足じゃ終わらないわよ。他人を巻き込んで、いつかは深入りしすぎて誰かを傷付けるの。絶対に。わたしにはわかる」

自己満足。酉乃を巻き込んで、僕が勝手に、正義感を振り回している？

喉が灼《や》けるようだった。

「僕は、巻き込んでるつもりなんてないです。酉乃は、誰か困っている人がいたら放っておけない子なんです。彼女の気持ち、八反丸さんだって知っているでしょう？　急に、どうしたんですか。言ってること、めちゃくちゃじゃないですか。この前、クリスマスの事件のときは、彼女に夢を忘れないで欲しいって、そう言ってたじゃないですか。なんで、突然そんなこと言い出すんですか」

自己防衛の本能がそうさせるのかもしれない。溢《あふ》れようとする言葉は、勢いのあまり彼女を責め立てるように変化していく。

八反丸さんはもう笑みを浮かべていなかった。ただ、手を下ろして、首を傾けた。子供の罵りをあしらうような表情だった。

「ああ、あの甘ったるい理想ね。まさか本気で応援なんてするわけないじゃない。それに今回は、この前みたいに誰かが死のうっていうわけじゃないんでしょう？　べつに放っておけばいいのよ。本人が学校に来たくないっていう以上、あたし達に口出しする権利なんてないんだから」

彼女の言葉は、戸惑っている僕の気持ちの、脆《もろ》くなった箇所を的確に突き刺してくる。

確かに、八反丸さんの言う通り、べつに放っておいたって、誰かが死ぬわけじゃない。気付かないふりをして、見なかったふりをして、世界に耳を塞いで眼を閉じて、関係ないって顔をしたまま、笑って日常を過ごすこともできるだろう。

だけど。けれど。

人が死ぬとか、死なないとか、それほど深刻な事態じゃないと、僕らは他人と関わることができないのだろうか？　無関心でいるしかないのだろうか？

そんなの——。

彼女は髪を払う。それは拒絶であり、否定だった。

「あんた、何様のつもりなの？　井上のなんなのよ？　会ったことも話したこともないんでしょう？　井上の気持ち、考えたことある？　あんたなんかに口出しされて、いい気分なわけないでしょう？　あんたのやろうとしていることは、自己満足の偽善よ。教室はヒーローなんて求めてないの。誰も、あんたに助けて欲しいなんて思っちゃいない。自分のための思い上がりの行動なんてよしてよ」

教室はヒーローなんて求めてない。そうだと思う。井上さんだって、きっとそんなの求めていないだろう。

でも、僕は求めているんだ。居心地の悪い教室に居たたまれなさを覚えたとき、それがなくなればいいと強く願う。こんなのいやだなって。こんな空気、なくなればいいなって。それをヒーローと名付けるなら、たぶん、そうなんだろう。僕はヒーローを求めている。

「中学のとき、僕も見て見ないふりをしていました」

僕は息を吐いて、胸の奥から、きつく蓋を閉ざしていた記憶を引き上げた。八反丸さんの厳しい視線に耐えきれず、目を落としたまま、未だに、言葉にすると苦しくなるその思い出を口にする。

「僕のクラスにも、教室から弾かれてしまった子がいて。みんなが彼を嗤《わら》ったり、からかったりする度に、僕はなんにもしないで、目を背けてました」

いつからだろう。子供の頃は、みんなヒーローが好きだったはずなのに。いつの間にか、そんなのを信じるのは子供だけだって嗤われていた。世の中、そんなに都合のいい話はないって。みんなそう言ってヒーローを嘲笑《あざわら》って、次第に遠のいていく。仮面ライダー、ウルトラマン、戦隊モノだっていい。名探偵だってそうだ。謎を解決し、調和をもたらす。勧善懲悪《かんぜんちょうあく》の世界なんてどこにもなくて、だから僕らは、次第にそういった作品からは離れていって、教室という名前の現実でも、そんなものを一切信じなくなる。むしろ正しいことをダサイって、子供っぽいと平気で嗤えるようになる。僕らだってまだ子供なのに。

沸々《ふつふつ》と湧き上がるこの気持ち。言葉にするのは難しくて、僕は暫《しば》く自分の上履きを見下ろしていた。

「そんな教室の空気が耐えきれなくて……。それなのに、僕はなにもできませんでした。ただ、今でも、なにもしなかったことを後悔してます」

八反丸さんは、なにも言わなかった。

井上さんのため、笹本さんのため、西乃のため。どれも違う気がする。

これは、偽善だ。

結局、自分の居たたまれなさを解消したくて。

ほんの少し過去に見逃してしまったそれを、僕は取り返したくて。

居たたまれなさに肩を小さくして背中を丸めている、少し前の自分自身のために。

だから、これは偽善だ。

「迷惑だって、井上さんにそう言われたときは、そのときは彼女に謝ります。だから、僕にできることがあるのなら、なにも見なかったふりをしているなんて……」

八反丸さんは息を吐いた。彼女を見上げると、呆《あき》れたような視線が突き刺さった。眉間に皺を寄せて、僕の幼稚な考えを否定する。

「あとで謝ればいいって？　反省すればいいって？　それですべてが収まるとでも思っているの？　取り返しのつかないことになったらどうする気？」

嘘っぱちの正義。空っぽの行動力。他人に頼りっぱなしで、言葉だけの自分。

けれど、どうしてこんなに苦しいんだろう。

言い返す材料なんてない。僕にあるのは甘ったるい理想だけ。彼女の言葉は徐々に心に食い込んで、鎖のように僕を束縛して締め付ける。

それなのに。

もがかずにはいられない。抗わずにはいられない。できることがあるのなら、なにかしたい。

いつか西乃が言っていた言葉は、僕にとっても真実だった。

唇を噛みしめ、俯《うつむ》いていた顔を上げる。正面に、切迫した表情の彼女が佇《たたず》んでいる。睨《にら》むような鋭い視線に気圧《けお》されながら、僕は言った。

「そんなの……。八反丸さんは、井上さんのこと見ていたんでしょう？　見ているだけで、なにもしなかったんでしょう？　それなのに、そんなこと言われたくないですよ。八反丸さんは、西乃のことだって……」

西乃のことだって。

「見ているだけじゃないですか」

殴られると思った。確信を抱きながら、僕はその言葉を口にせずにはいられない。そんなふうに罵って反撃しようとする自分を最低だとも思った。

「そうよ」

彼女は言った。

ほんの一瞬の、けれど致命的なまでに長く感じられる沈黙を挟んで、その声が高ぶった。

「そうよ。わたしはハツを見ているだけ。だって、仕方ないじゃない。あの子にとって、わたしは憎むべき敵なんだから。だから、せめて、ずっと見ているしかないのに。それなのに、あんたが……。あんたが、急に出てきて。わたしの方が、何倍だってハツのこと……」

僕はなにも言えなかった。

その鋭い瞳に射貫《いぬ》かれて、顔を背けることすらできない。常に、高慢さと余裕を蓄えている双眸《そうぼう》が、弱々しく震えて輝きを増していくのを、僕は息が詰まる思いで見返していた。

「ええ、認めるわよ。わたしはこの前とは矛盾したことを言っている。ハツの傍《かたわ》らにいるのが、あんたじゃなくってわたしだったら……。わたしも、喜んであんたと同じ行動を取ったでしょうね」

「八反丸さん……」

「よしてよ」鋭く放つ拒絶の言葉。「どうして、あんたなんかに……」

声はか細く途切れた。

彼女は顎を上げて、戸口へ向かう。

「わたしは、絶対に諦めないから」

ごめんなさい。八反丸さん。

「僕だって、同じです」

その言葉を告げるには、少しばかりの勇気が必要だったけれど。今、こうして宣言しないと後悔するような気がして。

僕は取り残された空き教室で、暗くなった窓を見ていた。

廊下を、上履きの乾いた音が走っていく。

送別会が終わったあとは二次会に行く気にもならなくて、散らかった部室の片付けをしていた。よその教室から運んできた椅子と机を元に戻して、お菓子のゴミやジュースの紙コップをゴミ袋に放り込んでいく。学校のゴミに出すわけにもいかないから、これは持って帰らなくちゃならない。

窓の外は既に真っ暗で、電灯の明かりがかえって部室に寂しさを招いていた。野球部も吹奏楽部も練習をしない時期なのか、外はえらく静かだった。廊下を行き交う上履きの音が聞こえると、まだ誰か残っているんだなと安心できる。

ノックに遅れて、扉が開いた。隙間から覗かせる小さな顔。西乃だった。

「片付け、終わった？」

「うん。あとはゴミ持って帰るだけ」

「そう。お疲れ様」

彼女はそう言って、微かに首を傾《かし》げる。僕はちょっと照れくさくなって俯いた。手にしたゴミ袋の口を縛る。西乃は戸を閉めたようで、静かな足取りで近付いてきた。その気配。彼女の薫りは、八反丸さんの薫りとよく似ている。

「鶴見先生と話をしてきたの」

僕は椅子に腰掛けたまま顔を上げた。彼女は立ったまま、僕を見下ろして言う。

「もし井上さんに進級の意思があったとして……。なんとか補習をしてもらっても、明日には出てこないとだめみたい」

「そっか」

明日には、学校に出てこないと――。

一緒に進級することは、できない。

たぶん、西乃は後悔を抱えるだろう。笹本さんも、自分の行いを悔いる度、大きな傷が胸で痛む日々を過ごすことになるだろう。

タイムリミットは今晩まで。

「やっぱりさ……。偽善、なのかなぁ」

項垂《うなだ》れ、肩を落としたまま。もう一度、ゴミ袋の口を強く縛る。

「井上さんからしたら、僕らのしていることって、自分勝手だよね……。根本的なところが解決しない以上、学校にだって来たくないだろうし……。余計なお節介っていうか」

「わからない」

そう呟いて、西乃は隣の椅子に腰掛けた。視界の端に、彼女の短いプリーツが映る。僕はちょっとどきどきしながら、カーディガンの裾に半ば隠されてちょこっとだけ覗いているプリーツのラインを眺めた。柔らかな白い腿《もも》と、そこに乗せられ、もどかしそうに躍る五指の指。悔しげに、苦しげに。なにかできることはないだろうかと、言葉を探すように動く、白い手。

「井上さんは」

と、西乃は言った。

「体育のときにね。声をかけてくれたの。バドミントン。まだ最初の頃は、先生が、自由にペアを組んでいいって」

そういうときって、困っちゃう。と酉乃は言う。

「化学の授業でもそうだけれど……。好きな場所に座って班を作るときとか……。わたしみたいな子って、必ず余っちゃって」

ちゃんとしたグループを組んでいる子達は、グループの子が余らないように配慮する。逆に、グループに穴が空くと、そこに異物が入って空気がぎこちなく変化してしまうことがある。

誰もが他人に無関心で、誰もが未知のものを拒むから。

「織田さんも、そう。二人とも、わたしに笑いかけてくれた。ペアを組んで、試合をするときも、また一緒にやりたいねって、井上さん、そう言ってくれたの」

「うん」

僕は、そう頷くことしかできなかった。もし、距離がもっと短ければ。僕の座る椅子と、彼女の座る椅子。その物理的な距離だけじゃなくて。たとえば、八反丸さんと酉乃の関係のように、互いに避け合うようにしながら、心のどこかで強く信頼し合っているような、そんな関係みたいに、距離が近ければ。

プリーツの上で、もどかしく、寂しそうに動く手を、そっと掴《つか》んであげたかった。

大丈夫だよって、言ってあげたかった。

彼女の寂しさ、孤独、喜び、悲しみ。椅子と椅子との間にある僅《わず》かな距離の空気を伝って、それが心に流れ込んでくるような気がした。僕は、もう酉乃のことを、感情を表に出さない子だとは思わない。そりゃ、少しはわかりにくいところだってある。だけれど、こんなふうに、一生懸命に自分の思いを、なんとか言葉に出そうとしてもがいている君の気持ちが、その必死さが伝わってくるから。胸の扉を、強く強く、叩いてくれるから。

「僕も同じだよ」

その手を握ることはできなかったけれど、こうして思いを口にすることならできる気がした。

彼女が顔を上げて、不思議そうに僕を見る。その視線がくすぐったくて、僕は俯いた。

「僕ってさ、昔は結構人見知りしてたっていうか、引っ込み思案で、友達作るのとか苦手で。面白い話もできないし、スポーツだってできない、なにか取り柄があるわけじゃないから、みんなに交じることができなくて。けれど、中学のとき、演劇部のみんなが構ってくれてさ。先輩に誘われて色々と手伝いをしている内に、三好とか織田さんとかと親しくなって……。うん、嬉しかった。僕みたいな役立たずでも、ここにいていいんだなって思えて」

だから、君の気持ちはわかるよ。

「みんな優しいからさ……。嬉しかったなぁ。僕って、単純だから、自分が嬉しいと思えることは、相手もそうなんじゃないかなって考えたりして」

壁の時計を見る。六時半だった。

タイムリミットは今晩。

今晩までに、井上さんを探し出すことができる？　せめて酉乃の言葉を、気持ちを、伝えるために。

「須川君、お願い」

西乃は言った。僕は顔を上げて、君を見る。君の物憂げで、優しい横顔。その眼差しを。

「わたし達にも、できることがあると思うから。だから、手伝って欲しいの」

僕達にも、できることがある。

それは砂糖がまぶされているみたいに甘ったるい理想で、本当にただの綺麗《きれい》事なのかもしれなくて。

でも、君が言葉にすると、そう信じられる。それが本当の魔法になるような気がする。

魔法は存在しないかもしれない。

でも、だから作るんだ。だから、やるんだよ。

僕らがやらなきゃ、誰がやるんだ？

「うん。なんでもする。なんでもするよ」

僕は君のためなら、なんだってできる。なんだって、やってみせるよ。

二人でなら、なんだってできるような気がしていた。冷たい夜の空気も、ユカと手を繋いで歩くだけで温かくなる。どんなにくだらない話も、無限に広がる夜空のように美しく、星々のように煌めいてく。きっとこれから訪れる受験の厳しさも、まだ経験したことのない失恋も、ユカと白い息を交わしながら、泣いて、笑って、言葉にして、乗り越えていけるような気がした。

叶わない夢でさえ、叶うような気がしたんだ。

独りきりで終わってしまう世界はつらくて寂しいよ。苦しいときは、苦しいって訴えたい。悲しいときは、悲しいって泣き叫びたい。好きなことを好きって伝えて、笑いたいときに笑う。心の声と自分の声をまったく一緒にするだけのことなのに、どうしてこんなに難しいのだろう。どうしてこんなに、うまく生きられないのだろう。

閉じ込められた電車の中、加齢臭の立ちこめる腐った空気。揺れる度に、サラリーマンのスーツやコートがのしかかってくるように動いて、あたしの身体を押しつぶす。誰かの腕が背中に当たる。狭い空間で広げられた新聞紙。印刷されたインクの匂い。イヤフォンから漏れ出るチープな音色。乗り物に酔ったことなんてないはずなのに、胃の奥が戦慄《わなな》く。

吐いたらどうしよう、と心で呟いた瞬間に、たまらない焦りに似た感情で胸がいっぱいになる。気持ち悪い。立っていられない。足に力が入らなくなって、必死に唇を噛みしめる。少しでも頬の力を緩めたら、胃の奥に溜まっているスナック菓子がたくさん逆流してくるような気がした。胃酸の酸っぱさ。小学生のとき、クラスメイトが下校中に吐いたその臭いを嗅いで、自分も嘔吐《おうと》したことを思い出す。連鎖的に、思考が汚物で満たされ、不安と焦燥が津波のように絶え間なく襲いかかる。気持ち悪い。助けて。ここから出して。電車は止まらない。逃げたいと思った。そう、逃げ出したい。ここじゃないどこか。押し込められなくてもいいどこか。好きなときに、逃げ出せる場所。戦わなくてもいい場所。そう、あたしは戦いたくなんてない。戦うつもりなんてなかった。ただ、みんなと仲良くしていたいだけ。それなのに、どうしてどちらか一つを選ばないといけないの？

ここはあたしを閉じ込める暗い闇の中。

あたし達を呑み込もうとする大きな顎。鋭利な牙に身を竦《すく》ませている間に、いつの間にか、呑み込まれてしまっている。正しいはずのことは正しくなくなり、味方だったはずのものに裏切られる。信じられるものはなにもなくなって、ここがどうしようもない現実なんだと突きつけられる。暗くて深い胃の中で、酸に焼かれ、自分を見失っていくしかない。正しいことってなに？　あたしって誰？　ここじゃないどこかへ、逃げ出したいよ。

この病気に心当たりはない。どんな病名なのかも知らない。どうやって感染したのかもわからない。それなのに、あたしは病気だ。ここにいる限り、心は満たされず、どんなに人に紛れていても、孤独が癒えることはない。そんなことを言ったら、彼女は笑うだろうか。彼女の方こそ、きっとずっとずっと寂しいはずなのに。

ようやく電車のドアが開く。滅多に降りない駅だったけれど、たまらずに抜け出した。肌を凍らせるような空気は、不思議と清涼感で満ちているような気がした。電車の中で吐かないで良かった。安堵と同時に嘔吐感が引いていく。力なく駅のホームの椅子に座り込んで、胃の中で荒れ狂う不快感がなくなるのを、ひたすらに待った。

もういやだった。少なくとも、ここにとどまりたくはない。どこかへ行きたい。この胸の感情を、誰かに伝えたい。聞いて欲しい。あたしの声を。あたしの本当を。あたしの本当を聞いて欲しい。小刻みに震える手で携帯電話を開く。電源を入れた。電灯のない田舎のホーム、暗闇の中で液晶画面だけがあたしの頬を明るく照らす。並んでいる友達の名前。十一桁の数字の羅列。無意味なアルファベットと数字の組み合わせ。空気に乗って、見えない風に運ばれて、遠くどこかにいる誰かと繋がることのできる、魔法の呪文。

たくさん。

たくさん。友達がいるのに。

それなのに、言えない。あたしの本当を聞いてくれるひと。助けてって、伝えられるひと、誰もいない。

誰も、いないんだ。

ユカしか、いないんだ。

ずっとずっと前から、ユカだけだったんだ。

それなのに。

ユカ。表示された彼女の番号に、電話をかける。

すぐに切り替わる、使われていませんのアナウンス。

たまらなくなって、気付いたら、携帯電話をホームの壁に投げつけていた。

魔法の道具、壁に当たって、小さな破片をまき散らして、電池パックを分離させて、呆気《あっけ》なく地面に落ちる。

冷たく目尻から流れていた涙を、制服の袖で拭った。

物に当たったって、もうどうしようもないのに。

もう、どうだっていいのに。

次の電車が来るまでに、吐き気も気分の悪さも落ち着いていた。ただ、もうどうだっていいし、どうにもならない絶望感が胸の奥を満たしている。

電話を拾って、電車に乗って、またサラリーマン達にもみくちゃにされて、ＯＬの香水に顔をしかめながら、駅を降りる。

見慣れた風景。ずっと過ごしていた町並み。ユカと歩いた景色。

ユカ、どこにいるんだろう。

でも、もうどうだっていい。

どうだっていいのに、どうしたらいいのか、わかんなくて。

たとえば、手首を切って死ぬほどの絶望も勇気も、持ち合わせていなくて。

だから、本当にどうしたらいいのか、わからない。

ここじゃないどこかへ行きたいよ。

もう、嘘をついて生きていくのはいやだよ。

歩道橋を上がる。普段は疲れなんて感じないはずなのに、すぐに息が切れた。滲《にじ》んだ涙で視界が霞《かす》む。追い越していくおじさん達の背中。道の向こうに光る歩き煙草の灯火。空気、汚さないで。ここは、あたしとユカの場所なのに。魔法が使えればいいのにと思った。そうしたら、ユカの手にもう一度ふれることができるかもしれない。潤《うるお》いを帯びて、変に色気のあるあの唇が微笑むのを、ずっとそばで見ることができるかもしれない。

顔を上げる。

歩道橋の途中、手摺りに手をかけて、すっと背筋を伸ばして立っている子がいる。

ユカ？

眼を擦る。まさかと思った。そして、やっぱり違う子だと落胆する。だって、ユカよりぜんぜん髪が長い。ウチの制服、着ているけれど、ぜんぜん違う子で……。でも、それは、あたしの知っている顔で。

どうして？

どうして、ここにいるの?

頭が真っ白になる。こわばっていたはずの頬が、自然と緩んだ。もう頑張らなくていいよって言われたみたいに、食いしばっていたはずの顎から力が抜けて、涙が流れるのを感じる。

彼女はゆっくりとした足取りでこっちに来て、小さく首を傾げた。

「おかえり」

「おニュー……?」

滅多に笑顔を浮かべない彼女は、小さく頷いて、優しく微笑む。

「もう大丈夫だから、ね、織田さん」

おニュー、おニュー。おニュー。おニューだ。おニュー。なんで、なんでここにいるの?

そう聞こうとしたのに、みっともなく流れ落ちる涙を拭うのも忘れて、あたしは彼女の身体にしがみ付いていた。

おニューは不思議な子だった。

陽のあたる窓際の席で、ぼんやりと青空を眺めている彼女は、他人を寄せ付けない雰囲気を持っている。彼女がひとりぼっちだったのか、それとも進んでひとりを選んでいたのかはわからない。ただ、頬杖を突いて窓の向こうに思いを巡らせている彼女の横顔は、よく印象に残っている。いつもお昼になると姿を見かけないから、よそのクラスに友達がいるのかなぁって思っていた。けれど、あたしもよそのクラスに友達をたくさん作るようになって、本当に、どこの教室でも彼女の姿を一度も見かけないことに気が付いた。

　西乃さんは、どこにいるんだろう？　食堂？　空き教室？　漫画に出てくる屋上みたいに秘密めいたすてきな花園で、仲良しの誰かとご飯を食べているんだろうか？　それとも、部活とかやってるんだろうか？　図書委員なのかなぁ。そんなふうに彼女のことを考えて思いを巡らせることが幾度かあった。彼女の席はわりとすぐ近くだったから、なんとなーく退屈な黒板から目を背けて、窓の向こう側の世界に現実逃避しようとすると、その横顔が目に飛び込んでくる。

　もしかして、寂しいの？

　一人でいるときに受ける哀れみの視線ほど、屈辱的なものはない。

　だから、疑問はそのまま胸の奥に仕舞っておいた。

　けれど、体育の授業で余りものになっている彼女の姿を見つけたとき、少しだけ、胸の奥に眠っていたその疑問や気持ちがちくちくと痛んだ。

　生理がしんどくて、体育の授業中、保健室に運ばれたとき、初めてまともにおニューと話をした。あれは、確かまだ四月で、雨がすごくて、とても寒かったのを憶えている。おニューは保健委員だった。そうでもなければ、会話するきっかけを摑めないままだったかもしれない。

「西乃さんって、部活とかしてるの？」

　聞いたら、彼女はつまらなそうな顔をしたまま、静かに首を横に振った。あ、なんか、もしかして、退屈？　あたしの話、面白くない？　この子ってば、いつも憂鬱そうな顔をして、なんだか機嫌が悪そう。

けれど、何度か会話をしていて、気が付いた。

この子、目を背けない。

どんなにつまらない話でも、ただの自慢話でも、みんなと会話をしているところに、無理矢理引っ張って招き入れたときでも、おニューは話している子にまっすぐ目を向けて、真剣になって話を聞いてくれている。

決して自分から話しかけたりすることはないけれど、ときどき面白いことや、みんなの知らない雑学とか、そっと口を挟んで言ってくれる。そのとき、可愛らしい唇が音の出ない声を漏らして、躊躇《ためら》いの瞬間を、あたしに教える。たぶん、一生懸命。たぶん、すっごく悩んで。たぶん、それでも、伝えたくて。

言ってくれるんだろうなぁ。

喋るときも、話を聞くときも、すっごく真剣なんだろうなぁ。

いつからなのかはわからない。だから、とても自然に、酉乃さん、じゃなくって、おニューって呼ぶようになってた。名付けたあたしが言うのもなんだけれど、へんてこな愛称になってしまって、ときどき気になる。おニューって呼ばれるの、もしかしたらいやかもしれないなって。ときどき、心配になる。

あたしは今、彼女の肩に縋《すが》り付いていた。どうしてなのかはわからない。そうでもしなければ風に吹き飛ばされてしまいそうだった。悔しさと恥ずかしさで汚れた顔を見せたくなくて、俯いたままの顔。そっと、引き寄せられて。あたしの頭が、彼女の身体にぶつかる。柔らかく。

「おニュー……。おニュー……」

声は何度も震えた。しゃっくりみたいに裏返った声になる。言葉が言葉じゃなくなる。もっと別のことを言いたくて、別のことを聞いて欲しいはずなのに、あたしはずっと、その、もしかしたら呼ばれたらいやかもしれないへんてこな愛称を繰り返す。

おニュー、おニュー、おニュー。本当に、おニューなの。どうして、こんなとこ、いるの。

彼女は静かに、背中を摩《さす》ってくれる。おニューの身体からは、うっとりするような心地いい匂いがする。セリカと同じ匂いだと思った。少し眼を開けると、白く淀んだ視界に、彼女の胸ポケットや校章が見える。もっと下。二人の短いプリーツ。折れそうで頼りない細い脚が四つ、同じローファーを履いて、たぶん、今までないくらいに近い距離で並んでる。

言いたいこと、たくさんある。

おニューなら、聞いてくれる？

自分勝手なあたしの話、聞いてくれる？

「おニュー、どうしよう。あたし……」

うまく、言葉、見つからない。探せない。

なんにも知らない彼女に、どうやって、あたしの気持ち、伝えたらいいだろう。

「あたし、どうしよう……。ねぇ、おニュー……。あたし、ユカを食べちゃった。ユカを食べちゃったんだよ」

わけわからない。

わけわかんないよね。そうだよね。

でも、彼女はあたしの身体をそっと摩りながら、聞いてくれている。引いたりしないで、待ってくれている。

「ユカに……。ユカに、謝らないと、いけないのに」

ユカって言っても、わかんないかもしれない。彼女のことをユカって呼んでいるのはあたしくらいだし。ちゃんと説明、しないといけないのに。

でも、もう、溢れて止まらない。

我慢できない。

止まらないよ。

助けて。

それが無理なら、せめて聞いていて。

あたしを叱ってよ。

「ユカが……」顔を上げる。おニューは、静かな眼であたしをじっと見ていた。ちょっと背の高い彼女。うん、と頷いて、続きを待ってくれている。「ユカがっ……。あたしのせいでっ、進級、できなくなるっ……。あたしが、いけないのに。謝らないと、いけないのにっ……。なのにっ……」

なのに、どうしたらいいのかわからない。

どうすればいいの。

それとも、もう遅い？

後悔するくらいなら、もっと勇気を出せば良かった。

もっともっと、勇気があれば良かった。

このちっぽけな胸の奥のどこかに、それがあれば良かったのに。

正しいことを正しいって。

だめなことはだめって。

好きなことを好きって。

そう言えるだけの力が、あれば良かった。

「連絡、取れなくてっ……。だって、なんか、メアド変えられちゃったし……。新しい住所とか、わかんないしっ……」

きっと嫌われているんだよね。当然だよね。当たり前だよね。

あたしが、ユカを裏切ったんだもん。

ひどいこと、言ったんだもん。

「先生が、明日からちゃんと来ないと、もう補習しても無理だって……。でも、もうっ……」

だめだ、わかんないよ。わかんないよね、伝えなきゃ、伝えなきゃ。

「ほんとは、あれっ……。書いてたの、あたしだしっ……。でも、でも、だってみんなが、あたしの小説っ……。馬鹿にしてっ。あたし、言えなくてっ……。自分が書いたんだって、ユカじゃなくて、あたしなんだって……。ユカは、勝手にあたしのサイトに、紹介文とっ、リンク、張ってただけだって……」

本当のあたしが否定されたような気がしたんだ。

あたしが生み出した物語。そのすべてを嗤われて。蔑《さげす》まれて。

あたしが生きていた世界、あたしが考えていた理想。そのすべて、真っ向から否定されたようで——。

あかずきんこがあたしだって知られたら、もう、戻れないと思った。

どのクラスの、誰とでも仲のいい、あたし。みんなを笑わせて、場を盛り上げて、楽しいこと、たくさん提案できるあたし。みんなに慕われて、みんなから好かれて、あたしの携帯電話の番号を、もっと色々な人に、たくさん知って欲しかった。

ひとりぼっちに、なりたく、なかった。

その選択をしたはずなのに。

あたしは、今、ひとりぼっちだよ。

本当に大切なひとと、繋がれなかったよ。

「ユカに、ひどいことした……。ユカに、嫌われた……」

マジさー、井上の小説、ちょー笑えなかった？　カンベンしてよーって感じで。

カッキーが笑いながら振ってきたその言葉を、あたしは肯定した。

頷いて、笑顔を浮かべて、そうそう、マジうけるーって、ひどい言葉、口にした。自分で自分のことを全力で否定して嘲笑った。

たまたま、そのとき、ユカが教室に戻ってきて、目が合った。

ユカはなにも言わなかったけれど。

代わりに、黒板に大きく文字を書いた。

赤ずきんは、狼に食べられた。

赤ずきんって、あたしのこと？　それとも、ユカのこと？

どちらにせよ、教室に巣くうそれに、あたしは食べられていて。

いつの間にか、あたしも、ユカを食べていた。

呑み込まれるのはいや。抜け出したくて、逃げ出したくて、溶けていく自分が怖くて仕方なかったはずなのに。

「大丈夫だよ」

おニューは、そう言って背中を撫《な》でてくれる。

違う。違うんだよ、おニュー。もうだめなんだ。もうどうしようもないんだよ。

「大丈夫じゃっ、ないんだよっ……！」

彼女の肩を摑む。小さな肩、爪を食い込ませて、あたしは彼女を見上げた。

「もう、どうしようもないのっ……！　なんにもできないんだよ！」

「織田さんにも、できること、あるよ」

おニューは、静かな口調でそう言った。

できることなんてない。なんにもないよ。涙、零れる。鼻水、たれる。唇、震える。声、ひっくり返る。かぶりを振りながら、もうわけわかんなくて、ただ、伝えたかった。

「あたしは、卑怯《ひきよう》なんだよ。最低なんだよ。自分ができることなんて、なんにもなくてっ……。なんにも、思い付かなくてっ……」

あたしなんか、あたしなんか……。

「死んじゃえばいいのに……」

けれど、おニューは目を逸らさなかった。暴れるみたいにかぶりを振ってもがくあたしをしっかりと捕まえたまま言う。できること、あるよ。

「織田さん、わたしを見て」

もう一度、彼女に醜い表情を曝《さら》す。涙に濡れた景色は霞《かすみ》がかかっている。そっと近付いてくる、彼女の顔。覗き込むような眼差し。

おニュー、泣いているの？

それは、気のせいなのかもしれなかったけれど。

「できること、ある。井上さんに、きちんと謝ろう。井上さんは、きっと織田さんのこと赦してくれるよ。ただ、謝る方法が互いに途切れてしまっただけで……。だから、謝ればきっと赦してくれる」

「でも」だって、違う。違うんだよおニュー。「連絡先、わからないの。もうだめなんだよ」

だから、奇跡とか、魔法とか、そういうのがない限り、間に合わない。

笑える。笑えるよね。この現代社会で、あたしが望んでいるのはたった一つ。彼女の連絡先。それが欲しい。それ以外はもうなんにも要らなかった。ユカが赦してくれなくても良かった。ただ伝えたかった。そのための方法が欲しかった。あたし達の日常は、そんな些細《ささい》な情報一つで、ときどき、崩れてしまう。世界が終わったような気がして、死んでしまいたくなる。そんなこと、大人が知ったら笑うだろうか。

おニューは、笑う？

「大丈夫だから」おニューは、笑わなかった。ただ、少し叱るみたいに勢いのついた声で、訴えるように言った。「だから、もう泣かないで。悲しいことも、言わないで」

悲しいこと？

「織田さん」

おニューは、肩から手を離す。彼女の右手がポケットからなにかを取り出してそれを見せた。黄色い小さなスーパーボール。潤《うる》む視界の中心にあるそれは、魔法の力を秘めているみたいに小さく揺らいでいた。

「このボール、憶えている？」

あたしは頷く。

忘れるはず、なかった。

「わたし」おニューは、淡く煌めいているその不思議な球体を弄《もてあそ》びながら言う。「体育のとき、織田さんが声をかけてくれて嬉しかった」

その言葉は、とても静かにゆっくりと、清らかな水のように心に染み込んでいく。

「笑わないでね」

彼女がどんな顔をしているのか確かめたかった。制服の袖で何度も涙を拭ったのに、それは途切れることなく溢れて視界を滲ませるから、だから、おニューがどんな顔をしているのかはわからなかった。彼女の言葉は続く。ああ、同じだと思った。きっと、いつものように何度も躊躇いながら、一生懸命に言葉を探して、気持ちを伝えようとしてくれているんだと思った。

「いつも声をかけてくれて嬉しかった。初めて保健室に行ったとき、帰りに声をかけてくれたのも、嬉しかったよ。そのあと、教室でもたくさん声をかけてくれて、話の仲間に入れてくれて。わたしなんか、ぜんぜん面白いお話、できないのに……。すごく、すごく嬉しかったよ」

自然と、口元に手が動いた。どうしてなのかはわからない。言葉を出したいのに。声が見つからない。だから、あたしの手はそれを紡ぐための唇を探していて。

「おニューって呼んでくれて、すごく、嬉しかった」

だから。

「悲しいこと、言わないで。最低とか、卑怯とか、そんなことない。死んじゃえばいいなんて、そんなこと、言わないで」

「でも」

「どうしても、自分を赦せないなら、わたしが織田さんを叱ってあげる。でも、その前に井上さんに謝ろう。きっと、連絡先、見つかるから。まだ、明日まで時間はたくさんあるから。朝

「まだ諦めないで」
少なくなって。
探す方法も、
みんな寝ちゃって、
深夜になるじゃん。そしたら、
だって、もうすぐ、
本音、漏れた。
呟く。
「無理だよ」
までだって、時間、いっぱいある。わたしも手伝う。探すから。だから、まだ諦めないで」

俯いた足元に、なにかが落ちた。

黄色いそれ。地面に吸い付いたみたいに、跳ねずに着地。

淡く輝いて、揺らめく、魔法の結晶。

願いを叶えてくれるボール。

「大丈夫。どんな願いだって、叶うよ」

足元に落ちたそれ。何度かまばたきをすると、魔法の輝きはいつの間にか消えていた。さっきまであったはずの不思議な煌《きら》めきはもう消えていて、それはやっぱりただのスーパーボールなんだってこと、今更気が付いた。

ただ、あたしの視界が涙で滲んでいて、そういうふうに見えていただけ。たんなる錯覚。ただの思い込み。

でも、と、ちょっとだけ思った。

そう信じることで、変わることってあるのかもしれない。

奇跡とか、魔法とか、そんなのあるわけないって、知ってるけれど。

大丈夫って、おニューが言ってくれると、どうしてかそれが存在するような気がしてきて。

おニューは身を屈めて、黄色いボールを拾った。

そっと、それをあたしに差し出す。

言葉はなにもなかった。

ボールを手に取る。吐く息は白くて、冷たい風が何度もあたし達の間を駆け抜けていく。帰宅ラッシュのときでさえ人通りの少ない歩道橋の上に、今は人の姿はなく、あたし達二人がいるだけだった。

思い出す。保健室から出て、これを弄んでいた彼女。

もしかして、ねぇ、おニュー。

あたしのこと、待っててくれたの?

あんな寂しい場所で、待っててくれたの?

魔法は、あるかもしれない。

だって、ねぇ、聞いてよおニュー。

あのとき、あたしが叶えて欲しいと願ったこと。

このボールに託した想いを、想像できる?

西乃さんと、友達になれたらいいなぁ。

願い、叶った。

叶ったよ。

だから、魔法はある。

「ユカ」

あなたの名前を呟く。

後悔しないように。

未来の自分が、胸を張って生きていけるように。

まだ、あたしの身体で、狼に食べられていないところ。たとえ嚙みちぎられ、砕かれ、塵《ちり》になり、消えてしまっても。それでも、ずっとずっと残っていられるもの。それを、もしこれからも大切にできるのなら――。あたしは、あたしらしく、生きていけるだろうか。

「ユカに、会いたいよ」

おニューは頷く。あたしはボールを落とす。涙が頰から離れて地面に落ちていくのを感じる。黄色い煌めき。小さなボールはコンクリートの地面に当たって、強く強く跳ね返る。集中。少しのミスも許されないような気がした。あたしの手は、その願いの結晶を摑み取る。手の中に、温かな柔らかみ。

お願いです、神様。

赦してくれなくてもいい。嫌われたっていい。罵られたって、頰をぶたれたっていい。なんでもする。なんでもするから。

だから、もう一度、会いたい。会いたいよ。

ボール。摑んだ。

「トモ！」

声が聞こえて。

嘘みたい。

おニューを見ると、彼女もびっくりしたような顔をしている。

あたしは、驚いて肩越しに、その声が聞こえた方を見る。

魔法なんて、あるのかなぁ。夢見がちな乙女だった頃、あなたがこの歩道橋で呟いた言葉。

ねぇ、ユカ。

魔法って、本当にあるみたい。

帰り道のエピローグ

夜道の途中で自販機を見つけて、紅茶花伝を二つ買った。酉乃は珈琲《コーヒー》よりは紅茶派らしいから、チョイスはこれで良かったはず。買う前に好みを聞いたら遠慮されてしまいそうだった。

「はい。熱いから気をつけて」

彼女はまばたきを繰り返し、まだ呆然《ぼうぜん》とした表情で僕を見ている。ぎこちない動作で腕が持ち上がり、そっと包み込むように缶を受け取る。

僕は強がっていたけれど限界だった。皮膚はそんなに厚いほうじゃないらしい。両手の間で転ばせるようにして、熱い缶を右へ左へと持ち替える。酉乃はちょっとおかしそうに笑ってくれた。でも、熱かったのは彼女も同じみたいだ。カーディガンの袖を引っ張り出して掌《てのひら》を半ばまで覆うと、その上に缶を載せる。

「でも、びっくりした」

酉乃はさっきと同じ言葉を繰り返す。

駅へと続く寂れた商店街。僕が生まれたときは賑《にぎ》やかだったらしいこの場所も、今では何軒かのお店が残るだけ。この時間に営業しているのは小さなジムくらい。明かりも人通りも少なかった。

「偶然だよ。僕もびっくりしたっていうか」

少しくらいタイミングを計ったのは秘密。でも、それにしたって一分以内の誤差だったと思う。

苦戦しながら缶のプルタブを開けて、熱い紅茶に口を付ける。ほとんど走りっぱなしだったので、息は切れるし喉は渇くしでわりとコンディションは最悪だった。しかし、彼女の前で情けない姿を見せるわけにもいかず、僕は極めて普段通りに水分を補給する。

「僕の方だって、すごく焦ったよ。酉乃さん、携帯電話通じなかったし。織田さんもそうだったから、もう、とにかくその場に行くしかないなぁって」

「えっ?」酉乃は慌ててポケットを探った。「うそ、電源切れてる」と言って画面と暫《しばら》くにらめっこしたあと、「電池切れ……」と呟いた。

「そっか」

ちょっと心配してたので、まぁ、そんなオチで済んだのならなによりだった。

「ごめんなさい」と肩を小さくして酉乃はポケットに携帯を戻した。

「けれど、どうする気だったの。僕が井上さんを見つけられなかったら」

彼女は夜道の向こう。背の高い建物がなんにもなくて、遠くに朧《おぼろ》な月が見える空を眺めながら、小さく肩を竦《すく》め、タブを開けながら言った。

「大丈夫よ。須川君が見つけてくれるって、信じていたもの」

「えっ……」

そりゃ、なんていうプレッシャー。うまいこと連絡が取れたから良かったものの、もし見つけられなかったらと思うと肝が冷えた。

「いや、そっかぁ」

でも、信じてくれてるっていうのもなんか、すごく、て、照れますね？　ふーふー缶の口に息を吹きかけながら、僕は次の言葉を探していた。酉乃は月を見ていて、後ろ姿だった。

「井上さんとは、どうやって連絡を取ったの？」

彼女は振り返って、僕に聞く。

「うん、それなんだけど」

送別会のあと、酉乃に頼まれたのは、なにがなんでも今日中に井上さんを見つけて欲しいということだった。井上さんと織田さんがとても親しい関係にあるかもしれないと聞かされて、もしかしたら中学校か小学校の同級生だったのではないかと思い当たった。織田さんと僕は同じ中学なので、その中に井上さんがいないことはわかっていた。そうなると小学校だ。織田さんの住所は年賀状を貰っているので知っていた。小学校だと、地区からある程度調べることができる。割り出した小学校の学区から、井上さんというお宅をひたすら調べる……。

まぁ、頑張ればできなくもなさそうだけれど、無理でしょ。

もちろん、それを実行して電話をかけたり走り回ったりしながら、井上さんの電話番号をまだ残している子がいないかどうか、浅く広い交友関係を頼りに調べた。連絡先を偽の情報で上書きしてしまったのだとしても、履歴には残っている可能性がある。メールアドレスは笹本さんの細工によって使えなくなっているが、電話番号はあくまで偽の情報を伝えられただけで、変えられてはいないのだ。SNSなんかも使ったりして、僕の携帯電話はフル稼働。それでも、事情をうまく説明できないのが障害になって、女の子からは『教えていいかどうか本人に聞いてみるね』なんて言われ続けてしまった。そもそも、井上さんと通話をしたことがある子はほとんどいないようだったし、仮に通話履歴に電話番号が残っていたとしても、探し出すのは困難だったろう。あるいは織田さんの携帯電話には残っている可能性もあったけれど、肝心の彼女は携帯電話の電源を切っているらしく、連絡が取れない。

けれど、一つだけ、もしかしたらという可能性に思い当たって、三好に電話をした。

彼は携帯電話の着信をバイブレーションではなくサイレントにしていて、メールを送っても見ないで放置している時間が長い。確か、笹本さんが偽のメアド変更メールを送ったのと同じくらいの時期に、お前、ケータイ水没させてたよね？　電話帳は生きていたけれど、そのときに受信したまま見なかったメールがいくつか消えてしまったという。小岩井君のメアド変更メールとともに。

もちろん、そもそも三好が井上さんの連絡先を知らない可能性もあった。

分の悪い賭けだったけれど、彼に電話をしたら、本物の井上さんのアドレスがケータイに残っていることがわかった。

「すごい」

話を聞き終えると、西乃は珍しく感心したように眼を大きくした。

「え?」

「須川君、珍しく頭を使ったのね」

紅茶噴いた。

「ぼ、僕だって、ちょ、ちょっとくらいは知恵ありますよそりゃ!」

彼女は小さく笑って、缶を両手で包み込んだまま僕の方に寄ってくる。

「それで、電話をしたの?」

「そう。西乃さんの名前を出して、なんとか説明して……。井上さんも、織田さんに謝りたがってたみたいだよ。ただ、織田さんは自分を嫌っているんじゃないかって躊躇《ためら》ってて。自分のせいで、織田さんの小説が、みんなにからかわれるようになっちゃったからって……」

「黒板のことは、聞いた?」

「うん。織田さんが自分の噂をしているのをたまたま聞いちゃって……。そのときは、やっぱりショックだったみたい。だから、それからは、学校のみんながどうこう言ってるからじゃなくて、織田さんに会うのがつらくて、学校に行くのをやめたって」

「赤ずきんは狼に食べられた……」西乃は小さく呟く。「黒板に書いた赤ずきんという言葉は、織田さんのペンネームを指していたのでしょうけれど。もしかしたら——」

「織田さんの小説の中で、そういう喩《たと》えが出てくるよね。学校や社会に呑《の》み込まれるような感覚を、狼って」

「そう綴《つづ》っている自分の友達こそが、教室という魔物に呑み込まれてしまった。そのことを、織田さん自身に気付かせたかったのかもしれないわ」

自販機の明るい光。それが照らし出す範囲に立ち止まったまま、僕らは少しばかり押し黙る。

狼。

僕も感じたことがある。教室に隠れて潜んでいる魔物。大人達の知らないなにか。織田さんは、それに狼という名前を与えた。そして、それに呑み込まれないよう逃げ惑ううちに、自分自身が大切な人を呑み込んでしまっていた。彼女は食べられたのではなく、食べてしまっていたのだ。

僕も、狼に呑み込まれたことがある。中学のときの話だ。ときどき彼のことを思い出す。去年、西乃と親しくなったときもそうだった。小松君という男の子。みんなは彼に掃除を押し付けたり、シカトしたりしていて。

僕は見ているだけ。

見ているだけは、同罪。

僕らは自分ではそうと気付かないうちに、人を呑み込んでしまう。

冷たい風が、唸るように音を立てた。

「須川君、これ」

彼女は、自分の首に巻いているマフラーを示した。

「あ、いいよいいよ。そのまんま使ってて。僕は、走ってたし、汗かいてるから」

途中、寒そうにしていた彼女にマフラーを貸した。僕のそれを首に巻いている彼女を見ると、なんだかくすぐったくなる。ど、どうしよう。よく考えたらすごいことじゃない？　僕のマフラーを、酉乃が……。あ、洗わないようにしなくっちゃ！

「そういえば、よくわかったよね」邪《よこしま》な考えを抱いていると表情に出てしまうらしいので、別の話題を切り出した。「あかずきんこが、井上さんじゃなくって、織田さんだってこと」

その根拠を、僕はまだ聞いていない。

「ああ、それね」

僕と肩を並べるようにして、彼女は缶に口を付けてから、説明をしてくれた。

「もしかしたら、あかずきんこは井上さんではないかもしれないって、少し前から考えていたの。いつだったか、笹本さんが須川君に話してくれたでしょう？　井上さんをアシェに連れて行ってあげるはずだったって。アシェは、もちろん、アシェンプデルのことよ。連れて行くって言葉のニュアンスには、井上さんがあのお店に行ったことがないって事実が含まれているような気がして」

横顔を向けていた彼女は、大きな瞳を僕に向ける。

「ロートケプシェンという名前は、前に浅古さんが言っていたとおり、浅古さん独特のカタカナ表記なのよ。たぶん、一般的なのはロートケップヒェンという表記の方。ロートケプシェンはインターネットで検索しても数件しか出てこないの。わざわざそれを使うってことは、実際にドイツ語に詳しい人か、アシェのケーキを気に入って、その名前の由来を知った子に限られるんじゃないかって。アシェのケーキのメニューは新しくなったばかりだけれど、浅古さんに名前の由来を尋ねれば、あんなふうにすらすらと答えてもらえたでしょうね」

「なるほど、井上さんがアシェンプデルに行ったことがないのなら、ロートケプシェンというタイトルは付けられないってことか」

「そう。みんなは井上さんのプロフサイトから、その小説サイトにリンクが張ってあったから、井上さんが書いたんだと勘違いして、それがそのまま広まってしまった。けれど、井上さんは否定しなかったみたいだから、誰か親しい人の作品を紹介するつもりだったのかなって、そう思ったの」

「織田さんに辿《たど》り着いたのは、どうして？」

「それがいちばん難しくて、確証が得られなかった」

西乃は俯《うつむ》いて、湯気の消えてしまった紅茶の缶を見下ろした。

「いくつか、些細《ささい》なきっかけがあって、それで、もしかしたらって思った程度なの。日常の中で、本当に苦しんでいる人、悩んでいる人の存在に気付くのって、とても難しいのね。だから行動に移るまでに、少し躊躇ったのだけれど」

西乃は、僕に缶を渡して、ちょっと持っていて、と言う。彼女はポケットの中からトランプを取り出した。

「最大のヒントは、エスティメーション」

ケースからカードを抜き取り、何枚かのカードを、僕の目の前に突き出す。

「須川君、これが何枚だか、わかる？」

「え……？」

何枚だろう。突然のことなので、眼をしばたたかせることしかできない。

「見ただけじゃ、わかるわけないよ」

「それじゃ、触ってもいいわ。ただし、数えちゃだめ」

と、僕の手から缶を取って、空いている手に何枚かのカードを渡す。

「えっと、そう言われましても……。半分よりは、少ないけれど、ううーん、四分の一よりは多いかなぁ」

「そうでしょう。わかるとしても、十枚や二十枚といった大まかな数字よね」

「酉乃さんなら、わかるの？」

「こういうの、エスティメーションっていうの。測量って意味ね。優れたカーディシャンなら、手にしただけで、本当に何枚あるのかわかるっていうけれど……。実際にそれができる人に会ったことはないわ」

彼女はそう言って肩を竦める。僕の手からトランプを取り上げ、ポケットに仕舞い込んだ。

「わたしも、十枚くらい、二十枚くらい、というのはわかるけれど……。それでも、トランプの厚さがどれくらいなのか知っているからで、たとえば、ぜんぜん知らないメーカーのトランプだと、それも怪しくなっちゃう」

「それが、えっと、どういう？」

人差し指を唇に押し当てて、彼女はいたずらっぽく笑う。

「原稿用紙」

「えっ……。あ、もしかして」

「そう。織田さんは、『十字路』に載っていた短編が、原稿用紙換算で何枚なのか、部長さんに聞かれて答えていたわ。よく考えると、おかしいってことに気付いたの。あの『十字路』は三段組みだったから、見ただけで、原稿用紙三十枚ぐらい、なんて言葉は出てこないはずよ」

「そっか、なるほど……」

枚数がわかるのは、編集した人間か、書いた本人くらいのはずだ。

「プロでも難しい測量に裏があるのは、トランプも原稿用紙も同じだなって思ったの」

それと、もう一つ、と彼女は唇に指を押し当てたまま言う。

「冬休みのとき、須川君の話を聞かせてもらったでしょう？　香坂先輩の話では、名簿を作るときに、織田さんの名前を間違えて、馬鹿にされてしまったって。織田って名前は、オダって読むのが一般的で、オリタって読むのは珍しいわ。そして、織田さんの下の名前は燈《あかり》——。トモとも読めて、そういうふうに彼女を呼んでる子だっているわよね」

「なるほど……。そっか、うん、織田さん、トモって間違えて呼ばれることが多いって言ってたよ。そっちに改名しちゃおうかなって」

「それなのに、読みを間違いだなんて言い切れるのは——文芸部の部長さんが、織田さんと親しいからでしょう？　けれど、織田さんは文芸部の部長さんのことを知らないって装っていた」

そっか、なるほど。そうだよなぁ。僕にとっては、織田という文字はオリタが第一候補に挙がってくるんだけど、一般的には、織田信長《おだのぶなが》だっていることだし、オダの方がポピュラーだ。

「トモっていえば、僕は、井上さんの下の名前、ずっと間違えてたよ。トモコじゃなくって、ユーコなんだね。井上友子さん」

井上さんが教えてくれた。幼い頃、カタカナでユーコと名前を書いたとき、よそ見をしてしまって長音符とコの部分が重なってしまった。それがきっかけで、織田さんからユカと呼ばれるようになったという。

特別な名前で。だから、そう呼んでくれる織田さんは、特別な友達なのだと言っていた。

「そうね」西乃は頷く。「読みを間違えて井上トモ子って思い込んでいる子が多かったみたい。笹本さんの件でも、メールアドレスにトモコって含まれていたから、これは本人じゃないのかもって考えたの。正確な名前を知っている先生はフルネームで呼ぶことがないし、文字になった名前にふりがなは振られない。井上さんは、ファミリーネームで呼ばれることが多かったみたいだから、訂正する機会もあまりなかったのかもしれないわ」

「すごいなぁ……。相変わらず。西乃さんは」

感心の溜息《ためいき》が漏れる。そして、ちょっとだけ情けなく思う。

また、彼女の力に頼りっぱなしになっていた。八反丸さんの言う通りだと思った。

僕は、織田さんが抱えているものに気が付かなかった。こんなにも身近なところにいたのに、あの明るい笑顔の裏に苦しみが隠されているなんて、想像もしていなかった。ここ数日、学校を休むことがあったけれど、それもただの風邪なんだと思い込んでいた。

他にも多くのことを見落として生きてきた気がする。たぶん、これからも、たくさんの人達とすれ違って、たくさんの見えない真実が、横を掠《かす》めていくだろう。

けれど、西乃はそれに気付いた。

気付くことができた。

「僕は、なんにもできなかったよ」

きっと僕の知らないところで、僕の知っている人達が、もっと多くの苦しみを抱えて生きているんだろう。苦しまないで生きている人なんていない。誰だって、必死になって生きている。泣きそうになりながら、助けを求めて嘆いている。それなのに、僕らはときどきそのことを忘れてしまう。隣で笑顔を浮かべている大切な人が、本当は誰にも言えない苦しみを抱えている、その可能性を。

西乃さん、君はどうだろう？

「そんなことないよ」彼女は缶を自動販売機横のゴミ箱に捨てて、後ろ姿を見せながら言う。

「須川君がいなかったら、気付けないこと、たくさんあった。すごく、助けてもらった」

そうかな？　そうだといいけれど。

「織田さん達、うまくいくかな……」

僕も、紅茶を飲み干してゴミ箱に入れる。

振り返った酉乃は、相変わらずの澄まし顔で、そうね、と呟いた。

「まだまだ問題はたくさん。すべてが解決したわけじゃないから……。でも、きっと大丈夫。わたし達も、できること、少しずつしていかないと」

「そうだね」

酉乃は、狭い通りへ出ながら言う。

長い黒髪を風に靡《なび》かせて、彼女がこちらを見た。夜の明かりに照らされる、君の白い頬。優しく語る唇。

「赤ずきんが狼のお腹から助け出される場面は、グリムが加えたって言われているの。それまでペローが描いていた彼女は、狼に食べられてしまったまま最後を迎えてしまう。けれどね、ペローが元にした赤ずきんの原話だと、彼女は自分の力で狼の元から逃げ出すことに成功しているの。赤ずきんは、弱い存在でもないし、助けられる存在でもない。強く生きていくだけの力があるのよ」

彼女は月を見上げて言う。

「わたし達はきっと、みんな赤ずきんなの。いつまでも子供じゃいられない。いつかは大人にならなきゃいけない。いつかは強く、優しくならなきゃいけない」

そう決心して告げる君は、照れくささを隠すようにはにかんで、またあのすてきな笑顔を見せてくれる。

僕らは、とても不確かなもので繋《つな》がっている。複雑な数字の羅列とドットで区切られたアルファベット。そんなふうに目に見えるものに縋《すが》っていると、ほんの少しそれを誤るだけで見失ってしまう。

それでも、目には見えないなにかが、僕らの心を結び付けて、ずっと引き止めてくれている。いつの時代だって、繋がっているのは、人の心だと思うから。

「須川君」

通りの真ん中に立って、僕を見ている彼女。

ときどき、ひとりで。

ときどき、寂しそうな君。

「駅って、どっち？」

首を傾《かし》げて、彼女が聞く。初めてまともに言葉を交わしたとき、図書室の場所を尋ねられたことを思い出す。

君の力になれるのは、嬉しいけれど。でも、それだけじゃ、だめみたいだ。

西乃は狼を感じたことがあるだろうか？

赤ずきんは、ただ守られるだけの存在じゃなくて。自分一人でも困難を切り抜けられる力を持っている。けれど、それと同時に、ときにはつらい現実にふさぎ込み、立ち向かえないで足が竦んでしまうときもあるのだろう。そうだとしたら、僕らはみんな、赤ずきんだ。

どんなに強くたくましい人間にだって、落ち込むときはある。一人ではなにもできないこともある。つらくて悲しい夜だってある。

そのときは、声を上げて。僕らは繋がっているから。きっと君の言葉を聞き取ってみせる。

僕は彼女に近付く。

いつかは、強く、優しい大人に。

君が落ち込んでいるときは、精一杯、背中を押して、手を引いて、一緒に歩いていくよ。もし、僕の方が落ち込んでいたら、またあのすてきな笑顔を見せてほしい。魅力的な魔法で、勇気を分けて欲しい。そのときまで、今度は僕の方が、君を引っ張っていくから。そう努力していくから。

「こっちだよ」

呼びかけて、僕はそっと、その手を握りしめた。

"Linking Ring" ends.

解説

瀧井朝世

高校一年生の春、窓際の席で頬杖を突いて空を眺めている同級生に一目惚れした須川くん。その後、彼は姉に連れて行かれたレストラン・バー『サンドリヨン』で、マジックを披露している女の子、酉乃初に遭遇する。以来二人は距離を縮め、毎回須川くんが持ち込む校内の謎を、酉乃さんが鋭い洞察力で推理していく。マジックを愛する一方で人付き合いに臆病な酉乃さんと、ヘタレだけれども誠実な須川くんが活躍する青春ミステリである本シリーズ。第一弾の連作集『午前零時のサンドリヨン』は、第十九回鮎川哲也賞を受賞した著者のデビュー作であり、単行本は二〇〇九年十月に刊行、二〇一二年十月に文庫化された。続編『ロートケプシェン、こっちにおいで』は二〇一一年十一月に単行本刊行、本書はその文庫化作品である。クリスマスに思いが通じ合ったはずなのに、連絡先を交換しないまま冬休みを過ごすことになった二人。新学期には再びぎこちない関係に戻ってしまうが、同級生たちにまつわる謎を口実に、須川くんはサンドリヨンに足を運ぶ。補足しておくと、収録作の「恋のおまじないのチンク・ア・チンク」は学園ミステリ・アンソロジー『放課後探偵団』（創元推理文庫）にも収録されている。

前作は全四篇を収録、須川くん視点の一人称の語りで個々の出来事が語られた。一話完結ではあるが、学校に現れると噂される幽霊の謎や二人の関係の変化といった、全編を通してのストーリーも盛り込まれ、それらが最終話で収斂《しゅうれん》されていく作りだった。本作で構成は大きく変わっている。全五篇の前後にプロローグとエピローグが据えられた上、プロローグと各話の冒頭の「Red Back」のパートはトモという女の子の、本筋の「Blue Back」のパートが須川くんの一人称視点で語られる。トモはどうやら、クラスの女子たちから仲間はずれにされてしまった模様。非常に切羽詰った状態だが、須川くんや西乃さんたちが遭遇する謎とはあまり接点がなさそうで、ふたつのパートがどのように関わっていくのかという興味で引きつける。最終的にそれらは見事に融合し、長編としての味わいも深まっている。また、謎の複雑さだけでなく苦味《にがみ》も甘味《あまみ》も前作に増して濃度が高くなっていて、本シリーズのさまざまな魅力が炸裂している印象だ。

とにかくキャラクターが魅力的。マジックを愛する西乃さんは魔法使いの妖精に憧れて、マジックで人助けをしたいと思っていた女の子。だが『午前零時のサンドリヨン』で早々に挫折している彼女は、無理にミステリアスに〝魔法使い〟を演じようとはしていない。級友たちを上から見下ろすのではなく、マジックを特技に持つ生徒の一人として、クラスメイトたちと対等に向き合っている。要望があれば積極的にみなを楽しませようとしているあたり、非常に素直な女の子であり、親しみのもてる探偵役として好感度も高い。恋愛に関しては奥手のようにも見えるが、そうではなく須川くんがヘタレすぎるのだ。

そう。須川くんよ。君はなぜそこまで不器用なのか。そして君はなぜそこまで太腿《ふともも》が好きなのか……。まあ、恋する相手に対しては、多かれ少なかれ人は臆病になるものだ。彼の悶々とした様子に何度も笑わされる。「ひとりよがりのデリュージョン」で酉乃さんからもらった使い捨てカイロに対する「これは捨てないぞ」という決意や、紙袋に入った、とある品物を女子たちに見られないようにと奮闘する懸命さ。「恋のおまじないのチンク・ア・チンク」でチョコレートがもらえないかと期待に胸を膨らませてにやついている様子などは、大人の自分からすれば可愛くて仕方がない。それにこの須川くん、単なる小心者ではなく、随所で誠実な発言もしているし、頑張りだって見せてくれている。このシリーズでは「酉乃さん可愛い」という感想をよく耳にするが、実は須川くんもモテてよいキャラクターだと思うのだがいかがだろう。

他の登場人物の個性の描き方も、非常に著者の巧みなところだ。このシリーズの雰囲気づくりに一役かっている活発な織田さんは第一話では意外な乙女心をのぞかせるし、本作で度々登場する笹本さんは友達関係に悩んでいる様子。女子グループのリーダー格の柿木園さん、さりげない気遣いを見せる設楽くん、バレンタインデーの甘いエピソードの重要人物となる小岩井くんも心に残る。突拍子もない行動で須川くんを動揺させるのは八反丸さん。また、須川くんのライバルかと思わせる桐生さんは、ちょっとした言動から恐妻家タイプとうかがわせてクスリとさせる。今後どの人物が、物語の主軸にどのような形で絡んでくるのかが楽しみになる。

さて、本作の大きなテーマとなってくる、女の子たちの教室内でのサバイバルについて触れておきたい。プロローグや「Red Back」のパート、さらに何度か登場する笹本さんのエピソードから、少女たちが自分の居場所を確保するためにつねにびくびくしている様子が伝わってくる。教室という狭い世界で生き抜いていくために、彼女たちは仮面をつけて必死で演じているのだ。「Red Back」の語り手であるトモという少女はそのサバイバルに躓《つまず》いた子であるし、笹本さんは所属するグループから嫌われないかと気にして自分を装っている。そのグループのリーダー格の柿木園さんは、女王様気取りの嫌な子だと思わせておいて、陰で友人のために意外な配慮を見せている。彼女もまた、友達を失わないために必死なのだ。また、こちらはシリアスかどうかはまだ不明だが、本作では八反丸さんだって普段は隠している本音を須川くんに打ち明けている(威圧的に)。みなこうして二面性を持っているなかで、酉乃さんの無理に人と群れようとせず、教室内で自然に佇んでいる姿は清冽だ。人嫌いなわけではなく、頼まれればマジックで楽しませようとする様子からしても、もしかすると彼女がいちばん自意識から解き放たれて、いい意味で単純な子なのかもしれないと思わせる。そのマイペースっぷりと心根のよさが、大きな魅力として立ち上ってくるのである。

仮面をつけている少女たちは、人を傷つけたくて傷つけているというよりも、自分を守るために傷つけてしまっている。「Red Back」の語り手のトモは、自分が仲間はずれにされたということよりも、ユカという大切な友達に取り返しのつかないことをしたことを悔やんでいる。

誰かを傷つけるということは、自分をも傷つける行為なのだ。単に教室内で苛《いじ》められた辛さを描くのではなく、思春期の複雑な心の傷をも丁寧に掬《すく》い取っているところは、本作の美点だと言いたい。また、個人的に非常に胸が痛んだのは、トモが傷ついたもうひとつの理由、自分の書いた小説が嗤《わら》われたということである。思春期の頃に、創作物に限らず自分にとって大好きなもの、大切なものが貶《おとし》められたことで負う傷というのは存外に深いものだ。だからこそ、苛めの際には効力を発揮してしまう。その残酷さにいたたまれなくなってしまった。これは決してやってはいけないことだと言いたい。他人の心の中の豊かな世界を、誰も侵《おか》してはならない。だからこそ、トモにはなんとか救われてほしいと思いながら読み進めることとなった。

トモとユカの間に具体的に何があったのか、二人はどうなるのか。やがて酉乃さんや須川くんが彼女に手を差し伸べようとした時、予想以上の苦しみが浮かび上がってくる。そこで本作の構成の巧《たく》みさを改めて実感することになる。隠されていた真相を最後に明るみに出すこの仕掛けは、単にミステリとして読者を驚かせるためのものではなく、登場人物の思いがより強度を持ってこちらの胸に突き刺さってくるように配慮されたものなのだから。単に読み手に「話が全部つながった！　驚いた！」というカタルシスを与えるだけではなく、真相をこうした形で突きつけることによって、ある人物がどれほど苦しんでいたか、どれほど自分を取り繕《つくろ》っていたかという事実について、その辛さについて、著者は読者の思考を促そうとする。このように行間に隠されていた誰かの感情に思いを致すということも、小説を読む醍醐味《だいごみ》だ。そして、助けようとする西乃さんや須川くんの優しさがなおさら沁《し》みてくるというものだ。

　非力ながらも傷ついた仲間と本気で向き合う二人の実直さは、かけがえのないものである。時に真っ直ぐすぎてこちらがちょっぴり照れてしまうが、この姿勢は失わないようにと願わずにはいられない。彼らは自分たちも傷つきやすいから、相手のことを思いやることができるのだろう。そして一生懸命になれるのだろう。どうかこのままでいってほしい（恋愛はもうちょっと頑張ってほしい）。二人が頑張る様子は、なんの力を持たない人でも、優しさと誠実さを持って接すれば相手の心を軽くする〝魔法〟が行使できると、教えてくれているのだから。

本書は二〇一一年、小社より刊行された作品の文庫版です。

検　印
廃　止

著者紹介 1983年埼玉県生まれ。2009年，『午前零時のサンドリヨン』で第19回鮎川哲也賞を受賞しデビュー。マジックとミステリの融合した青春ミステリの同作で人気を博す。著作は他に『卯月の雪のレター・レター』『マツリカ・マジョルカ』『雨の降る日は学校に行かない』などがある。

ロートケプシェン、
こっちにおいで

2015年1月30日　初版
2020年12月4日　3版

著　者　相《あい》　沢《ざわ》　沙《さ》　呼《こ》

発行所　(株)　東京創元社
代表者　渋谷健太郎

162-0814/東京都新宿区新小川町1-5
電　話　03・3268・8231-営業部
　　　　03・3268・8204-編集部
URL　http://www.tsogen.co.jp
振　替　00160—9—1565
フォレスト・本間製本

ISBN978-4-488-42312-4　C0193